신영복의 세계기행

맨체스터
런던
리버풀
몬드라곤
로스 카이도스
계곡
우엘바

오시비엥침(아우슈비츠)
스톡홀름
상트 페테르부르크
모스크바
베를린
파리
빈
이스탄불
앙카라
베네치아
로마
카파도키아
코니아
잘츠부르크
카이로
아테네
마라톤 평원

베이징(만리장성)
취푸
가나자와
상하이
도쿄
포카라(히말라야)
카트만두
뉴델리
콜카타
하노이
호찌민
바라나시
부다가야

킬리만자로

프리토리아
희망봉과 로벤 섬

보스턴

라스베이거스

로스앤젤레스(할리우드)

티후아나

테오티와칸

샌디에이고

멕시코시티

키토

마나우스

마추픽추

리마

쿠스코

브라질리아

나스카

상파울루

리우데자네이루

그림에金

더불어숲

신영복 글·그림

2015년 12월 7일 개정판 1쇄 발행
2022년 2월 21일 개정판 9쇄 발행

1998년 6월 29일 초판 1쇄 발행
2003년 4월 10일 합본호 1쇄 발행

펴낸이 한철희 | 펴낸곳 돌베개 | 등록 1979년 8월 25일 제406-2003-000018호
주소 (10881) 경기도 파주시 회동길 77-20 (문발동)
전화 (031) 955-5020 | 팩스 (031) 955-5050
홈페이지 www.dolbegae.co.kr | 전자우편 book@dolbegae.co.kr
블로그 blog.naver.com/imdol79 | 트위터 @Dolbegae79 | 페이스북 /dolbegae

편집 이경아
표지디자인 민진기 | 본문디자인 김동신·이은정
마케팅 심찬식·고운성·조원형 | 제작·관리 윤국중·이수민
인쇄·제본 영신사

ISBN 978-89-7199-694-2 03810

책값은 뒤표지에 있습니다.

더불어숲

신영복의 세계기행

신영복 글 · 그림

돌베
개

개정판에 부쳐

『더불어숲』이 출간된 해가 1998년입니다. 처음에는 상·하 2권으로 만들었습니다. 2003년에 한 권으로 합본하였습니다. 여행자들이 가지고 다니기에 불편하다는 의견이 많았기 때문입니다. 합본 과정에서 책이 무거워졌습니다. 표지를 양장본으로 하고 종이도 두꺼워졌기 때문입니다. 무거운 책 역시 여행자에게는 짐이었습니다. 천리 길 떠날 때는 눈썹도 뽑아 두고 간다는데 가볍게 만들어 달라는 의견이 많았습니다. 설마 책을 가지고 다니는 사람들이 많으랴 싶어서 미루어 오다가 늦게나마 개정판을 내게 되었습니다.

조금은 가벼워졌습니다. 책의 무게뿐만 아니라 내용도 수정하려고 했습니다. 원래 여행 중에 쓴 글이고 그것도 신문 연재 글이었기 때문에 다시 읽어 보면 여러 가지 미비한 점들이 눈에 많이 띄었습니다. 글을 대폭 수정하려고 했습니다. 그러나 지난번과 마찬가지로 최소한의 수정에 그쳤습니다.

　수정하려고 했던 까닭은 원고 매수를 맞추려고 무리하게 줄이거나 늘여서 쓴 글이었기 때문입니다. 그리고 10여 년이 더 지났기 때문에 통계와 연도 등 달라진 부분도 있었습니다. 필자의 생각이 달라진 부분도 있고 논리가 미비한 부분도 없지 않았기 때문입니다.

　최소한의 수정에 그친 까닭은 여러 가지 미비한 부분이 있더라도 당시의 기록을 보존하는 것이 필요하다고 생각했기 때문입니다. 더욱이 모든 독서는 독자가 재구성하는 것이기 때문입니다. 필자는 죽고 독자는 부단히 탄생한다는 믿음 때문입니다. 『더불어숲』이 18년 동안 꾸준히 독자의 사랑을 받아 온 것도 끊임없이 새롭게 읽혀 왔기 때문일 것입니다.

　다른 사람의 작품이나 글은 장점이 먼저 보이는 것과 반대로 제 경우에는 글이든 붓글씨든 결함이 먼저 눈에 띕니다. 이 책에서 가장 부담스러운 결함은 처음부터 경계하였음에도 불구하고 결과적으로 절제가 부족했다는 점입니다. 자기 이야기를 많이 쏟아 놓았기 때문입니다. 기획 연재를 시작할 때 이 점을 경계하여 글의 형식을 서간문체로 하였습니다. 필자가 불특정 다수에게 이야기하는 형식이 아니라 누군가 친근한 사람에게 띄우는 편지글로 하였습니다. '당신'에게 띄우는 사신私信이었습니다. 오랫동안 갇혀 있어서 세상

물정에 어두운 필자가 도도하게 언설을 쏟아 놓을 때 비쳐지는 오만함을 경계한 것입니다. 서간문체는 우리의 오래된 문학 형식이기도 합니다. 특히 좋았던 것은 '당신'이 이야기하게 함으로써 필자가 당신 뒤에 몸을 숨길 수 있었습니다. 또 실제 필자가 있는 경우에도 실명을 밝히지 않음으로써 글의 흐름을 쉽고 자연스럽게 할 수 있었습니다. 가장 좋았던 것은 많은 독자들이 '당신'을 독자 자신으로 받아들이는 친근감이었습니다.

이처럼 사신이라는 형식 때문인지 오히려 더 많은 언설을 쏟아 놓는 결과가 되었습니다. 강조보다는 절제가 더 설득력이 있는 법임에도 불구하고 이번 개정판에서도 그것을 거두어들이지 못합니다. '당신'이 개인적으로 받은 편지글처럼 편한 마음으로 읽어 주기 바랍니다. 그리고 조금은 가벼워진 책처럼 가벼운 마음으로 읽어 주기 바랍니다.

생각하면 『더불어숲』은 21세기를 시작하면서 과거를 돌이켜보고 미래를 전망하던 때에 쓴 글입니다. 그러한 성찰과 모색은 변함없이 지켜야 할 우리들의 정신 영역이라고 생각합니다.

2015년 10월
신영복

더불어 숲이 되어 지키자

이 책을 읽는 이에게

이 책에 실린 글은 1997년 1년 동안 『중앙일보』에 '새로운 세기를 찾아서'라는 기획으로 연재된 글입니다. 세계의 역사 현장을 찾아서 20세기를 되돌아보고 21세기를 전망하는 기획이었습니다. 그동안 『더불어숲』 1, 2권으로 나뉘어 있던 것을 한 권으로 묶었습니다. 두 권으로 나뉘어 있는 것이 오히려 불편하다는 독자들의 의견을 따랐습니다. 합본 과정에서 처음 생각과는 달리 별로 고쳐 쓰지 않았습니다. 다시 한 번 읽어 보면서 느꼈습니다만 새로운 세기가 시작되었지만 별로 달라진 것이 없기 때문이기도 하였습니다.

20세기가 저물어 가고 새로운 백 년, 그리고 새로운 천 년이 시작되는 전환기를 맞이하여 많은 사람들이 지나간 과거를 되돌아보고 다가올 미래를 전망합니다. 이 글들도 기본적으로 그러한 성격을 띠고 있습니다. 과거의 무게와 미래의 가능성을 짚어 보고 새로운 미래가 과거로부터 얼마나 자유로울 수 있는가에 대하여 생각했습니다. 그리고 우리가 지향해야 할 미래에 대하여 생각했습니다. 그러나 미래의 가능성을 전망하는 것은 물론이고 과거의 의미를 성찰하는 것 역시 쉬운 일이 아님을 절감하였습니다. 여행을 끝내고 나서 더 절실하게 깨달았습니다. 그럼에도 불구하고 참으로 많은 언설을 쏟아 놓았습니다. 돌이켜 보면 그러한 언설들은 객관적 전망과 관련된 부분에서도 나의 주관적인 소망에 기울어 있는 경우가 많았습니다. 앞으로도 그것이 짐으로 남을 것입니다.

스페인의 우엘바 항구에서 시작해서 중국의 태산에서 마지막 엽서를 띄우는 것으로 끝마쳤습니다. 매주 한 번씩 1년 동안 모두 47번 엽서를 띄웠습니다. 참 많은 곳을 찾아갔습니다. 그리고 참 많은 시대를 만났습니다. 지구의 남단에서 북단까지 그리고 고대에서 현대에 이르기까지 여러 시공을 누빈 셈입니다.

여행에는 두 가지의 의미가 있습니다. 떠남과 만남입니다. 떠난다는 것은 자기의 성城 밖으로 걸어 나오는 것이며 만난다는 것은 새로운 대상을 대면하는 것입니다. 성城의 의미가 비단 개인의 안거安居만을 의미하는 것은 아니지만 어쨌든 나는 오랫동안 안거를 갖지 않았기 때문에 다른 사람들보다 쉽게 떠나고 새롭게 만날 수 있으리라는 기대가 없지 않았습니다. 나도 그랬지만 주위 사람들도

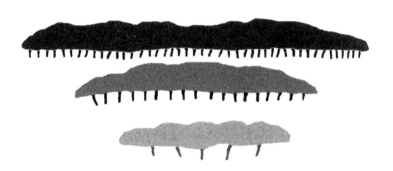

그런 기대를 가졌습니다. 그러나 그렇지 못하였습니다.

우크라이나의 수도 키예프의 드네프르 강 언덕에는 전승기념탑이 서 있습니다. 제2차 세계대전 때 수많은 희생을 치르면서 독일의 침략을 물리친 전승을 기념하는 탑입니다. 나는 그것이 전승기념탑인 줄도 몰랐습니다. 왜냐하면 언덕에 서 있는 여인상女人像이었기 때문입니다. 내가 생각하는 전승기념탑과는 너무도 다른 모양이었기 때문이지요.

의아해하는 나에게 들려준 안내자의 설명은 참으로 나를 부끄럽게 만들었습니다. 전승이란 전쟁에 나간 아들이 집으로 돌아오는 것을 의미하는 것이며 집으로 돌아오는 아들이 가장 잘 보이는 언덕에 어머니가 서서 기다리는 것, 그것만큼 전승의 의미를 감동적으로 나타내는 것이 있겠느냐는 것이었습니다. 충격이었습니다. 전승기념탑이라고 하면 먼저 떠오르는 것이 워싱턴에 있는 전승기념탑이었습니다. 해병 병사들이 역동적인 동작으로 성조기를 고지에 세우고 있는 형상이었습니다. 이것은 단지 기념탑의 조형성에 관한 것이 아님은 물론입니다. 전쟁에 대하여 지금까지 내가 가지고 있던 생각의 천박함을 드러내었던 것입니다. 전승은 적군을 공격하여 진지를 탈환하거나 점령하는 것으로 이해하고 있었던 나 자신의 생각이 부끄러웠던 것이지요. 미국적 사고와 문화가 우리의 심성을 압도적으로 장악하고 있는 현실을 깨달아야 했습니다.

쉽게 떠날 수 있는 것은 아무것도 없었습니다. 개구리에 대한 지식이 있는 사람이 풀섶에서 두꺼비를 만났을 경우 대체로 눈앞의 두꺼비보다 머릿속의 개구리를 먼저 보게 됩니다. 우리의 생각이 이러합니다. 우리는 결코 떠날 수 없는 자리에서 저마다의 삶을 꾸려 가고 있습니다. 땅에 뿌리박은 한 그루 나무일 뿐입니다. 삶이란 비록 그것이 감옥처럼 고인 세월이든 강물처럼 흐르는 세월이든 지나간 세월은 어김없이 우리들의 가슴속에 깊숙이 들어와 결코 떠날 수 없는 자기 자신의 일부로 자리잡고 있습니다.

우리가 많은 유적들 앞에서 매번 확인한 것은 장구하고 육중한 역사의 무게였습니다. 고대에서부터 현대에 이르기까지 근본에 있어서는 별로 달라진 것이 없다는 확인은 매우 쓸쓸한 것이었습니다. 과거의 청산은 그만큼 어려울 수밖에 없습니다. 우리의 생각이 그렇고, 완고한 현실의 구조가 그렇습니다. 떠난다는 것은 지금까지 우리들이 쌓아 온 '생각의 성城'을 벗어나는 것일 뿐 아니라 그 성을 허무는 일이기 때문입니다.

우리는 20세기를 떠나려 할 것이 아니라 우리들의 현재 속에 완강하게 버티고 있는 20세기의 실상을 직시하는 일에서부터 시작해야 한다고 생각합니다. 우리가 경계해야 하는 것은 떠남에 대한 기대와 새로운 만남에 대한 환상입니다. 떠나지 못한다면 만날 수도 없는 법입니다. 만남을 위해서 우리가 할 수 있는 일은 다른 사람들의 삶에 대하여 겸손한 자세로 다가가는 것일 뿐입니다. 그것을 우리의 잣대로 평가하고 함부로 재구성하는 것은 오만이며 삶과 역사에 대한 무지가 아닐 수 없습니다.

우리가 우리를 시원히 떠날 수 없듯이 그들 역시 떠날 수 없는 그들의 과거를 짐 지고 있다는 사실을 통감하였습니다. 어느 곳의, 어느 시대의 사람들이든 그들은 저마다 최선을 다하여 살아왔고 또 살아가고 있었습니다. 모든 것은 그 땅의 최선이었고 그 세월의 최선이었습니다. 그래서 우리가 해야 할 일은 그것을 존중하는 일이어야 한다는 생각이 들었습니다. 여행이 만남이라고 하는 것은 바로 이러한 겸손을 뜻하는 것입니다.

그러나 유적지는 물론이며 세계의 곳곳에서는 그러한 최선의 결정結晶들이 여지없이 깨어진 흔적을 목격하지 않을 수 없었습니다. 그 땅, 그 사람들의 최선을 업신여기고 서슴없이 관여하고 있는 강자의 논리를 목격하지 않을 수 없었습니다. 강자의 논리는 비단 정치, 경제적인 지배력을 장악함에 그치지 않고 과거 유적의 미학까지도 재구성함으로써 사람들의 심성마저 획일화하고 있었습니다.

군자는 화和하되 동同하지 않는다고 하였습니다. 차이와 다양성을 존중하고 평화롭게 공존하는 것이 화和의 원리입니다. 이에 반하여 동同의 논리는 병합하여 지배하려는 획일화의 논리입니다. 세계화는 바로 이러한 동의 논리였습니다. 패권적 지배이며 일방주의적 강제와 오만이었습니다. 그러나 참으로 안타까운 것은 그러한 강제와 오만에 대하여 다투어 영합하고 있는 모방과 굴종의 세계화였습니다. 그것은 자기의 최선에 대한 애정의 부재를 의미하는 것이었습니다. 뿐만 아니라 무엇이 올바른 것인가는 고사하고, 무엇이 진정으로 강한 것이며 무엇이 진정으로 약한 것인가를 구별하지 못하는 무지함이 아닐 수 없습니다. 나무는 저마다의 발밑에서 물을 길어 올려야 한다는 진리를 외면하는 것이었습니다. 그러한 나무들이 더불어 우람한 역사의 숲을 만든다는 진리를 모르는 것이었습니다.

여행은 돌아옴歸이었습니다. 자기의 정직한 모습으로 돌아오는 것이며 우리의 아픈 상처로 되돌아오는 것이었습니다. 그런 점에서 여행은 귀중한 공부였습니다. 생각해 보니 국내 기행까지 합한다면 2년 간의 여행이었습니다. 많은 욕심을 부린 여행이었습니다. 그러나 여행자는 일하는 사람이 아닌 지나가는 과객이었습니다. 겸손한 배움의 기행이어야 함에도 불구하고 계속 엽서를 띄우고 숱한 언설을 쏟아 놓았습니다. 그것이 매우 마음에 걸렸습니다.

이번에 두 권을 한 권으로 합본하면서 내가 띄운 엽서들을 다시 읽어 보았습니다. 급하게 꾸린 가방처럼 여러 곳의 기억들이 어지럽습니다. 처음에는 대폭 정리해야겠다고 마음먹었습니다. 역사가 다시 쓰는 현대사이듯이 자신의 글 역시 계속해서 다시 써야 한다는 것이 평소의 생각이었습니다. 그러나 그렇게 하지 못하였고 그렇게 하지 않았습니다. 최소한으로 수정하는 데에 그쳤습니다. 잘못을 변명하는 것 같았기 때문입니다. 여러분의 양해를 바랍니다.

원고를 일독하면서 여러 사람들의 노고를 다시 한 번 되새기게 되었습니다. 어려운 여건에서 세계 기행을 기획한 분들에서부터 함께 현장을 찾아다니며 고생한 사진기자들, 그리고 현지에서 도움을 주신 많은 분들의 얼굴을 행간에서 만날 수 있었습니다. 그분들과 다시 여행하는 듯한 감회를 느꼈습니다. 흐뭇한 추억의 생환生還이었습니다. 다시 한 번 감사를 드립니다. 그리고 이번 합본 과정에서도 많은 분들이 고생하셨습니다. 여기에 일일이 감사의 말씀을 적지 않겠습니다. 고맙습니다.

마침 겨울방학을 맞아서 원고를 다시 읽어 보고 서문을 쓰는 일을 강원도 산골짜기 외딴집에서 하고 있습니다. 궁벽한 산중이어서 지난 해의 적설 위에 계속해서 신설이 쌓입니다. 이곳은 봄이 올 때까지 내내 설국雪國입니다. 밤이면 세찬 겨울 바람이 나목을 뒤흔듭니다. 동토凍土에 발목 박고 봄을 기다리는 나무들의 이야기가 들려옵니다.

"우리 더불어 숲이 되어 지키자."

2003년 2월 미산계곡에서
신영복

차례

2부

1부

콜럼버스는 왜 서쪽으로 갔는가

우엘바 항구의 산타마리아 호

　새해에 새 캘린더를 벽에 걸 때 우리는 그 속에 담겨 있는 1년간의 여백에 잠시 가슴 뿌듯해집니다. 그러나 잠시뿐입니다. 수많은 새해를 맞고 보낸 우리들로서는 이 여백이 자유로운 공간이 아니라는 사실을 잘 알고 있습니다. 이 여백은 결국 지난해와 크게 다르지 않은 것들로 채워질 뿐임을 알고 있기 때문입니다.

　과거의 무게입니다. 쉽게 벗어 버릴 수 없는 짐입니다. 그러나 올해에는 과거의 무게 때문이 아니라 다가오는 미래의 속도 때문에 여백이 더욱 줄어든 느낌입니다. 사람마다 앞당겨 들어 보이는 미래의 그림들 때문에 흡사 시간이 미래에서 현재로 역류해 오는 느낌입니다. 더구나 저만치 빠른 속도로 다가오는 21세기는 새로운 100년의 시작일 뿐만 아니라 새로운 1,000년의 시작이기도 합니다. 올해는 과거의 무게와 미래의 역류 사이에서 그나마 여백이 줄어든 캘린더를 걸며 더욱 착잡한 마음을 금치 못합니다.

한 세기가 끝나고 새로운 세기가 다가오는 이 비좁은 세월을 만나 나는 1년간 당신에게 엽서를 띄우려고 합니다. 엽서에 적는 글이란 대개의 서간문이 그런 것처럼 매우 사적인 것을 넘지 못하리라고 생각합니다. 그러나 세계의 이곳저곳을 찾아가 그곳에 담긴 과거와 미래의 의미를 되새겨 보고 싶습니다. 비록 좁은 엽서 공간이지만 당신과 함께 생각의 뜨락을 넓히고 싶습니다. 나는 물론 당장 당신의 답장을 받을 수 없습니다. 그러나 언젠가 나는 당신의 답장을 읽어 볼 수 있기를 바랍니다.

오늘은 멀리 이베리아 반도 끝에 있는 스페인의 우엘바 항구에서 이 엽서를 띄웁니다. 당신에게 띄우는 첫 번째 엽서입니다. 첫 번째 엽서일 뿐만 아니라 나의 첫 번째 해외 출국입니다. 내가 태어나고 자란 나라, 그리고 20년을 감옥에 갇혀 있어야 했던 나라를 처음으로 벗어나는 감회가 남다른 것이 아닐 수 없습니다.

나는 나 자신의 감회에 한동안 젖어 있다가 비행기 창밖을 내다보았습니다. 비행기는 어느덧 우랄 산맥을 넘고 있었습니다. 1만m의 고공에서 시속 800km로 우랄 산맥을 넘을 때 문득 "20세기는 내게 잔인한 세월이었다"던 당신의 말이 떠올랐습니다. 나도 생각해 보았습니다. 20세기가 내게는 어떠한 것이었던가.

생각하면 20세기 인류사는 다른 어느 세기보다도 잔인한 100년

이었습니다. 역사상 일찍이 없었던 생산 증대를 이룩한 세기였음에
도 불구하고 역사상 가장 많은 사람들이 전쟁과 혁명으로 목숨을
잃은, 이른바 '극단의 세기'였기 때문입니다. 그 20세기를 살아온
사람들이라면 잔혹한 아픔 하나쯤 갖지 않은 사람이 없으리라고 생
각됩니다. 우리는 바야흐로 그 20세기를 마감하고 있습니다. 그러
나 과연 우리는 20세기를 마감하고 있는가. 새삼 의문이 들지 않을
수 없습니다.

　　오늘 엽서를 띄우는 이 항구는 작은 마을입니다. 그리고 과거의
마을입니다. 그러나 이곳은 지중해와 대서양이 만나는 곳이며 유럽
과 아프리카가 가장 가까이 마주 보고 있는 곳입니다. 두 대해大海와
두 대륙大陸이 만나는 곳입니다. 내가 이곳을 가장 먼저 찾아온 이
유는 이곳이 바로 500년 전에 콜럼버스가 신대륙을 향해 출항한 항
구이기 때문입니다. 지금은 그 시절의 융성함도 사라지고 인적마저
드문 바닷가에 콜럼버스와 함께 신대륙으로 떠났던 '산타마리아 호'
의 모형만 파도에 흔들리고 있습니다.

　　나는 바르셀로나의 콜럼버스 동상에서부터 세비야 대성당에 안
치되어 있는 그의 관곽棺槨을 거쳐 이 항구를 찾아오면서 이 길이 결
코 과거로 향하는 여정이 아니라는 생각을 하였습니다. 이곳은 유
럽의 역사가 지중해를 벗어나는 항구입니다. 그리고 유럽 주도의
세계사가 시작되는 기점이기도 합니다.

콜럼버스의 출항은 본격적인 식민주의 역사의 시작을 알리는 신호였습니다. 식민지에서 빼앗은 부와 이 부를 원시축적하여 이룩한 산업혁명의 신화가 현대사의 신념 체계라면 콜럼버스는 아직도 살아 있다고 해야 합니다. 그리고 식민주의의 가장 큰 특징이 자기와 똑같은 동류同類를 만들어 내는 것이라면, 그리고 자기를 추종하게 하는 것이라면, 이곳은 지중해를 벗어난 유럽의 시작이면서 동시에 오늘날 도도하게 전개되는 세계화 논리의 출발 지점입니다.

뿐만 아니라 이곳은 유럽이 중세를 벗어나는 곳이기도 합니다. 콜럼버스가 이 항구를 떠난 1492년은 바로 그라나다에 있는 아랍 왕조 최후의 궁전인 알함브라 궁이 함락된 해입니다. 이사벨라와 페르난도 왕이 결혼함으로써 통일을 이룩한 스페인이 800년간의 아랍 지배를 청산하고 '국토 회복'Reconquista을 완료한 스페인 통일의 원년입니다.

통일에 이은 종교재판과 추방, 그리고 식민지 경략經略으로 나아간 역사의 행보를 예찬할 마음은 없습니다. 그리스, 로마를 보존하고 전승했던 코르도바의 문화가 종교적 이유로 여지없이 파괴된 것은 분명 역사의 상실이었기 때문입니다. 그라나다 함락 당시 피로 물들었던 알바이신 언덕은 지금도 당시의 비극을 짙게 묻어 놓고 있는 듯합니다. 더구나 이곳에서 바라보는 알함브라 궁전은 말할 수 없는 감회를 안겨 줍니다. 시에라네바다 설산을 등에 지고 잠자듯 정적에 잠겨 있는 알함브라 궁전은 당시의 비극이 그대로 멈추어 있는 것 같습니다.

그러나 또 한편으로 생각하면 그러한 강력한 세계 경영의 힘은 중세적 분립을 청산한 통일에 의해 비로소 가능했다는 사실을 인정하지 않을 수 없습니다. 우리의 분단 현실이 그것을 이야기하고 있습니다. 분단에서 오는 거대한 국력 소모를 청산함이 없이 냉엄한 국제사회에서 우리의 민족적 자존을 지켜 나가기는 불가능함을 우리는 너무나 잘 알고 있습니다.

열여섯 시간의 긴 비행에 시달리는 동안 나는 생각했습니다. 만약 서울에서 기차를 타고 평양을 거쳐 중국, 시베리아, 유럽에 이르기까지 육로로 올 수 있었더라면 이 여정이 얼마나 많은 인간적인 만남과 추억으로 채워질 수 있었겠는가 하는 아쉬움을 금할 수 없었습니다.

콜럼버스와 마젤란의 모항母港이던 세비야에는 탈중세, 근대 지향의 흔적이 지금도 숱하게 남아 있습니다. 오페라 〈세빌랴의 이발사〉와 〈피가로의 결혼〉이 바로 이곳을 무대로 삼고 있습니다. 이곳 세비야가 바로 세빌랴입니다. 한낱 거리의 이발사에 지나지 않는 피가로가 귀족들을 농락하는 이야기는 마치 봉산탈춤의 말뚝이처럼 중세 질서에 대한 당돌한 도전입니다.

풍차를 향해 돌진하는 라만차의 돈키호테 역시 몰락해 가는 중세 기사에 대한 풍자이기는 마찬가지입니다. 어느 것이나 중세사를 청산하고 근대를 지향하는 이야기들입니다. 돈 호세가 카르멘을 처음 만났던 연초 공장과 카르멘이 돈 호세의 칼에 찔려 숨을 거두는 투

우장도 남아 있습니다. 오페라 속의 인물과 무대는 물론 가공에 지나지 않습니다. 그러나 연초 공장만은 가공이 아닌 실제의 건물입니다. 지금은 세비야 국립대학인 당시의 연초 공장은 놀랄 만한 규모였습니다. 얼마나 많은 연초가 신대륙에서 실려 왔는가를 짐작케 하고도 남았습니다.

나는 과달키비르 강가에 앉아 신대륙 무역의 독점항이던 세비야의 번영과 식민지의 부로 쌓아 올린 스페인의 거대한 유적들을 다시 한 번 떠올리지 않을 수 없었습니다. 중세의 청산과 함께 시작된 식민지 역사를 생각하지 않을 수 없었습니다.

'콜럼버스는 왜 서쪽으로 갔는가?'

이 물음은 한마디로 답변하기 어려운 역사의 덩어리입니다. 콜럼버스의 출항은 황금과 향료에 대한 탐욕만으로 설명할 수도 없음은 물론이고 '지구는 둥글다'는 것을 입증하기 위한 과학적 탐구로 격상시킨다는 것은 더구나 가당찮은 일입니다.

그가 신대륙에 도착한 이후에 자행된 1,600만 명에 달하는 신대륙 원주민의 살육과, 같은 수의 아프리카 흑인을 대상으로 한 인간 사냥을 생각하면 더욱 그렇습니다. 오늘날까지 맥맥이 이어지고 있는, 그리고 21세기에도 청산되기 어려운 식민주의적 국제 원리에까지 생각이 미치면 그가 서쪽으로 간 그의 개인적 이유는 더욱 작아질 수밖에 없습니다.

'신대륙 발견' 500주년에 행해진 가상 재판에서 콜럼버스는 유괴와 살인을 저지른 침략자로 단죄되고 '신대륙 발견'이라는 표현이 폐기되었습니다. '신대륙'이 아님은 물론이며 '발견'이 아닌 '도착'이었기 때문입니다. 최후의 신화로 남아 있는 '콜럼버스의 달걀'도 이제는 비범한 발상의 전환이라기보다는 생명 그 자체를 서슴지 않고 깨트릴 수 있는 비정한 폭력성의 대명사로 전락되어 있습니다. 과연 신대륙에서는 무수한 생명이 깨트려지는 소리로 가득하였으며 그 소리는 지금도 세계의 곳곳에서 들려오고 있습니다.

바르셀로나 람블라스 거리에 서 있는 콜럼버스의 동상은 세비야 대성당에 누워 있는 그의 관과는 달리 야심찬 모습으로 서서 손을 들어 바다를 가리키고 있습니다. 나는 그가 가리키는 쪽은 당연히 대서양 건너 신대륙일 것이라고 생각하였습니다. 그러나 그쪽은 대서양이 아니라 반대편인 지중해 쪽이었습니다. 문득 그가 서쪽으로 간 이유가 바로 그쪽에 있었다는 생각이 들었습니다.

나는 산타마리아 호 선상에 올라가 멀리 대서양을 바라보았습니다. 신대륙은 물론 보이지 않고 대서양의 푸른 물결만 출렁이고 있었습니다. 이미 신대륙이 아닌 고난의 대륙이 바다 저편에 있을 것입니다. 눈앞의 무심한 바닷물과는 반대로 귓전을 스치는 바람 속에는 수많은 목소리가 들려옵니다. "지구가 둥글다는 것이 우리에게 무슨 의미가 있는가?"라는 아메리카 원주민의 항변이 들려옵니다. "세계는 결코 둥글지 않았다"는 당신의 말이 들려옵니다. 그리고 지금도 세계의 여러 곳에서 신대륙을 찾아 비행기로 이륙하고 있는 수많은 콜럼버스들의 모습이 떠오릅니다.

누구를 위하여 종은 울리나

전사자 계곡의 십자가

    스페인의 수도 마드리드로부터 약 40km 거리에 있는 로스 카이 도스 계곡(전사자 계곡)에는 20세기의 가장 거대한 기념물로 일컬어 지는 십자가가 있습니다. 높이 150m의 십자가가 해발 200m의 바 위산 정상에 서 있습니다. 이 바위산을 뚫어 다시 세계 최대의 성당 을 만들었습니다. 이 성당의 제단은 십자가의 바로 아래에 자리잡 도록 설계되어 있으며, 제단 앞에는 프랑코와 팔랑헤당의 창건자인 안토니오의 시신이 안장되어 있습니다.

    지금도 매일 정오에는 그레고리오 성가가 울려 퍼지는 가운데 스 페인 내전에 희생된 100만의 주검을 위로하는 미사를 올리고 있습 니다. 성가는 바위산을 울리고 다시 십자가를 타고 올라 스페인 하 늘로 울려 퍼질 것입니다. 하늘과 땅과 사람을 한 자락으로 휘감고 흐르는 성가의 물결 속에 앉아서 나는 마치 20세기의 무게를 몸소

짙어지는 듯한 감회를 금치 못합니다.

　1936년 프랑코의 군사 반란으로 시작된 3년간의 스페인 내전은 20세기의 가장 참혹한 비극으로 알려져 있습니다. 타협을 불허하는 선과 악의 직선적 대결, 이상에 대한 정열, 행동에 대한 도취 등 스페인 특유의 열정과 함께 질풍처럼 달려간 비극이었습니다.

　인구 2,100만 명 중에서 100만 명이 전쟁 중에 죽었고, 내전이 끝난 후 25만 명이 투옥되었으며, 40만 명이 외국으로 망명하였고, 다시 40만 명이 '산보' paseo 라는 이름의 테러와 처형으로 살해되었습니다.

　나치 독일과 파시스트 이탈리아 군대가 직접 개입하고, 이어 옛 소련이 공화정부를 지원함으로써 스페인 내전은 내전의 성격을 넘어 이른바 '국제적 내전'으로 확대되었습니다. 제2차 세계대전의 전초전이었고 대리전이었습니다. 영화 〈땅과 자유〉Land and Freedom에서 고발하고 있듯이 인민전선 내부의 이념적 갈등과 참상까지 골고루 갖춘 스페인 내전은 20세기를 관통하는 모순의 전형이라 할 수 있습니다.

　그러나 오늘날 남아 있는 내전의 흔적은 적어도 겉으로는 거의 사라지고 없습니다. 아마 유일하게 남아 있는 곳이 톨레도일 것입니다. 스페인의 고도古都 톨레도는 일찍이 스페인을 점령한 로마 군이 요새로 삼았던 도시입니다. 삼면이 타호 강으로 둘러싸인 천혜의 지형은 한눈에 전략 거점임이 드러나는 전형적인 요충지입니다. 내전 당시에는 스페인 군대의 심장부인 육군보병학교가 있던 곳입니다. 톨레도는 그 군사적 중요성 때문에 반란군이 이곳을 신속하게 점령하여 군사적 거점으로 삼았고 당연히 스페인 내전의 최대 격전지가 된 곳입니다.

그러나 이곳 톨레도 군사박물관에 보존되어 있는 사적은 프랑코 반란군에 가담하여 55일간 이곳을 사수했던 모스카르도 대령의 영웅적 전투를 조명하는 데 초점이 맞춰져 있습니다. 전시장은 치열한 공방전으로 말미암아 심하게 파괴된 건물의 모형과 사진들로 채워져 있으며, 지휘 본부에는 모스카르도의 천연색 대형 초상화가 걸려 있습니다. 주의회州議會에 인질로 잡혀 있던 그의 아들과 나눈 최후의 육성 통화도 재생해 놓고 있었습니다.

스페인 내전이 역조명되고 있다는 생각을 금할 수 없었습니다. 내전 당시 세계의 격분을 불러일으킨 게르니카의 처참했던 피폭 현장이 완벽하게 청소되었지만 소피아 미술관의 피카소 그림이 그 참상을 고발하고 있는 것과는 대조적이었습니다. 반란을 승리로 이끌고 36년간의 독재를 이끈 프랑코가 죽음에 앞서 남긴 말은 유명합니다. "적을 용서하겠는가?"라는 질문을 받고 그는 "내겐 적이 없다. 모두 사살되었다"는 답변을 남기고 떠났습니다.

당시 곤경에 빠진 스페인의 민주주의를 구하기 위해 4만여 명의 의용병이 세계 도처에서 스페인으로 달려와 싸웠던 이야기는 헤밍웨이의 소설 『누구를 위하여 종은 울리나』에 감동적으로 남아 있습니다.

나는 아득히 십자가를 올려다보고 그 십자가 밑에서 울려 퍼지는 성가와 기도를 들으며, 이 거대한 십자가와 성당이 투옥된 정치범들의 강제 노동으로 만들어졌다는 사실에 다시 한 번 충격을 받지 않을 수 없었습니다. 건립의 주체가 가해자라는 사실, 그리고 그 노역의 담당자가 피해자였다는 사실은 이 성당의 기도와 십자가가 과연 모든 희생자들에 대한 진정한 평화이고 기도일 수 있는가, 하는 의문을 떨쳐 버릴 수 없게 하였습니다.

그러나 당신은 그것이 누구를 위한 기도인가를 물을 필요가 없다고 하였습니다. 그리고 헤밍웨이가 소설의 제목을 따온 존 던의 시와 그 시가 만들어진 사연을 들려주었습니다. 늦은 밤 서재에 앉아 있던 시인이 누군가의 죽음을 알리는 조종弔鐘 소리를 듣게 됩니다. 그는 사동을 불러 누가 죽었는가를 알아보도록 하였습니다. 그러고 나서 잠시 후 다시 그를 불러 누가 죽었는지를 알아볼 필요가 없음을 알리고 쓰기 시작한 것이 바로 그의 유명한 「누구를 위하여 종은 울리나」라는 시였다고 했습니다.

"세상의 어느 누구도 외딴섬이 아니다"라는 구절로 시작되는 그의 시는 한 줌의 흙이 파도에 씻겨 가면 그만큼 대륙의 상실이라고 이야기합니다. 그러기에 저 조종 소리는 단지 죽은 사람을 위한 종소리가 아니라 살아 있는 모든 사람을 위한 종소리임을 감동적인 시어로 깨우쳐 주고 있습니다.

긴 안목으로 본다면 가해자이건 피해자이건 모두가 희생자이며 결국은 우리 세기의 비극임에 틀림없습니다. 구태여 누구를 위한 십자가이며 누구를 위한 기도인가를 물을 필요가 없을지도 모릅니다. 누구를 위한 기도인가를 묻지 않는 것이 진정한 용서이고 이러한 용서에 의해 비로소 역사가 진보하는 것인지도 모릅니다. 적어도 반복은 진보가 아니기 때문입니다. 그러나 안타까운 것은 아직도 우리들이 그러한 종소리를 만들어 내지 못한 채 어느덧 20세기가 저물어 가고 있다는 사실입니다.

20세기는 실로 내전internal war과 내란civil war의 세기라 할 수 있습니다. 러시아·중국·인도차이나·그리스·멕시코·콜롬비아·칠레·콩고·나이지리아 등 이루 헤아릴 수 없을 정도로 이념 투쟁의 연속이었고 지금도 형태만 바뀌어 계속되고 있습니다. 우리나라는 더구나 예외가 아닙니다. 이러한 갈등과 비극을 넘어설 수 있는 최소한의 기도마저 만들어 내지 못하고 있는 것이 우리의 현주소입니다.

전사자 계곡을 찾아가는 날은 마침 오랜만에 내린 비로 드넓은 스페인 평원에 쌍무지개가 나타났습니다. 나는 자동차를 세우고 오색 무지개를 바라보았습니다. 우리는 스페인이 치러야 했던 그 잔혹한 비극의 역사가 지금 어떠한 아픔으로 스페인 사람들의 가슴속에 응어리져 있는지 알지 못합니다. 선명한 무지개는 마치 평화와 용서의 종소리처럼 비 개인 스페인 하늘을 동화처럼 아름답게 만들어 놓았습니다. 그러나 스페인은 아직도 참혹한 아픔을 땅속 깊이 묻어 놓고 있음에 틀림없습니다.

생각하면 스페인의 아픔도 우리 세기의 모든 회한과 마찬가지로 그러한 아픔을 진정으로 위로할 수 있는 '방법'을 발견하지 못하고 있음이 사실입니다. 모순의 한쪽을 억압하거나 모순 그 자체를 은폐하는 거대한 기념물을 축조하는 것이 방법이 아닌 것만은 분명합니다. 궁극적으로는 그러한 비극을 재생산하지 않는 새로운 구조를 건설해야 한다는 사실도 모르지 않습니다.

그러나 그러한 구조의 건설에 앞서 더 많은 정성을 쏟아야 하는 것은 첨예한 갈등과 대립을 '창조적 긴장'으로 이끌어 가는 지혜의 계발인지도 모릅니다. 그리고 그러한 지혜의 계발은 창조적 긴장을 사회의 토대 속에 미리미리 입력시켜 나가는 매일매일의 실천에서부터 시작되어야 하는 것인지도 모릅니다.

스페인은 너무나 늦은 땅이었습니다. 전사자 계곡의 십자가 역시 너무나 늦은 종소리였습니다. 그러기에 뒤늦은 회한을 응어리로 앓지 않기 위해서 우리는 끊임없이 질문해야 할 것입니다. 우리들 앞에 나타나는 모든 종류의 기념물 앞에서 그것이 누구를 위하여 울리는 종소리인가를 끊임없이 묻지 않을 수 없을 것입니다.

마라톤의 출발점은 유럽의 출발점입니다

마라톤 평원에서

이 엽서는 그리스의 수도 아테네 북동쪽에 있는 마라톤 평원에서
띄웁니다. 마라톤 평원은 아테네에서 정확히 36.75km 거리에 있는
평원입니다. 당신도 잘 알고 있듯이 이곳은 페르시아 전쟁의 격전
지입니다. 당시 세계 최강을 자랑하던 페르시아 대군을 맞아 고립
무원의 아테네 병사들이 절망적인 병력의 열세에도 불구하고 이를
물리친 격전의 땅입니다.

나는 마라톤 평원이 내려다보이는 산기슭에 올라 2,500년 전의
그 치열했던 전투 장면을 상상해 보았습니다. 그러나 비 오듯 화살
이 날고 창칼로 육박전을 벌였던 아비규환의 전장은 보이지 않고 오
직 평원을 달리는 한 어린 병사의 모습만 떠오릅니다. 패전과, 패전
에 뒤따를 파괴와 살육의 공포에 가슴 졸이고 있는 아테네 사람들
에게 한시라도 빨리 승전보를 전하기 위하여 잠시도 걸음을 늦추지

않고 그들이 모여 있는 아고라로 달려가는 모습입니다. "우리가 이겼다"는 한마디를 외치고 어린 병사는 숨을 거둡니다. 올림픽의 꽃인 마라톤 경주가 이 병사를 기리기 위한 것임은 당신도 잘 알고 있습니다.

당시 그가 출발했던 곳에는 전사자를 추모하는 위령탑과 오륜 마크가 새겨진 작은 성화대가 서 있고 성화대와 나란히 마라톤 경주의 출발선이 대리석으로 땅에 새겨져 있습니다. 나는 바로 그 출발선에 서 보았습니다. 벅찬 승전보를 가슴에 안고 달려 나갔던 어린 병사의 마음이 되고 싶었습니다. 그러나 오히려 마음은 오늘날의 마라톤 경주에서 출발 신호를 기다리는 선수의 심정이 되어 버립니다. 옛 병사의 마음과 오늘의 마라톤 선수의 마음은 참으로 엄청난 차이가 있습니다. 그 아득한 두 마음을 넘나들고 있는 나 자신이 당황스럽기까지 합니다.

이곳 마라톤 평원을 찾아오면서 나는 많은 역사서가 지적하고 있는 지형상의 특징을 확인해 보려는 생각이 없지 않았습니다. 마라톤 평원은 해안을 향하여 입을 대고 있는 주머니처럼 입구는 좁고 안쪽은 산으로 둘러싸인 넓은 평원입니다. 전함 600척을 이끌고 마라톤 만灣에 상륙한 페르시아 대군은 전열을 채 가다듬기도 전에 갑자기 개미목처럼 좁아진 협곡에서 학익진鶴翼陣을 펼치고 있던 아테네의 중장밀집重裝密集 창병槍兵의 돌격과 포위에 당황합니다. 페르시아 군이 자랑하는 대병력의 이점이 한순간에 무너져 버리는 전략상의 패인이 어렵지 않게 확인됩니다.

나는 마라톤 평원이 내려다보이는 산 위에서 당시의 격전을 애써 그려 보았습니다만 여전히 눈앞에 보이는 것은 이 벌판을 달리는 어린 병사의 모습입니다. 아테네 군의 결정적인 승인은 무엇보다 사랑하는 가족들의 생명을 지켜 내려는 병사들의 결연한 용기였음을 다시 한 번 절감하게 됩니다. 이것은 물론 어린 병사의 추억이 안겨 주는 감상 때문일 수도 있습니다. 그러나 아테네 군이 비록 병력은 열세였지만 그들에게는 싸워야 하는 절박한 이유가 있었습니다. 바로 그 이유가 페르시아 군에게는 없었습니다.

생각하면 이 마라톤 전투의 승리는 단지 아테네를 지킨 승리에 그치지 않고 당신의 말처럼 '유럽'을 만들어 낸 승리인지도 모릅니다. 2,500년의 장구한 세월이 흐른 지금, 마라톤 평원은 그때의 단검 조각 하나 묻혀 있지 않은 한적한 벌판으로 남아 있습니다. 그러나 이곳은 '유럽의 탄생지'입니다. 대리석으로 표시된 마라톤 경주의 출발선은 그야말로 유럽의 출발점이 아닐 수 없습니다.

그로부터 10년 후인 기원전 480년, 살라미스 해전에서 동양의 제국 페르시아의 서진西進이 다시 한 번 저지됨으로써 비로소 유럽이 확고하게 자신의 땅을 갖게 됩니다. 마라톤 전투와 살라미스 해전을 승리로 이끈 아테네는 델로스 동맹의 맹주가 되어 페리클레스의 황금기로 이어졌으며, 이 찬란한 고대 그리스 문명은 르네상스를 거쳐 유럽의 정신으로 자리잡게 됩니다. 실로 유럽의 땅과 유럽의

정신이 탄생한 곳이 아닐 수 없습니다.

　나는 마라톤 평원을 떠나 다시 살라미스 해협을 찾았습니다. 살라미스 해협도 마찬가지였습니다. 연기와 불길로 뒤덮인 바다는 간곳 없고 푸른 물결만 출렁이고 있습니다. 마라톤 전투에 참가한 전사들이 갑옷과 무기를 스스로 마련했던 것과는 달리 살라미스 해전에서는 무장武裝을 마련할 능력이 없는 무산無産 시민들도 노 젓는 병사로 참전할 수 있게 됩니다. 이것은 결코 작은 변화가 아닙니다. 이것은 전쟁에 임하는 아테네 시민들의 열정이 그만큼 고양되었음을 입증하는 것이며, 나아가 그리스 민주주의의 기반이 그만큼 더 넓어졌음을 입증하는 것이기도 합니다.

　그러나 그리스 민주주의가 과연 어떠한 수준이었으며 어떠한 내용을 갖는 것인가 하는 점에 대해서는 일단 유럽의 시각을 떠나 논의되어야 할 것입니다. 고대 그리스의 세계가 승전과 환희, 그리고 민주주의로 이루어진 아폴로적 세계가 아님은 물론이며, 그리스 문화도 다른 많은 고대 문화와 마찬가지로 식민지와 노예의 희생 위에 이룩된 것이라는 사실이 간과되어서는 안 되기 때문입니다.

　나는 살라미스 해협의 아침 바닷물에 손을 씻으며 이 평화로운 풍경 속에 그림처럼 앉아 있습니다. 아침 안개 자욱한 포구에는 그물을 손질하는 어부들의 어깨너머로 먹이를 찾는 갈매기들이 한가롭기 그지없습니다. 생각하면 전쟁의 승패는 물론이고 나라의 흥망 역시 유장한 세월에 비추어 본다면 그것은 한바탕 부질없는 춘몽이라는 생각이 듭니다. 찬란히 꽃피었던 그리스의 황금기도 오래지 않아 '그리스의 자살'이라는 30년간의 펠로폰네소스 전쟁으로 추락합니다. 그리고 드디어 마케도니아의 젊은 왕에게 패망하게 됩니다.

지금은 유럽의 여러 나라들이 바야흐로 유럽연합EU을 만들어 가고 있습니다. 유럽뿐만 아니라 세계의 여러 지역에서는 국가를 뛰어넘는 새로운 틀을 모색하고 있습니다. 그러나 금세기가 보여 준 광기 어린 전쟁과 지금도 가시지 않고 있는 종교적 반목과 민족적 쟁투에 생각이 미치면 국가라는 틀의 완고함에 놀라지 않을 수 없습니다.

그러나 돌이켜 보면 인류사가 이룩한 문명은 개별 국가의 흥망과는 상관없이 면면하게 이어져 오고 있는 것인지도 모릅니다. 특히 그리스, 로마의 문명이 그렇습니다. 나라가 없어지는 것이 망亡이 아니라 도道가 없어지는 것을 망이라 했던 고인古人의 역사관을 수긍한다면 국가란 문명을 담는 그릇이 못 되고, 문명은 국가라는 그릇에 담기에는 너무나 크고 장구한 실체인지도 모릅니다.

그럼에도 불구하고 우리는 아직도 우리의 생각을 국가라는 작은 그릇에 간수할 수밖에 없는지도 모릅니다. 이것이 우리의 현주소입니다. 당신은 세계화를 들어 이를 수긍하려고 하지 않을지도 모릅니다. 그러나 아직은 인류가 지금껏 만들어 낸 공동체의 크기가 이러하고, 그 정신의 상한上限이 이러하다고 할 수밖에 없습니다.

이역만리 에게 해의 물가에 앉아서 전쟁의 승패와 나라의 흥망과 문명의 유장함에 젖어 보는 나 자신이 역사의 이방인같이 느껴집니다. 절실할 것 하나 없는 이방인의 마음에도 문득문득 강물처럼 감상이 흘러듭니다. 마라톤 평원에 섰을 때의 당황스럽기까지 했던 마음이 그것입니다. 어린 병사가 숨을 거두며 외쳤던 한마디 말이 다시 들려오는가 하면, 올림픽 마라톤 경주의 승리자가 결승점에서 가슴으로 테이프를 끊으며 외치는 말도 귓전에 생생히 들려옵니다.

　　'우리는 이겼다'는 외침과 '나는 이겼다'는 외침 사이에는 참으로 엄청난 차이가 있습니다. 이 차이가 우리들로 하여금 쓸쓸한 감상에 젖게 하는 까닭은 아마 아직도 '내'가 '우리'를 이겨야 하는 것이 바로 오늘의 현실이고 오늘을 살아가는 우리들의 철학이 되어 있기 때문인지도 모릅니다.

TV는 무대보다 못하고
무대는 삶의 현장에 미치지 못합니다

디오니소스 극장의 비극

    오늘은 아테네의 아크로폴리스 남쪽 기슭에 있는 디오니소스 극장을 찾아왔습니다. 가까이 있는 아티쿠스 극장이나 나프플리온의 숲속에 있는 에피다브로스 극장은 말끔히 복원되어 지금도 연극과 음악이 공연되고 있지만 디오니소스 극장은 반쯤 무너져 내린 채 찾는 사람도 그리 많지 않은 옛날 모습 그대로 남아 있습니다. 그러나 이 디오니소스 극장은 지금도 수많은 연구자들이 끊임없이 그 의미를 재해석하고 있는 그리스 비극의 대부분이 상연된 곳입니다.

    오늘 제가 띄우는 엽서의 내용은 '극장과 TV'에 관한 것입니다. 나는 관광객들이 없는 이른 아침에 다시 이 극장을 찾았습니다. 어제는 사람들 때문에 못했지만 오늘은 거리낌없이 금줄을 넘어 무대 위에 서 보았습니다. 그리고 마치 비극의 주인공처럼 무대 위를 걸으며 객석을 휘 둘러보았습니다. 텅 빈 객석이 사람들로 가득 채워지고 무대 위에는 수많은 배우들의 절규가 들려오는 듯합니다. 그들은 무엇을 절규하였고, 그 절규를 통해 아테네 사람들은 무엇을 교감하고 어떤 가치를 만들어 냈는가를 상상해 보았습니다.

시시포스의 비극과 카뮈의 실존주의를 밤새워 토론하며 그것을 그리스 노예제를 위한 변명이라고 질타했던 20대의 설익은 담론들이 아득한 추억의 저편에서 다가옵니다. 피투성이가 된 손발로 바위를 산꼭대기로 굴려 올리면 다시 평지로 굴러떨어지고 마는 절망의 무한궤도. 이것이 시시포스의 비극적 상황입니다. 이러한 절망의 무한궤도 속에서 과연 우리는 그 절망으로부터 '도전과 책임'의 의미를 자각하고 그것을 삶의 가치로 받아들이라는 요구를 수긍할 수 있는가. 그러한 자각을 요구하는 것 자체가 오히려 비정한 폭력이라고 단언하였습니다. 그러한 초인적인 초상을 들어 보이는 것은 환상을 강요하는 것이며 환상은 모든 고통받는 사람들에 대한 기만 이외의 아무것도 아니라고 단언했던 당시의 열정이 떠오릅니다.

그리스 비극은 부단히 재창작되고 재해석되어 온 것이 사실입니다. 카뮈의 작품들도 그중의 하나일 뿐입니다. 그리스 비극은 페르시아 전쟁을 승리로 이끌고 난 이후 민주주의 전성기에 개화했다는 점을 잊지 말아야 합니다. 당연히 그 비극적 플롯이라는 극적 요소에 초점을 맞추기보다는 비극이라는 장르 자체가 담보하고 있는 사회성에 먼저 주목해야 합니다. 특히 그리스의 비극에 담겨 있는 민주주의 메시지가 간과되어서는 안 될 것입니다.

아이스킬로스의 『사슬에 묶인 프로메테우스』가 그렇습니다. 프로메테우스는 바위에 결박된 채 매일매일 독수리에게 심장을 쪼이는 형벌을 받습니다. 그러면서도 끝까지 절대 권력에 대한 굴종을 거부하는 데모스人民의 저항 의지를 장렬하게 보여 줍니다. 제우스의 심복인 크라토스(힘)를 데모스가 쟁취하는 것, 이것이 데모크라시입니다. 절대 권력에 대한 인민의 도전, 귀족에 대한 평민의 저항, 이 도전과 저항이 사슬에 묶인 프로메테우스가 던지는 메시지이며 그것이 곧 민주주의라는 선언입니다.

또 한 가지 간과할 수 없는 것은 '프로메테우스'Prometheus의 의미입니다. 프로메테우스는 '미리 생각한다'fore thought는 뜻입니다. '미리 생각한다'는 것은, 민주주의는 어떻게 건설해야 하며 또 그것을 위협하는 것이 무엇인가에 대한 예사豫思, 즉 '미래에 대한 선취'를 이야기하고 있기 때문입니다.

에우리피데스의 『메데이아』 역시 성 차별과 억압에 대한 항거입니다. 노예보다 열등한 사회적 약자인 여성이 더 이상 남자들의 횡포에 질식할 수 없다는 해방 선언입니다. 소포클레스의 『안티고네』는 오히려 민주주의라는 형식보다 민주주의의 내용에 관한 깊은 성찰을 담고 있습니다. 국법을 어긴 오라버니의 시체를 매장하지 못하게 하는 크레온 왕의 명령을 무시하고 안티고네는 오라버니의 시신을 매장합니다. 오라버니의 시체가 썩어 가고 들짐승들에게 뜯기는 것을 차마 볼 수 없기 때문입니다. 안티고네는 동굴에 갇히고 결국 자살에 이릅니다.

국법을 민주주의로, 인륜을 혈연주의와 귀족주의로 해석하여 소포클레스를 비난하는 견해도 없지 않지만, 안티고네의 비극은 사람이 법을 지키는 것이 아니라 법이 사람을 지켜야 한다는 인간 선언입니다. 법이 인간적 진실을 지키지 못하는 한 크레온 왕은 그의 운명이 보여 주듯이 안티고네보다 더 참혹한 비극의 주인공으로 전락한다는 것을 선언하고 있습니다.

그리스 희극이 인간을 무대 위에 세워 그 우매함을 반성하는 것이라면, 그리스 비극은 신과 영웅과 왕들에 대한 저항 의지를 결의하는 '시민철학의 대장간'이었습니다. 삶의 현장에 구조화되어 있는 빈부와 성과 계급 간의 갈등이 키워 온 갖가지 소이小異를 대동화大同化하는 용광로가 바로 이곳 디오니소스 극장이었습니다.

반원형으로 된 무대 앞줄에는 등받이를 댄 고급 좌석이 있습니다. 디오니소스 왕과 귀족들의 좌석입니다. 그러나 그것은 앞줄에 배치되어 있고 등받이가 있다는 것 외에는 조금도 다른 점이 없습니다. 특히 반원형으로 된 극장 구조는 어느 좌석에서나 똑같이 보고 똑같이 들을 수 있도록 설계되어 있습니다. 좌석의 평등성입니다. 이곳에서 아테네 사람들이 교감하고 달구어 낸 사상이 바로 인권과 평등과 민주적 공동체였다는 사실을 다시 한 번 떠올립니다.

나는 무대 위를 걸어 보았습니다. 지름 25m. 무대로서는 매우 큰 것이지만 삶의 현장으로선 매우 작은 공간일 수밖에 없습니다. 더구나 그것은 '무대 공동체', '극장 공동체'입니다. 생활의 실체가 아닌 가상 공간에 불과합니다. 연극이 끝나고 관객들이 극장의 가상 공간으로부터 저마다 삶의 현장으로 돌아오면 그 달구어진 열기가 냉각되기까지 그리 많은 시간이 걸리지는 않습니다. 무대와 무대 위에서 상연되는 연극은 그것이 아무리 진한 감동을 안겨 준다 해도 삶의 현장에서 부단히 직면하는 현실과는 역시 아득한 거리가 있습니다. 연극의 한계이며 무대의 환幻입니다.

나는 객석에 앉아 무대를 바라봅니다. 그리고 무대 위에 커다란 TV를 놓아 보았습니다. TV는 배우들의 육성과 코러스가 울려 퍼지는 무대보다 훨씬 왜소하고 감동도 미미합니다. 그러나 TV는 오늘날 우리들이 일상적으로 접하는 문화의 실상입니다. TV는 무대보다 못하고 무대는 삶의 현장에 미치지 못하는 법입니다.

그리스는 민주주의와 공동체의 원리가 와해되면서 추락해 갑니다. 아테네와 스파르타의 30년 전쟁은 귀족과 평민의 대립이 표면으로 드러난 전쟁이며, 이러한 대립이 다시 외세와 결탁함으로써 결국 그리스의 붕괴로 이어집니다. 소크라테스 역시 이 조락의 세월 속에서 독배를 들게 됩니다. 악법도 법이기 때문에 독배를 들었다고 알려진 것은 사실이 아니었습니다. 어디에서도 그러한 기록을 찾을 수 없다고 했습니다. 소크라테스의 죽음은 그리스 민주주의의 합법적 교살이라고 일컬어집니다.

아크로폴리스를 내려오면서 나는 소크라테스가 독배를 들었던 감방을 찾았습니다. 석벽을 파서 만든 감방에는 싸늘한 겨울이 고여 있었습니다. 창살을 잡고 감방을 한동안 들여다보았습니다. 감방 한가운데에는 조용히 독배를 들고 앉아 있는 소크라테스의 모습이 있었습니다. 메데이아의 절규와 성문 밖에서 들려오는 안티고네의 목소리, 그리고 프로메테우스의 부릅뜬 시선도 함께 있었습니다.

관용은 자기와 다른 것,
자기에게 없는 것에 대한 애정입니다

소피아 성당과 블루 모스크

　이스탄불은 먼 곳에 있었습니다. 거리로는 로마나 파리보다 가까웠음에도 불구하고 나의 의식 속에는 훨씬 더 먼 곳에 있었습니다. 이스탄불과 콘스탄티노플, 그리고 비잔틴이 서로 구별되지 않은 채 흑해처럼 몽매하기만 하였습니다.

　이 아득한 거리감과 무지가 어디에서 왔는지 내게도 의문입니다. 이곳에 와서 비로소 깨닫게 된 것이지만, 그것은 나의 머릿속에 완강히 버티고 있는 이중의 장벽 때문이었습니다. 중국의 벽과 유럽의 벽이었습니다. 그것은 한마디로 우리 역사의 곳곳에 세워져 있는 벽이며 우리의 의식 속에 각인된 문화 종속성이라는 사실을 깨닫게 됩니다.

　이스탄불로 오는 이번 여정도 이 두 개의 장벽을 넘어온 셈입니다. 중국 대륙을 횡단하고 런던·파리·아테네를 거쳐서 이스탄불에 도착했기 때문입니다. 돌궐과 흉노는 중화中華라는 벽을 넘지 않고는 결코 온당한 실상을 만날 수 없으며, 마찬가지로 유럽이라는 높은 벽을 넘지 않고는 이슬람과 비잔틴의 역사를 대면할 수 없습니다. 만리장성보다 완고하고 알프스보다 더 높은 장벽이 우리의 생각을 가로막고 있음을 깨닫게 됩니다.

오늘은 그 두 개의 장벽을 넘어 이곳 이스탄불의 소피아 성당과 블루 모스크 사이에 앉아 이 엽서를 띄웁니다. 소피아 성당은 로마로부터 세계의 중심Omphalion을 이곳으로 옮겨 온 비잔틴 문명의 절정입니다. 직경 32m의 돔을 지상 56m의 높이에 그것을 받치는 단 한 개의 기둥도 없이 올려놓은 불가사의한 건축입니다. 그보다 못한 유럽의 유적들이 예찬되고 있는 것에 생각이 미치면 또 한 번 우리들의 부당한 편견에 놀라지 않을 수 없습니다.

건물과 유적뿐이 아닙니다. 이스탄불에는 유럽 중심의 역사에서 완벽하게 소외된 수많은 사화史話들이 있습니다. 1453년 마호메트 2세가 콘스탄티노플을 함락시킬 당시의 이야기들도 그중 하나입니다. 배가 산을 넘는 등 무수한 무용담은 그리스와 로마의 전사에서도 그에 필적할 사례를 찾을 수 없을 정도로 장대한 드라마입니다.

그중에서도 가장 충격적인 것은 이슬람에 대한 새로운 발견입니다. 1935년, 그때까지 이슬람 사원으로 사용되던 소피아 성당을 박물관으로 개조하면서 드러난 사실입니다. 벽면의 칠을 벗겨 내자

그 속에서 모자이크와 프레스코화로 된 예수상과 가브리엘 천사 등 수많은 성화들이 조금도 손상되지 않은 채 고스란히 나타났습니다. 500년 동안 잠자던 비잔틴의 찬란한 문명이 되살아난 것입니다.

벽면에 칠이 되어 있었다는 사실조차 모르고 있던 많은 사람들에게는 경악을 금치 못하게 한 일대 사건입니다. 비잔틴 문명의 찬란함이 경탄의 대상이 되었음은 물론이지만, 그보다는 비잔틴 문명에 대한 오스만 튀르크의 관대함이 더욱 놀라웠던 것입니다. 이교도 문화에 대한 관대함이었기에 더욱 돋보이지 않을 수 없었습니다.

적군의 성을 함락시키면 통상적으로 3일 동안 약탈이 허용되는 것이 이슬람의 관례였습니다. 그러나 마호메트 2세는 콘스탄티노플을 함락하고 난 다음 바로 이 소피아 성당으로 말을 몰아 성당 파괴를 금지시켰습니다. 다 같은 하나님을 섬기는 성소를 파괴하지 말라는 엄명을 내린 다음, 이제부터는 이곳이 사원이 아니라 모스크라고 선언하고 일체의 약탈을 엄금했습니다. 이것은 어쩌면 오스만 튀르크가 그들보다 앞선 유럽 문명의 정화精華를 그대로 계승하겠다는 의지라고 할 수도 있겠지만, 내게는 이슬람의 그러한 관용이 매우 감동적이었습니다.

이슬람의 이러한 전통이야말로 오늘날의 이스탄불을 공존과 대화의 도시로 남겨 놓았습니다. 동과 서, 고와 금이 함께 숨쉬고 있습니다. 이스탄불은 보스포루스 해협을 사이에 두고 유럽 대륙과 아시아 대륙에 걸쳐 있는 실크로드의 종착지입니다. 터키는 스스로 아시리아·그리스·페르시아·로마·비잔틴·오스만 튀르크 등 역대 문명을 계승하고 있는 나라로 자부합니다. 카파도키아·에페수스·트로이 등지에는 지금도 그리스·로마의 유적들이 남아 있습니다. 그래서 터키를 모자이크의 나라라고도 합니다.

소피아 성당도 이슬람 사원인 블루 모스크와 마주 보고 서 있습니다. 기독교와 이슬람교가 공존하는 모습입니다. 터키의 역사에서는 이단에 대한 박해보다는 다른 종교에 대해 보여 준 관대함이 더 많이 발견됩니다. '한 손에 코란, 한 손에 칼'이라고 배웠던 세계사 교과서의 서구적 사관이 부끄럽기까지 합니다. 당신의 말처럼 이 구절은 '한 손에 코란, 한 손에 세금'으로 바뀌어야 할 것 같았습니다. 세수稅收의 감소 때문에 개종을 허락하지 않기도 했기 때문입니다. 터키의 이러한 관용은 북만주에서부터 중국 대륙을 거쳐 중앙아시아·중동·아프리카에 걸치는 역사의 대장정 속에서 길러 온 도량인지도 모릅니다. 대제국은 결코 칼이나 강제에 의하여 건설될 수도 없고 경영할 수도 없다는 것이 역사의 진리이기도 합니다.

우리들은 저마다 자기의 내면 깊숙한 곳에 자기에게 없는 것, 자기와 다른 것들에 대한 애정을 간직하고 있다는 것을 이곳 이스탄불에서 다시 한 번 깨닫게 됩니다. 다만 이러한 내면의 애정이 관용과 화해로 개화할 수 없었던 까닭은 지금까지 인류사가 달려온 험난한 도정道程 때문이었다는 생각이 들었습니다. 타인에 대한 이해는 물론 자기 자신에 대한 깊은 성찰도 없이 가파른 길을 숨가쁘게 달려왔기 때문이라고 해야 할 것입니다. 그것이 어떠한 목표였건

ⓒ 임익순

소피아 성당

소피아 성당은 이슬람 사원인 블루 모스크와 마주 보고 서 있습니다.
기독교와 이슬람교가 공존하는 모습입니다. 터키의 역사에서는 이단에 대한 가혹한 박해의
역사보다는 다른 종교에 대해 보여 준 관대한 사례들을 곳곳에서 발견하게 됩니다.

그것은 나중 문제입니다.

　블루 모스크에서 나는 우리들의 내면에 잠재되어 있는 관용을 웅장한 오케스트라로 만날 수 있었습니다. 288개의 창문으로 쏟아져 들어오는 빛줄기가 99가지 청색으로 장식된 공간에서 현란한 빛의 향연을 연출합니다. 이것이 곧 이스탄불이 자부하는 과거와 현재, 동과 서의 거대한 합창이었습니다. 이 현란한 빛의 향연과 거대한 합창은 그 속에 서 있는 나 자신을 풍선처럼 커지게 하는 것 같았습니다. 자기와 정반대편에 서 있는 사람을 사랑하기로 결심했다는 한 유학생의 감동적인 변화도 바로 이스탄불의 관용이 피워 낸 한 송이 꽃인지도 모릅니다.

　당신이 이스탄불로 나를 부른 까닭을 이제 알 수 있을 것 같습니다. 당신이 보여 준 것은 이스탄불이 안고 있는 관용과 공존의 역사였습니다. 뿐만 아니라 세계화라는 강자의 논리를 역조명할 수 있는 귀중한 시각을 안겨 주었습니다.

　그러나 이스탄불에 있는 동안 내가 바라보고 있었던 것은 나의 의식 속에 자리 잡고 있는 거대한 두 개의 장벽이었습니다. 장벽은 단지 장벽의 건너편을 보지 못하게 할 뿐만 아니라 우리들 스스로를 한없이 왜소하게 만드는 굴레였습니다. 우리는 우리의 의식 속에 얼마나 많은 장벽을 쌓아 놓고 있는가를 먼저 반성해야 할 것입니다. 그리고 그것을 열어 가는 멀고 먼 여정에 나서야 할 것입니다.

No money No problem,
No problem No spirit

인도의 마음, 갠지스 강

   오늘은 힌두교 성지 바라나시에서 이 엽서를 띄웁니다. 바라나시
는 매년 100만 명 이상의 순례자들이 찾아와 '인도의 마음'을 길어
가는 곳입니다. 이곳 사람들은 갠지스를 '강가'Ganga 라고 부릅니다
만 나는 당신의 편의를 위해 갠지스라 쓰겠습니다.

   갠지스 강은 당신도 잘 알고 있듯 세계의 지붕인 히말라야 산맥
에서 발원하여 인도양으로 흘러들기까지 메마른 인도 대륙을 적시
며 곳곳에 찬란한 고대 문명을 꽃피운 인도의 젖줄입니다. 갠지스
강이 이곳 바라나시에 이르면 마치 전생으로부터 흘러오던 강물이
잠시 이곳을 이승으로 삼다가 떠나려는 듯 초승달 같은 만곡彎曲을
이루면서 유속도 뚝 떨어집니다.

   나는 아직도 어둠이 채 걷히지 않은 새벽 강에 배를 띄우고 강물

과 함께 천천히 흘러갑니다. 강가는 벌써 강물에 몸을 씻고, 명상하고, 기도하는 사람들로 가득합니다. 갠지스 강물에 몸을 씻으면 이 승에서 지은 모든 죄를 씻어 버릴 수 있기 때문입니다. '가트'Ghat라는 이 목욕장은 강물에 닿아 있는 긴 돌계단으로, 이 돌계단은 죽은 사람의 시체를 태우는 화장터로도 사용하고 있습니다 .

지금도 저만치 두 개의 불꽃이 아직도 어둠에 묻혀 있는 수면을 밝히며 피어오르고 있습니다. 불에 타고 있는 사람의 형체가 장작불 속으로 보입니다. 이곳 갠지스 강가에서 죽고 그 시신을 태운 재를 강물에 흘려보내면 윤회를 벗고 영원한 해탈을 얻을 수 있다고 믿습니다. 장작값으로 손목에 팔찌 하나만 남기고 모든 것을 다 바쳐서 이곳에 와서 죽는 사람도 있습니다. 돈이 부족한 사람은 장작이 모자랍니다. 그래서 화장터 주변에는 타다 남은 시체를 얻기 위해 개들이 기다리고 있습니다. 오늘도 기다리고 있는 개가 눈에 띕니다.

나는 사진 촬영을 금지하는 워치맨의 감시를 피하여 카메라를 들다가 그만 내려놓았습니다. 이것은 결코 한 장의 사진에 담을 수 있는 것이 아니기 때문입니다. 언젠가 당신이 말했습니다. 문화라는 이름의 가공架空에 길들여진 우리들의 정서가 가장 먼저 회복해야 하는 것은 '당혹감'이라고 하였습니다. 외부 세계와 인간 존재가 직선으로 대면했을 때 돌출하는 충격, '세계는 저기서 무엇을 하고 있으며 저것과 나의 대면은 어떤 의미가 있는가' 하는 싱싱한 의문에 충실해야 한다고 하였습니다. 이러한 당혹감과 충격은 현장을 떠나서는 만날 수 없는 것입니다. 하물며 그것을 한 장의 사진으로 만들어 사유화하려는 욕심은 우리들의 정신을 박제화하는 상투적 허구에 지나지 않는 것입니다. 창백하기로 말하자면 내가 띄우는 이 엽서 속의 언어들 역시 조금도 다를 바 없습니다. 당신이 직접 이곳에 오기 바랍니다. 꼭 이곳이 아니라도 상관없습니다. 중요한 것은 현장의 당혹감을 머리가 아닌 가슴에 먼저 주입하는 일이라 믿습니다.

어느덧 갠지스 강에 해가 뜨고 아침해는 붉은 노을을 강물 위에 던지며 마치 등잔의 심지를 내려놓듯 화장터의 불빛도 줄여 놓습니다. 그리고 갠지스 강은 한 줄기 긴 빛으로 변합니다. 한 줄기 강물로부터 끝없는 시간의 흐름으로 변합니다. 과거와 현재와 미래를 관류하는 종교가 되고 철학이 됩니다. 나Atman와 우주Brahman를 통일하는 달관達觀이 됩니다. 삶과 죽음, 영광과 좌절, 부귀와 빈천을 한 줄기 강물로 흘려보냅니다. 빈천이나 부귀는 모두 전생에서 지은 당연한 업보이며, 이승의 가난과 괴로움도 저승에서는 벗을 수 있다는 무한한 윤회를 믿고 있습니다. 선善.Goodness은 얼마든지 줄 수 있고 또 얼마든지 받을 수도 있지만 돈은 그럴 수 없는 것이라 했습니다. 우리의 이야기를 듣고 있던 사람이 물에서 몸을 씻고 있다가 말했습니다.

"노 머니 노 프로블럼."No money No problem

나는 그가 던진 만트라Mantra. 驚句에 화답하였습니다.

"노 프로블럼 노 스피릿."No problem No spirit

나는 갠지스 강이 안겨 주는 달관이 힘겹게 살아가는 사람들의 체념이 아니기를 바랍니다. 모든 실재實在를 비실재화하는 이데올로 기가 아니기를 바랍니다. 생각하면 그러한 달관에 비록 체념의 흔적이 없지 않다고 하더라도 그것은 매우 귀중한 깨달음임에 틀림없다고 생각합니다. 더 많은 것을 가지려 하고 더 빨리 도달하려고 하는 우리들의 끝없는 집착의 윤회를 통틀어 반성케 하는 귀중한 깨달음이 그 속에 있기 때문입니다.

갠지스 강은 척박한 인도 땅에서만이 아니라 오히려 번영과 풍요의 대륙을 가로질러 흘러가야 할 강이라고 생각합니다. 하루하루 힘겹게 살아가는 가난한 사람들의 가슴이 아니라 백년, 천년 이승에 살고 싶어 하는 사람들의 가슴 한복판을 가로질러 흘러가야 할 강이라고 생각합니다. 뿐만 아니라 거대한 갠지스 강을 새로운 세기의 한복판에 만들어 내는 일이 우리 시대의 과제인지도 모른다는 생각이 듭니다.

뱃사공 람지는 다음에 다시 갠지스 강을 찾아올 때는 손목시계한 개를 갖다 주기를 내게 부탁했습니다. 나는 잠시 생각한 뒤에야 깨달았습니다. 그것은 결코 손목시계의 소유 그 자체에 대한 욕망이 아니었습니다. 자기의 노동 시간을 정확하게 측정함으로써 배를 빌린 손님에게, 그리고 자기를 고용하고 있는 배 임자에게도 약속을 지키려는 그의 양심이었습니다.

나는 한동안 나의 손목시계를 내려다보며 고민했습니다. 어느 투자금융회사의 창립 10주년 기념품인 내 시계는 조금도 값나가는 것이 아니었지만 당장의 여정 때문에 끝내 풀어 주지 못했습니다. 만약 당신이 나보다 먼저 갠지스 강을 찾아오게 된다면 그에게 손목시계 한 개를 선물하기 바랍니다. 당신이 그에게 주는 시계는 그의 삶과 노동이 되어 갠지스 강과 함께 흘러갈 것입니다.

진보는 삶의 단순화입니다

간디의 물레 소리

   델리로 오는 길은 매우 먼 여정이었습니다. 인도 동부 콜카타에서 출발했기 때문에 우선 거리가 멀었습니다. 그리고 비행기, 기차, 자동차를 번갈아 타고 이동했기 때문에 더 멀게 느껴지기도 했습니다.

   비행기에서 인도 대륙을 조감하기도 하고, 피난 행렬을 연상케 하는 기차역의 플랫폼에서는 사람들과 짐더미에 파묻혀 길을 잃고 헤매기도 했습니다. 자동차로 이동하는 일은 더욱 먼 길이었습니다. 중앙선도 없는 도로를 여러 종류의 동물 떼들과 함께 달리기도 하고 햇볕이 불타는 시골길에 지친 차를 세우고 마을 사람들을 가까이서 만나기도 했습니다. 적어도 내게는 그 역동적(?)인 여정의 끝에 델리가 있었습니다.

   참으로 먼 길이었습니다. 멀다는 것은 이정里程을 두고 한 말은 아닙니다. 델리는 인도로부터 더욱 멀리 떨어져 있는 도시였습니다.

대통령 궁·의사당·각국 대사관, 그리고 네루 플레이스와 사우스 익스텐션의 번화가 등으로 이루어진 뉴델리는 서구의 도시와 조금도 다르지 않은 현대 도시였습니다. 그래서 더욱 멀었습니다. 더구나 델리를 중심으로 추진되고 있는 인도의 근대화 정책은 인도 사람들의 삶과 너무나 멀리 떨어져 있었습니다.

하얀 안개꽃 가운데 붉은 장미 한 송이를 꽂으면 안개꽃이 더 아름답게 보이는가 아니면 장미꽃이 더 아름답게 보이는가, 하는 질문을 받은 적이 있습니다. 오늘 내가 당신에게 전하는 엽서는 그 질문에 대한 때늦은 답변이기도 합니다. 안개꽃과 장미, 농촌과 도시, 그리고 간디와 네루의 이야기입니다.

내가 델리에서 제일 먼저 찾아간 곳은 간디 기념관이었습니다. 직원들도 아직 출근하지 않은 이른 아침이었습니다. 뜰에 간디가 홀로 서 있었습니다. 나는 간디와 함께 직원들의 출근을 기다렸습니다. 간디의 면모가 가장 여실하게 남아 있는 곳은 2층에 있는 작은 거실이었습니다. 간디의 유품이 진열되어 있는 방이었습니다. 낡은 슬리퍼 한 켤레, 안경, 피묻은 옷, 그리고 그의 육신을 앗아간 총탄과 시신을 태운 재를 담았던 항아리가 낮은 조명 아래 놓여 있었습니다. 참으로 간소한 방이었습니다.

그러나 이 간소한 방은 비폭력, 불복종, 그리고 무소유를 몸소 실천했던 그의 전부인지도 모릅니다. 아무도 없는 기념관에 아무것도 걸치지 않은 간디의 초상은 적적하였습니다. 그러나 그곳에 전시되어 있는 현장 사진들은 치열했던 그의 일생을 감동적으로 펼쳐 보이고 있었습니다. 일찍이 네루가 격찬했듯이 '밑바닥을 흔드는, 급소 중의 급소를 꿰뚫어 보는 천재'가 번뜩이고 있었습니다. 간디의 천재성은 식민지 인도의 독립운동에서만 나타났던 것이 아니라 인간 해방을 향한 '진리의 선언'으로 승화됨으로써 영원한 메시지가 되고 있었습니다.

네루 기념관에서 가장 인상적이었던 것은 그의 딸 인디라 간디의 방이었습니다. 내가 감옥에서 네루의 『옥중서간집』을 읽었을 때의 기억이 떠올랐기 때문입니다. 그의 서간집은 열세 번째 생일을 맞는 딸 인디라 간디에게 나이니 형무소에서 띄우는 편지로 시작됩니다.

암담한 식민지 시대를 끝내고 이제 인도의 독립과 함께 아버지는 총리가 되고 딸 인디라 간디는 그립던 아버지 옆에 방을 갖게 됩니다. 긴 인고의 세월을 뒤로하고 바야흐로 맞이한 인디라의 행복을 상상하는 일은 참으로 마음 흐뭇한 것이었습니다. 그러나 아버지를 이은 총리 간디 여사의 정치적 성공과 실패, 그리고 그녀의 아들인 라지브 간디 총리의 피살에 생각이 미치면 인도가 헤쳐 나온 현대사가 얼마나 험난한 길이었던가를 새삼 깨닫게 됩니다.

나는 네루 총리의 관저였던 영국풍 집무실과 서재, 그리고 장미한 송이가 헌화된 그의 영정을 지나서 역시 장미꽃이 아름다운 정원에 있는 그의 묘를 찾았습니다. 그의 묘비에는 다음과 같이 적혀 있었습니다 .

"누군가 나를 묻는 사람이 있다면 나는 그에게 이렇게 말하고 싶다. 이 사람은 진정으로 인도를 사랑하고 인도인을 사랑한 사람이었다."

인도에 대한 네루의 애정을 의심하는 사람은 없습니다. 그러나 그 사랑의 방법이 간디와 커다란 차이가 있음은 부정할 수 없는 사실입니다. 간디는 인도를 이끌고 가야 하는 것은 몇 개의 근대화된 도시가 아니라 수십만 개의 인도 마을과 민중이라고 생각했던 반면, 네루와 그가 중심이 된 인도 국민회의파는 근대화된 도시와 엘리트에 주목하였습니다. 간디와 네루의 차이는 방법에 있어서 분명히 반대 방향을 겨냥하는 것입니다. 그것은 낙후한 농촌이 근대화된 도시를 이끌고 갈 것인가, 아니면 야박한 도시가 순박한 농촌을 끌고 갈 것인가, 하는 엄청난 차이입니다.

당신은 간디가 바이샤 계급의 평민 출신이었음에 반하여 네루는 부유한 브라만 계급 출신이며 영국의 명문 사립학교인 해로와 케임브리지 출신이란 점을 들어 그 차이를 설명하였습니다. 그러나 인류사의 곳곳에는 출신과 성분을 뛰어넘은 개인이 얼마든지 있음을 우리는 알고 있습니다. 그리고 간디와 네루의 차이는 두 사람의 개인적인 차이라기보다는 인도 사회의 복합성이 두 사람의 인격과 방법상의 차이로 표출된 것이라 해야 옳습니다.

내가 당신에게 정작 이야기하고 싶은 것은 사랑의 방법에 관한 것입니다. 아무리 절절한 애정을 담고 있다 하더라도 그것을 표현하는 방법에 따라 대상을 오히려 그르칠 수도 있는 것이 바로 사랑의 역설입니다. 사랑의 방법을 한 가지로 한정하는 것이야말로 사랑이 아닙니다. 그러나 그럼에도 불구하고 누가 내게 가장 정직한 사랑의 방법을 묻는다면 나는 '함께 걸어가는 것'이며 '함께 핀 안개꽃'이라고 대답할 것입니다.

오늘의 인도는 역시 네루의 방법을 이어가고 있습니다. 델리와 뭄바이를 거점으로 하여 의욕적으로 추진하고 있는 인도의 개발 정책에서 그것을 어렵지 않게 읽을 수 있습니다. 자체 기술로 핵을 개발하고, 초음속 전투기를 만들고, 세계 2위의 소프트웨어 수출국인 인도의 도시는 그러한 자신감을 갖고 있음이 분명합니다. 2억이 넘는 중산층의 존재도 외국 자본이 놓칠 수 없는 시장임에 틀림없습니다. 그러나 도시가 농촌을 이끌고 가는 20세기의 근대화 방식은 도처에서 실패하고 있습니다. 그것은 인도인, 특히 인도의 농촌과 함께 가는 길은 아닙니다. 간디의 방법은 아닙니다.

나는 간디의 물레 앞에서 그의 '진리의 길', 그의 '사랑의 방법'을 생각합니다. 외국 제품을 불사르느니 가난한 사람들에게 나누어 주는 것이 현명하다는 타고르의 반론에 대하여 간디는 그것을 불태울 때 우리는 수치심도 함께 태웠다고 대답하였습니다. 영어 교육을 주장하는 타고르에 대하여 간디는 영어 교육은 결국 영국인이 인도인을 대하듯이 처신하는 인도인을 만들어 내게 될 것을 우려하였습니다.

라즈가트 공원의 제단

간디의 시신이 화장된 곳에 설치된 이 제단은 지금도 인도
사람들이 간디를 가장 가깝게 만나는 곳입니다. 제단에는 운명의
순간에 외쳤던 최후의 말 한마디가 새겨져 있습니다.
"헤 람!"(오 신이여) 그러나 우리가 잊지 말아야 하는 것은
간디의 신은 진리(God is Truth)라는 사실입니다.

그가 이끌었던 비폭력, 불복종 운동이 식민지 인도의 거대한 잠재력을 폭발적으로 일으켜 세웠듯이 그의 무소유 사상은 현대 자본주의를 새롭게 조명하는 메시지라는 생각이 듭니다. 무소유는 간디 경제학의 기본 원리이며 근대경제학에 대한 강한 비판 이론입니다. 필요하지 않은 것은 소유하지 않으며 쌓아 두지 않아야 한다는 그의 무소유 이론은 거대 자본의 전횡을 포위할 수 있는 비폭력 불복종 투쟁의 경제학적 변용이면서 새로운 세기의 문명론이라 할 수 있습니다. 그에게 '진보는 삶의 단순화' Progress is Simplification이기 때문입니다.

당신은, 경제학의 비극은 경제학이 도덕철학으로부터 유리되면서 시작되었다고 하였습니다. 애덤 스미스가 '도덕감정론'의 세계로부터 도덕철학을 버리고 '국부론'의 세계로 들어간 것이 비극의 시작이라고 하였습니다. 생각하면 근대경제학은 그것이 가장 과학적일 때 가장 비합리적이 된다는 치명적인 모순을 안고 있는지도 모릅니다.

나는 간디의 제단을 찾아갔습니다. 제단은 그의 시신이 화장된 곳에 놓여 있었습니다. 조국의 분리 독립을 조금도 기뻐하지 않고 독립과 함께 곧바로 단식에 들어갔으며 최후까지 통일 인도를 호소하다 총탄에 쓰러진 간디가 지금도 많은 사람들을 만나고 있는 곳입니다. 제단에는 운명의 순간에 외쳤던 최후의 말 한마디가 새겨져 있습니다. "헤 람!"(오 신이여) 그러나 우리가 잊지 말아야 하는 것은 간디의 신은 진리 God is Truth라는 사실입니다.

간디 제단을 돌아 나오면서 나는 다시 인도에서 가장 많이 애용되는 릭샤를 바라보았습니다. 릭샤란 자전거로 끄는 인력거입니다. 대여섯 명이나 되는 한 가족이 그 좁은 자리에 가득히 올라앉아 있었습니다. 릭샤꾼은 메마른 궁둥이를 안장에서 들어 올려 온몸으로 페달을 밟고 있었습니다. 몇 개의 도시가 수많은 농촌을 끌고 갈 수 없다는 간디의 목소리를 눈으로 보는 듯하였습니다.

문화는
사람에게서 결실되는 농작물입니다

카트만두에서 만나는 유년 시절

　네팔 왕국의 수도 카트만두는 옛날에 산으로 둘러싸인 해발 1,400m의 산상호수였습니다. 만주슈리文殊菩薩가 큰 칼로 산허리를 잘라 물을 흘려보내고 사람들이 살 수 있는 땅으로 만들었습니다. 이처럼 신神이 호수를 마을로 만들어 주었다고 구전되어 오듯이 막상 카트만두에서 가장 먼저 만나는 것이 바로 신입니다.

　사원이나 탑에 신상이 있는 것은 물론이고, 골목에도 있고, 시장 거리에도 있고, 지붕에도 있고, 처마 밑에도 있습니다. 심지어 연못 속에도 있습니다. 그러나 그 많은 신상들의 모습은 가난한 네팔 사람들의 차림새와 별로 다를 것이 없습니다. 공포의 시바 신이 그의 처 파르바티와 함께 듀버 광장을 내려다보는 모습은 마치 창문 열고 바깥을 구경하는 여염집 부부 같습니다.

　네팔의 신은 근엄하거나 숭고하지 않습니다. 쿠마리라는 살아 있는 여신이 있지만 이 여신은 어린 소녀입니다. 그리고 여신의 역할이 끝난 뒤에는 보통 사람들 속으로 돌아와 대체로 보통 사람들보다 못한 삶을 살게 됩니다. 당신이 카트만두에 오면 가장 먼저 수많은 신을 만나게 됩니다. 신은 신이되 사람들과 가까운 자리에 내려와 있는 신을 만나게 됩니다.

그다음으로 만나는 것은 사람들의 손길입니다. 오랜 세월과 풍상에 젖어 짙은 갈색을 띠고 있는 목조 사원이나 궁궐 건물에 배어 있는 사람들의 손길을 보게 됩니다. 아무리 허술한 건물에도 창틀과 기둥에는 어김없이 정교하게 조각된 갖가지 문양들이 사람들의 정성스런 손길을 보여 주고 있습니다. 노점의 좌판 위에서 햇볕에 따뜻이 익은 자잘한 기념품들에서도 구석구석 사람들의 손길을 느끼게 됩니다.

그리고 그다음으로 사람들을 만나게 됩니다. 아마 신상이나 손길보다 먼저 사람들을 만날지도 모릅니다. 사람들의 순박한 얼굴을 만나게 됩니다. 수줍고 어색해하는 사람들의 눈길과 마주치게 됩니다. 이 순박한 눈길은 험악하게 변해 버린 우리들의 얼굴을 반성하게 합니다. 이처럼 카트만두에서 만나는 것은 신상과 사람들의 손길에 무르녹아 있는 다정함입니다. 그리고 이 다정함이 사람들의 표정과 마음으로 완성되고 있음을 발견하게 됩니다.

그래서 카트만두의 타멜 거리에서는 유년 시절을 만난다고 합니다. 비단 타멜 거리뿐만이 아닙니다. 아산 광장에서 어느 골목으로

공포의 신 시바와 그의 처 파르바티

죽음을 관장하는 공포의 대상인 시바 신이 그의 처 파르바티와 함께
두버 광장을 내려다보는 모습은 마치 창문을 열고 바깥을 구경하는
여염집 부부처럼 친근합니다.

접어들더라도 그 좁은 골목을 걸어가고 있는 사람들의 뒷모습에서 우리는 유년 시절을 만나게 됩니다. 그것은 가난했던 어린 시절의 추억이기도 하고 산업화 이전 우리의 삶이기도 합니다. 시간을 숫자로 계산하며 직선과 격식에 갇혀 있던 심신이 그 각박한 틀에서 해방되어 맨발과 땅의 접촉에서 건져 올리는 편안함, 그것이 바로 우리들의 과거이고 우리들의 유년 시절이라 할 수 있습니다. 이곳 카트만두 분지의 유적과 사람들은 이처럼 커다란 거울이 되어 잃어버린 우리들의 유년 시절을 보여 줍니다. 카트만두가 호수였다는 사실을 다시 떠올리게 됩니다.

비단 유년 시절뿐만이 아닙니다. 카트만두에는 도처에 삶의 원형을 보여 주는 거울이 있습니다. 파슈파티나트의 화장터 풍경이 그렇습니다. 장작더미 위에서 타고 있는 시체나 그 시체를 뒤적여 고루 태우는 사람이나 그 광경을 지켜 보고 있는 가족이나, 그리고 그곳에서 임종을 기다리고 있는 사람이나 어느 한 사람 슬퍼하는 이가 없습니다. 화장터 바로 아래로 흐르는 강가에서 빨래하고, 물 긷고, 그릇을 닦고, 머리를 감는 일상이 태연히 진행되고 있습니다. 관광객들만이 이 태연한 광경에 충격을 받을 뿐입니다. 삶과 죽음의 경계를 무너뜨리면서 삶의 찰나성과 삶의 영원성을 동시에 보여 줍니다.

닥신카리 사원에서 보는 암흑의 여신 칼리에게 바치는 번제燔祭도 그렇습니다. 짐승을 산 채로 목을 베고 솟아나는 피를 신상神像에 바르고 자기의 얼굴에도 바릅니다. 짐승의 체온과 비명 소리가 채 가시지 않은 피와 그 피로써 행하는 제의는 보는 사람을 당혹하게 합니다. 파이프 오르간의 성가가 은은히 흐르던 성체 미사의 포도주와는 극명한 대조를 보입니다. 그 적나라한 원시성이 우리의 생각을 압도합니다.

나는 카트만두에서 만나는 이 모든 것이 한마디로 '문화의 원형'이라는 생각이 듭니다. 오늘날의 문화가 치장하고 있는 복잡한 장식을 하나하나 제거했을 때 마지막에 남는 가장 원초적인 문화의 모습이 바로 이러한 것이라고 생각됩니다. 이것은 사람의 삶과 그 삶에 필요한 최소한의 것으로 구성되어 있는 '문화의 자연'Nature of Culture이라고 생각합니다. 문화 산업Cultural Industry이라는 말이 있지만 문화의 본질은 공산품이 아니라 농작물입니다. 우리가 이룩해 내는 모든 문화의 본질은 대지에 심고 손으로 가꾸어 가는 것, 그리고 최종적으로는 사람에게서 결실되는 것입니다.

문화가 농작물이라는 사실이 네팔에서처럼 분명하게 확인되는 곳도 드물 것입니다. 오늘도 잘사는 나라에서 이곳을 찾아온 수많은 관광객들이 카트만두의 골목을 거닐며 네팔의 나지막한 삶을 싼 값으로 구경하며 부담없이 지나갑니다. 그러나 걱정스러운 것은 혹시나 그들이 네팔에서 문화의 원형을 만나고 그 문화의 원형에 비추어 그들 자신의 문화를 반성하는 대신에 네팔의 나지막한 삶을 업신여기지나 않을까 하는 우려입니다.

우리가 문화의 원형을 만난다는 것은 매우 뜻깊은 일입니다. 근대 이후의 산업화 과정은 한마디로 탈신화脫神話와 물신화物神化 의 과정이었습니다. 인간의 내부에 있는 '자연'을 파괴하는 과정이었으며 동시에 외부의 자연마저 허물고 그 자리에 '과자로 된 산'을 쌓아 온 과정이었습니다. 더구나 앞으로 예상되는 영상 문화와 가상 문화cyber culture에 이르면 문화란 과연 무엇이며 이러한 문화가 앞으로 우리의 삶과 사람에게 무엇이 될 것인가를 묻지 않을 수 없게 됩니다.

진정한 문화란 사람들의 바깥에 쌓는 것이 아니라 사람들의 심성에 씨를 뿌리고 사람들의 관계 속에서 성숙해 가는 것이라 믿습니다. 바로 이러한 이유 때문에 나는 네팔에서 만나는 유년 시절과 그유년 시절을 통하여 만나게 되는 지나간 과거와 다가올 미래와 그리고 사람들의 얼굴이야말로 그 어느 때보다 깊은 의미를 지닌다고 생각합니다.

초토 위의 새로운 풀들은
손을 흔들어 백학을 부릅니다

사이공의 백학

　지금은 이름이 바뀌어 호찌민 시가 된 사이공. 오늘은 그 사이공에서 북서쪽으로 멀리 떨어진 길가의 작은 가게에 앉아 있습니다. 가게라고는 하지만 한적한 시골길에 살림집도 딸리지 않은 작은 초가입니다. 간판도 없고 인근에 마을도 없습니다. 키를 넘는 사탕수수밭이 가게를 둘러싸고 있으며, 사탕수수밭 뒤로는 눈 닿는 곳까지 푸른 볏논이 펼쳐져 있습니다. 이 한적한 시골길에 누구를 기다리는 가게인지 궁금합니다. 열여덟 살 난 팡티 홍린이 엄마 대신 손님도 없는 가게를 지키고 있습니다.

　내가 베트남에 올 때 가장 걱정스러운 것이 당신도 이야기하였습니다만 베트남 사람들의 가슴에 전쟁과 함께 응어리져 있을 '따이한'에 대한 기억이었습니다. 그러나 베트남에 머무는 일주일 동안 그들의 표정이나 말에서 단 한 번도 그런 응어리를 찾아내지 못하였습니다. 다행스럽기도 하고 한편 더욱 난감하기도 합니다.

사람들의 가슴속이야 어차피 들여다볼 수 없지만 어쨌든 눈앞에 펼쳐진 드넓은 들판에는 초록의 물결이 출렁이고 있습니다. 인류사가 치른 수많은 전쟁 중에서 가장 많은 포탄과 화학 무기를 쏟아 놓았던 벌판입니다. 석기시대로 되돌려 놓았다던 이 벌판에도 어느덧 세월은 흘러 그 초토의 기억도 사라지고 새로운 풀들이 출렁이고 있습니다.

이윽고 그 푸른 들판 길에 집으로 돌아가는 학생들의 자전거 행렬이 미끄러지듯 나타납니다. 녹색의 들판을 배경으로 흰 아오자이를 바람에 날리며 지나가는 모습은 마치 백학白鶴이 푸른 벌판에 날아드는 듯 평화롭습니다. 새로운 풀들이 들판을 덮고 그 들판에서 태어난 새로운 생명들이 백학처럼 날아가고 있습니다. 이처럼 평화로운 광경을 눈앞에 두고 나의 심정을 어떻게 간추려야 할지 망연해집니다. 『사이공의 흰옷』을 읽고 가슴 아파하던 당신의 얼굴을 잊을 수 없으며, 단 한시라도 분단의 세월을 떠날 수 없는 나로서는 백학이 날아가는 베트남의 푸른 들녘은 그 한복판에 앉아 있으면서도 잡을 수 없는 환영幻影처럼 멀기만 합니다.

이상한 것은 이때부터 베트남을 떠날 때까지 줄곧 몇 소절의 멜로디가 귀울음처럼 떠나지 않았습니다. 연속극 〈모래시계〉의 주제가로 당신에게도 귀에 익은 노래 〈백학〉Cranes입니다. 결코 음정

베트남 학생들

평화로운 녹색의 들길에 흰 옷자락을 날리며 집으로 돌아가는 학생들.
마치 백학이 푸른 벌판에 날아드는 듯 평화롭습니다.

을 높여 외치는 법 없이 낮고 느린 이오시프 코브존의 목소리에 실려 가슴을 적셔 오던 그 슬픔의 무게로 하여 마냥 아래로 아래로 침하沈下하는 심정을 어쩌지 못하였습니다.

나는 팡티 홍린의 도움으로 집으로 돌아가는 학생들을 불렀습니다. 그러나 따라 놓은 콜라 한 잔을 비우지 못하는 못내 수줍고 순박한 농촌의 어린 소녀들이었습니다. 전쟁 후에 태어난 그들로서는 내가 처음 보는 외국인이라 아무 말도 꺼내지 못하였지만, 그들의 모습에서 전해 오는 것은 평화가 과연 어떤 내용을 갖는 것인가, 하는 절절한 깨달음이었습니다. 그리고 다시는 백학이 포성에 떨지 않기를 바라는 불안한 소망이었습니다.

내가 이 한적한 시골 가게에 오기 전에 들른 곳은 구치 터널이었습니다. 구치 터널은 호찌민 루트와 사이공을 연결하는 전략 지점에 있는 지하 요새입니다. 구치 마을 사람들이 반프랑스 항쟁의 거점으로 건설하기 시작한 이 땅굴은 전쟁을 치르는 동안 총길이 250km로 1만 7,000여 명이 그 속에서 생활과 전투를 계속할 수 있는 거대한 지하 요새가 되었습니다. 병원, 학교, 공장 등을 두루 갖추고 있는 세기적 대역사大役事가 아닐 수 없습니다.

메콩 삼각주의 잘디잔 점토질 땅은 터널을 뚫어 흙에 바람만 쐬어도 금세 콘크리트를 방불케 할 정도로 단단하게 굳어 버리는 천혜의 토질이었습니다. 안내원을 따라 그 좁고 어두운 터널을 체험했습니다. 이곳을 '청동의 요새' '강철의 땅'이라고 하는 까닭을 알 수 있었습니다.

청동과 강철이라는 수사는 지하 터널의 견고함을 일컫는 것만이 아니었습니다. 호미와 삼태기만으로 이 대역사를 이루어 낸 베트남 사람들의 의지를 이야기하는 것이었습니다. 이스라엘, 한국과 더불어 세계에서 가장 강인한 세 민족Strongest Three의 하나로 불리는 베트남 사람들의 일면을 느끼게 됩니다. 바람에 날리는 아오자이의 가냘픈 서정도 그렇습니다만 결코 강골이라 할 수 없는 베트남 사람들의 몸 어디에 그러한 강인함이 도사리고 있는지 의아하지 않을 수 없습니다.

호찌민 시에 도착한 첫날 나는 참으로 납득할 수 없는 광경을 보았습니다. 탄손냐트 공항을 출발해 저녁 아홉 시가 넘어서 도착한 호찌민 시내는 뜻밖에도 마치 아침 출근 시간으로 착각할 정도로 수많은 오토바이와 자전거 행렬이 도로에 가득히 넘쳐 나고 있었습니다. 나는 무슨 축제일인가를 물었습니다. 그러나 이러한 광경은 호찌민 시내의 일상적인 여름 밤 풍경이라고 하였습니다. 물론 주거가 협소하고 날씨도 더워 바깥이 한결 시원하겠지만 인도나 네팔, 그리고 유럽의 모든 나라 사람들이 여름 밤을 맞는 방식과 비교해 보면 참으로 판이한 광경이 아닐 수 없었습니다. 길가에 앉아서 부채질로 더위를 쫓지 않고 이처럼 어딘가로 사뭇 달려가고 있는 이 역동성이 바로 베트남의 강인함인지도 모를 일입니다.

베트남의 역동성은 이러한 여름 밤의 풍경에서만이 아니라 그들

의 높은 향학열에서도 확인된다고 하였습니다. 개방 정책 때문이기도 하지만 젊은이들의 외국어에 대한 관심이나 새로운 분야에 대한 관심은 놀랄 정도라고 하였습니다. 베트남을 일컬어 '자전거 위의 호랑이'라고 하는 말을 실감하였습니다.

베트남은 푸른 들녘에 돌아온 백학과 자전거 위의 호랑이가 공존하는 나라입니다. 그들이 이제 억척같은 과거를 씻고 다시 어디를 향해 나아갈지 알 수 없습니다. 1세기가 넘는 장구한 세월을 반식민지 투쟁과 전쟁의 포연 속에서 살아온 그들이 지금부터 모색하는 길이 어떤 것일지 알 수 없습니다. 다만 그들이 겪어 온 혹독한 과거의 역사가 다시 반복되지 않기를 바랄 뿐입니다. 그리고 그 길이 베트남은 물론이며 비슷한 과거를 가진 나라에게도 새롭고 평화로운 도정을 보여 주는 것이기를 바랄 뿐입니다.

베트남에서는 귀울음처럼 코브존의 노래가 계속해서 들려옵니다.

피비린내 나는 전장에서 돌아오지 못하는 병사들은
저마다 한 마리 백학이 되었구나.
　　……
백학의 무리와 함께 날이 밝으면
나는 땅 위에 남아 있는 당신들을 모두 불러서
새들을 따라 푸른 안개 속으로 날아가리라.

후지 산 자락에 일군 키 작은 풀들의 나라

도쿄의 지하철에서

내가 도쿄에서 가장 먼저 시작한 것이 출근 시간에 맞춰 전철을 타는 일이었습니다. 아사쿠사에서 우에노를 거쳐 도쿄 역에 이르는 멀지 않은 거리였습니다만 복잡하고 바쁘기는 서울의 출근길과 조금도 다르지 않았습니다. 도쿄 순환 노선인 야마노테山手 선에는 아예 의자를 접고 모든 승객이 콩나물처럼 서서 가는 전철도 운행되고 있습니다.

그러나 서울의 출근 풍경과 다른 것은 그처럼 복잡하고 바쁜 출근길이 참으로 조용하고 정연하게 이루어지고 있다는 사실입니다. 10년, 20년의 훈련으로는 도달할 수 없는 고도의 질서와 정숙함이었습니다. 일본의 특징인 '와비사비'侘寂의 문화를 실감하였습니다.

비록 짧은 여정이었지만 이처럼 조용하고 정연한 문화는 도처에

서 만나게 됩니다. 주 46시간의 장시간 노동과 살인적인 고물가에
움츠리고 있으면서도 도로, 주택 등 어느 것 하나 자상한 손길이 닿
지 않은 곳이 없습니다. 일본 경제가 지속해 온 고도 성장의 비밀을
여러 각도에서 분석하고 있지만 나는 일본인들이 몸에 익히고 있는
바로 이러한 근검과 인내가 일본 자본주의의 특징이며 고도 성장의
저력이라는 느낌을 받았습니다.

많은 연구자들이 지적하는 것처럼 일본 자본주의는 서구 자본주
의가 걸어온 과정을 충실히 밟아 온, 서구 자본주의의 일개 수용 양
식에 지나지 않는 것이라고 할 수 있습니다. 그리고 결국은 서구 자
본주의의 외곽에서 희비를 겪을지도 모릅니다. 그러나 일본 자본주
의의 저변을 이루고 있는 이러한 삶의 자세는 경제의 희비와는 상
관없이 다른 곳에서는 찾아보기 어려운 가치이며 저력이라 하지 않
을 수 없습니다.

나는 출근길의 시발역인 '아사쿠사'淺草의 의미를 다시 떠올리지
않을 수 없었습니다. 아사쿠사는 '키 작은 풀'이라는 뜻입니다. 아
사쿠사를 시발역으로 잡은 것도 우연이었지만 나는 이 말만큼 일본
을 잘 나타내는 말도 없다는 생각이 들었습니다.

키 작은 풀들이 사는 나라. 작은 주택과 낡은 가구들을 곱게 간수
하며 살아가는 검소하고 겸손한 삶은 당신의 말처럼 무사武士들의
지배 아래에서 오랜 전국戰國의 역사를 살아온 백성들의 문화인지
도 모릅니다. 그리고 이러한 문화적 배경이 곧 일본 자본주의의 특
징이라는 생각이 들었습니다. 주종 관계를 축으로 하여 짜여진 사

회 조직에서부터 연공 서열 또는 종신 고용이라는 기업의 인사 원리에 이르기까지 광범하게 관철되고 있는 것이라고 할 수 있습니다.

나는 문득 후지 산의 모습이 떠올랐습니다. 높이 약 4,000m를 자랑하는 후지 산. 정상에 백설을 이고 있는 아름다운 후지 산. 그러나 화산 폭발로 이루어진 산이며 키 큰 나무 한 그루 키우지 않는 산입니다. 일본 경제의 전개 과정은 마치 화산 폭발처럼 경제적 논리가 아닌 민족주의의 증폭과 전쟁이라는 정염情炎을 도약대로 삼아 온 것이 사실입니다. 후지 산은 과연 국가는 부강하나 국민은 가난하다는 일본 경제와 일본 사회의 진면목을 한눈에 보여 주는 상징이라는 생각이 들었습니다.

나는 짧은 일정을 쪼개어 후지 산이 보인다는 짓코쿠토게十國峠와 아시노코芦の湖를 찾아갔지만 후지 산은 짙은 구름 속에 그 모습을 숨겨 놓고 보여 주지 않았습니다. 끝내 그 모습을 보여 주지 않는 것 역시 일본다운 것이라 해야 할지도 모릅니다.

비록 후지 산은 보지 못했지만 전철, 신칸센, 택시를 번갈아 바꿔 타면서 도쿄에서 아타미를 거쳐 하코네에 이르는 동안 나는 시골의 작은 마을들을 지나며 키 작은 풀들이 살아가는 여러 가지 모습을 좀 더 가까운 자리에서 볼 수 있었습니다. 검소와 근면이라는 완고한 질서 속에서도 키 작은 풀들은 각자의 취미와 삶의 여백을 만들어 놓고 있었습니다.

그러나 여학생들의 이른바 '루스삭스'loose socks라는 스타킹에 이르러서는 충격을 금치 못하였습니다. 도쿄에서부터 지방의 작은 마을

에 이르기까지 모든 여학생들이 하나같이 발목에 흘러내려 겹겹이 주름이 잡히는 스타킹을 신고 있었습니다. 학교 유니폼으로 오인할 정도였습니다. 그러나 학교에서는 허용되지 않기 때문에 수업이 끝나고 난 하굣길에 바꿔 신는다는 사실을 듣고 아연하지 않을 수 없었습니다. 그것은 단순한 유행과는 질적으로 다른 것이었습니다. 이를테면 소속감에 대한 집착 같은 것이었습니다. 그것은 일본 사회를 살아가는 집단적 지혜인지도 모릅니다. 나는 똑같은 키를 가진 풀들을 다시 한 번 확인하는 느낌이었습니다.

우리는 일본에 대하여 많은 것을 알고 있다고 생각하고 있습니다. 심지어는 일본을 '있다'와 '없다'라는 이진법의 언어로 일도양단할 만큼 그 인식이 감정적인 것 또한 사실입니다. 미국이나 유럽 국가들에 대해서는 그들의 관습과 문화를 너그럽게 인정하고 존중하는 것과는 반대로 유독 일본에 대해서만은 기어이 우리의 잣대로 재단하려는 아집마저 없지 않습니다. 과거의 은원恩怨이 있는 당사자들 사이의 인식이 그럴 수밖에 없으리라는 것도 이해할 수 없는 것은 아닙니다. 호수에는 그 호수에 돌을 던진 사람의 얼굴이 일그러질 수밖에 없습니다. 두 개, 세 개의 돌을 던진 사람의 얼굴이 호면湖面에 비칠 리가 없습니다. 시골 여관의 다다미방에서 어린 시절의 기억과 함께 엽서를 적고 있는 나 자신부터도 평정한 심정일 리가 없음은 물론입니다.

그럼에도 불구하고 나는 후지 산 정상에 군림하고 있는 냉혹한 백설과는 달리 그 인색한 눈 녹은 물로 살아가고 있는 아사쿠사의 삶은 우리가 배워야 할 미덕이라고 생각합니다. 일본에서 만나는 지나칠 정도의 친절에 대해서도 그것이 속마음本音이 아니라고 폄하할 필요가 없습니다. 그것은 서슬 퍼런 사무라이들의 일본도日本刀 아래에서 살아오는 동안 차디찬 돌멩이 한 개씩 가슴에 안고 있는 외로움인지도 모르기 때문입니다. 그것이 비록 쓸쓸한 것이라 하더라도 온 몸에 배어 있는 절제와 겸손은 우리들의 오만과 헤픈 삶을 반성할 수 있는 훌륭한 명경이 아닐 수 없습니다.

정작 혼란스러운 것은 후지 산과 아사쿠사라는 두 개의 이미지가 보여 주는 극적 대립 구도입니다. 물론 키 작은 풀들이 눈 녹은 물로 자라는 것이 사실입니다. 해외 여행에서 강력한 엔화가 보장해 주는 경제적 여유를 향유하고 있는 고도 성장의 수혜자이기도 합니다. 그럼에도 불구하고 내게는 이 두 개의 이미지를 연결하기가 쉽지 않았습니다. 일본인의 생활 깊숙이 자리 잡고 있는 근검과 절제는 그 자체로서 '오래된 미래'이며 동시에 탈근대를 선취하고 있는 삶의 모습이라고 할 수 있음에 비하여 일찍이 아시아를 벗어나 서구를 지향하여 달려온 탈아입구脫亞入歐의 일본 자본주의는 이미 그 지속성이 회의되고 있는 근대성에 대해서도 여전히 무감각하게 보이기 때문입니다. 뿐만 아니라 공정한 사회에 대한 진지한 고민도, 과거에 대한 진솔한 반성도 없이 오로지 단계적 패권 정책에 몰두하는 일본국의 비정한 '작전'作戰에 이르면 더욱 그렇습니다.

그러나 디욱 혼란스러운 것은 바로 그러한 길을 뒤쫓고 있는 우리 자신의 모습이었습니다.

사람이 장성보다 낫습니다

만리장성에 올라

　오늘은 만리장성에서 엽서를 띄웁니다. 베이징 공항에 내리자마자 작정했던 대로 곧장 만리장성으로 향했습니다. 공항에서 그리 멀지 않을 뿐 아니라 만리장성이 가장 운치 있게 보인다는 팔달령八達嶺을 마다하고 우리는 그나마 옛 모습이 비교적 잘 보존되어 있다는 사마대司馬臺 쪽으로 차를 몰았습니다.

　팔달령에서 바라보는 만리장성은 이미 사진첩에서 낯이 익었기도 했지만 굳이 그곳을 사양한 까닭은 관광 명소로 개축된 곳이기 때문이었습니다. 가능하다면 만리장성을 당시의 심정으로 대면하고 싶었습니다. 다행히 사마대에는 관광객이 한 사람도 눈에 띄지 않았습니다. 더욱 다행스럽게도 근래에 보기 드물 정도로 많은 눈이 내려 산야를 하얗게 덮어 놓고 있었습니다. 산야를 덮고 있는 흰 눈은 장성을 더 먼 과거로 물려 놓은 듯하였습니다.

그러나 막상 이곳 사마대에 도착하여 장성을 바라보고 또 장성을 따라 걸어 올라가면서 새삼 느끼는 것은 장성을 당시의 의미로 읽는다는 것이 이제는 불가능하다는 사실이었습니다. 자동차의 속도와 비행기의 높이에 익숙해진 우리들로서는 우선 우리의 속도감이나 공간 정서가 당시로 되돌아갈 수 없을 정도로 엄청나게 변해 있었습니다. 더구나 전쟁의 방법이 판이하게 달라진 오늘날에는 장성을 쌓고 국경의 근심을 덜었던 당시 사람들의 안도감을 실감할 수 없음은 물론입니다. 하물며 이 장성 앞에서 말 머리를 돌릴 수밖에 없었던 북방 민족의 막막한 체념이야 말할 나위도 없습니다.

만리장성을 비록 당시의 의미로 만날 수는 없었지만, 나는 세찬 바람이 적설積雪을 헤치고 있는 성벽에 앉아서 애써 과거의 정서를 길어 올리고 있습니다. 첩첩연봉疊疊連峰 위를 굽이굽이 돌고 돌아 아스라이 하늘로 뻗어 간 장성을 따라 시선을 달려 봅니다. 아득한 과거를 돌이켜 보기도 하고, 아득한 과거로부터 지금까지 이어져 오는 인류사의 유장한 흐름을 되새겨 보기도 합니다.

만 리에 달하는 장성은 역시 장대한 축조물이었습니다. 장성을 찾는 사람들이 한결같이 경탄을 금치 못하는 까닭을 알 수 있습니다. 새들도 넘기 힘든 이 험준한 산맥의 능선 위에 다시 만 리가 넘는 성벽을 쌓아 올린 그 엄청난 역사役事에 감탄하지 않을 수 없습니다. 그 많은 벽돌 한 장 한 장에 담겨 있는 사람들의 노역勞役에 몸서리치지 않을 수 없습니다. 만리장성은 그 속에 담겨 있는 무수한 희생으로 하여 우리들이 수천 년 동안 골몰해 왔던 역사의 실상을 보여 주고 있었습니다. 강대한 제국을 만들고, 수많은 사람을 부리며 매진해 온 부국강병의 역사를 보여 줍니다.

장성은 산맥을 타고 흘러오는 역사의 장강長江 같습니다. 만리장성은 제왕의 힘과 천하통일의 웅지를 보여 주는 고대 제국의 압권입니다. 그리고 천하통일은 또 막강한 통치력의 증거이며 동시에 문화권의 넓이를 보여 주는 척도라 일컬어집니다. 유럽이 알프스 산맥 서쪽 땅에서 한 번도 통일 제국을 이루어 내지 못하고 시종 분립分立의 역사를 반복하여 왔음에 비하여, 광대한 중국 대륙을 하나의 제국으로 묶어 낸 만리장성은 동양적 통합력과 원융성圓融性의 실체라고 주장하기도 합니다.

반대로 만리장성은 화이華夷를 구분하는 폐쇄의 성城이며 동시에 중화사상中華思想이 내장하고 있는 독선의 징표로 보기도 합니다. 그러나 이러한 고담준론은 스산한 폐허에 앉아 있는 나의 심정과는 너무나 거리가 먼 것이 아닐 수 없습니다. 이러한 사념보다는 바로 손발이 닿아 있는 벽돌의 즉물성에 마음이 이끌리지 않을 수 없습니다. 벽돌 한 장 한 장에 맺혀 있는 무고한 사람들의 고한膏汗을 떠올리지 않을 수 없습니다.

푸른 산에 올라 아버님 계신 곳을 바라보니 아버님 말씀이 들리는 듯.
'오! 내 아들아. 밤낮으로 쉴 틈도 없겠지. 부디 몸조심하여 머

물지 말고 돌아오너라.'

잎이 다 진 산에 올라 어머님 계신 곳을 바라보니 어머님 말씀이 들리는 듯.

'오! 우리 막내야. 밤낮으로 잠도 못 자겠지. 부디 몸조심하여 이 어미 저버리지 말고 돌아오너라.'

산등성이에 올라 형님 계신 곳을 바라보니 형님 말씀이 들리는 듯.

'오! 내 동생아. 밤이나 낮이나 고역에 시달리겠지. 부디 몸조심하여 죽지 말고 살아서 돌아오너라.'

陟彼岵兮 瞻望父兮 父曰 嗟予子 行役夙夜無已 上愼旃哉 猶來無止

陟彼屺兮 瞻望母兮 母曰 嗟予季 行役夙夜無寐 上愼旃哉 猶來無棄

陟彼岡兮 瞻望兄兮 兄曰 嗟予弟 行役夙夜必偕 上愼旃哉 猶來無死

『시경』詩經 척호장陟岵章의 정경이 눈앞에 선합니다. 마치 나 자신이 높은 산에 올라 고향을 그리는 당사자인 듯 처연한 마음이 됩니다. 만리장성의 축조뿐만 아니라 성곽, 궁궐 등 끊임없는 토목공사와 전쟁으로 뿔뿔이 찢어져야 했던 이산離散의 아픔이 절절히 다가옵니다. 장성을 타고 강물처럼 가슴속으로 흘러듭니다. 장성의 벽돌 위에 앉아 있는 심정이 예사로울 수가 없습니다. 문득 만리장성에 바치는 모든 경탄이 공허하게 느껴집니다.

만리장성을 내려오면서 나는 줄곧 만리장성이 갖는 최소한의 의미를 찾으려 했습니다. 이 성벽에 바친 수많은 사람들의 희생이 한 갖 도로^{徒勞}에 그친다는 것이 너무나 허전했기 때문입니다. 이 성벽 축조에 희생된 사람은 물론이며 그 숱한 사람들의 아픔에 울적해하는 우리들을 위해서라도 만리장성은 최소한의 의미를 지니고 있어야 했습니다. 그래서 기어이 찾아낸 것이 만리장성은 공격을 위한 것이 아니라 방어를 위한 성벽이라는 사실이었습니다. 공격 거점이 아니라 방어 보루^{堡壘}라는 사실이었습니다. 만리장성이 방어벽이라는 사실은 우울했던 마음을 그나마 달래 주는 한 가닥 위로였습니다.

세계의 이곳저곳을 주마^{走馬}하는 동안 곳곳에 세워진 거대한 성채와 신전들을 만날 때마다 나는 항상 그 밑에 묻힌 수많은 사람들의 주검과 노역을 외면하지 못했습니다. 그랬던 만큼 만리장성이 방어의 보루라는 깨달음은 무척이나 귀중한 발견처럼 느껴졌습니다.

비단 만리장성과 자금성뿐만 아니라 지금까지 만났던 모든 성채와 신전 역시 방어의 축조물임을 깨닫게 됩니다. 그러한 축조물이 과시하는 거대한 규모는 침략자들이 함부로 넘볼 수 없는 것임을 선언함으로써 전쟁을 사전에 예방하는 예방 전쟁의 역할을 수행해 왔다는 사실입니다. 비록 그것에 배어 있는 애끊는 별리의 아픔과 참혹한 희생에 마음 아프지 않을 수 없다고 하더라도 만약 그것이 어느 한 사람의 영광을 위한 것이 아니라 감히 넘볼 수 없는 위용으로 우뚝 서서 미연에 침략을 단념케 하고 전쟁을 예방하였다면 참으로 다행한 것이 아닐 수 없습니다. 그 사실 하나만으로도 충분히 인류의 귀중한 유산이 되고 지혜의 표상이 될 수 있다고 믿습니다.

사실 그와 같은 대규모 축조 공사는 그야말로 전쟁과 같은 희생을 치렀던 것이 사실입니다. 그럼에도 불구하고 이러한 노역은 분명 전쟁 그 자체보다는 나은 것임에 틀림없습니다. 더구나 오늘 우리가 쌓고 있는 전쟁 무기들과 비교한다면 더욱 그렇습니다.

　그러나 만리장성을 되돌아보는 나의 마음은 아무래도 가벼워지지 않습니다. 만리장성의 대역사를 예찬할 수도 없고, 그렇다고 그것의 무모함을 타매唾罵할 수도 없기 때문입니다. 만리장성을 예찬할 수 없는 까닭은 장성의 축조는 어김없이 민초들의 곤궁과 분노로 이어지고 천하를 다시 대란으로 몰고 갔기 때문입니다. 그 무모함을 타매할 수 없는 까닭은 잔혹한 희생에도 불구하고 그나마 장성을 쌓아 전쟁을 막으려 했던 일말의 고충을 인정하지 않을 수 없기 때문입니다. 어차피 공격용과 방어용 구분이 애매해진 무기들을 조금이라도 더 높이 쌓기에 여념이 없는 우리들보다는 분명히 지혜롭다고 할 수밖에 없기 때문입니다.

　일찍이 당唐 태종太宗은 북방 흉노족과 성공적으로 화친을 맺고 돌아온 이세적李世勣 장군에게 '인현장성'人賢長城이라는 네 글자를 써 주었습니다. '사람이 장성보다 낫다'는 뜻입니다. 장성으로도 얻을 수 없었던 국경의 화평을 필마단신으로 이루어 냈기 때문입니다. 방어보다 화평이 낫고, 장성보다 사람이 나은 것이 분명합니다.

　그러나 오늘날도 전쟁 같은 공세가 거침없이 밀어닥치기는 만리장성 당시와 마찬가지입니다. 세계화 논리를 앞세우고 더욱 거세게

쇄도하는 외풍과 외압이 이 겨울을 더욱 춥게 만들고 있습니다. 남아 있는 울타리마저 스스로 헐어야 하는 난감한 현실입니다.

이처럼 난감한 현실은 만리장성의 장대한 모습을 무척이나 부럽게 합니다. 작은 성 하나 쌓지도 않은 우리들을 부끄럽게 합니다. 우리는 저마다 자기 집의 작은 담장을 쌓기에 여념이 없습니다. 그러나 마을을 지키는 성이 없고 나라를 방어할 성벽이 없다면 제 집의 담장인들 온전할 수 없음은 말할 필요도 없습니다.

겨울 바람이 고송노석古松老石에 부딪혀 휘파람이 되는 산상에서 생각은 하염없습니다. 우리는 이제부터라도 화평을 만들어 내고 사람을 키워 내는 진정한 성을 쌓을 수는 없는가. 도도한 욕망의 거품으로부터 진솔한 인간적 가치를 지켜 주는 보루를 쌓을 수는 없는가. 그리고 이러한 보루들을 연결하여 20세기를 관류해 온 쟁투의 역사를 그 앞에 멈추어 서게 할 새로운 세기의 성벽을 만들어 낼 수는 없을까.

만리장성은 이 모든 생각을 싣고 강물처럼 가슴속으로 흘러듭니다.

애정을 바칠 수 있는 도시가
강한 도시입니다

상트 페테르부르크

    상트 페테르부르크는 소련이 해체되기 전까지 레닌그라드로 불리던 고도古都입니다. 당신은 이 도시를 '역설逆說의 도시'라 하였습니다. 일찍이 표트르 대제가 낙후한 제정帝政 러시아를 강력한 제국으로 만들기 위하여 이곳으로 수도를 옮겨 혼신의 정열을 기울여 이룩한 도시였음에도 불구하고 역설적이게도 제정을 붕괴시킨 혁명의 도시가 되어 버린 역사의 아이러니를 그렇게 불렀습니다.

    '유럽을 향하여 열린 창'이었던 페테르부르크는 그 열린 창으로 쏟아져 들어온 새로운 사상으로 도리어 제정 러시아의 전제 정치가 역조명되고 결국 제정의 붕괴로 이어졌습니다. 페테르부르크에서 가장 먼저 보고 싶었던 것이 혁명의 자취였습니다. 최초의 사회주의 소비에트 정권이 수립된 역사의 현장을 확인하고 싶었기 때문입니다.

1905년 빵과 자유를 외치며 행진해 온 민중들이 총탄 세례를 받고 쓰러진 궁전 광장, 농노제와 전제 정치를 반대하여 궐기한 지식인들의 양심이 좌절된 데카브리스트 광장, 그리고 1917년 10월 혁명의 신호를 올린 오로라 순양함 등 이곳에서 만날 수 있는 혁명의 자취는 헤아릴 수 없을 만큼 많이 남아 있습니다. 이러한 자취를 찾아다니는 동안 페테르부르크는 혁명의 도시라기보다 문화와 예술의 도시라는 사실을 깨닫게 됩니다. '혁명과 예술' 이것 역시 우리들의 도식에서는 역설이 아닐 수 없습니다.

이곳에는 100개나 되는 섬과 네바 강의 수많은 지류와 운하를 이어 주는 아름다운 다리들이 365개나 있습니다. 그래서 사람들은 이곳을 '북방의 베니스'라고 부르기도 합니다. 바로크 양식으로 만들어진 중후한 건물에는 정교한 조각들이 기둥과 벽면을 장식하고 있으며, 울창한 수목들로 이루어진 공원에는 적재적소에 조각상들이 서서 이곳에서 살다 간 예술가들의 심혼을 되살려 놓고 있습니다. 이처럼 페테르부르크는 이곳을 찾는 사람들에게 가장 먼저 격조 높은 예술의 향기를 뿜어 줍니다 .

톨스토이가 『부활』을 집필했던 집이 찾는 사람도 없이 쓸쓸하게 남아 있던 모스크바와는 대조적으로 페테르부르크 교외에 있는 푸시킨의 유년 학교는 넓은 호수와 아름다운 정원이 말끔히 손질되어 있었습니다. 푸시킨은 톨스토이와 달리 이곳을 찾는 숱한 방문객들과 더불어 '언제나 새로운 시인'으로 생생히 살아 있었습니다. 톨스토이와 푸시킨의 차이라기보다는 모스크바와 페테르부르크의 차이

로 느껴졌습니다.

내가 페테르부르크에서 발견한 것은 이 도시에 대한 사람들의 애정이었습니다. 이 도시에 대한 애정은 물론 이 도시에 묻혀 있는 역사와 사람들에 대한 애정이었습니다. 그것은 단지 아름다운 자연경관과 문화 유적에 대한 자부심이 아니라, 이곳에서 심혼을 불사르고 살다 간 수많은 사람들을 사랑하고 그들의 삶과 예술을 함께 껴안는 애정이었습니다. 이러한 애정이야말로 모든 것의 원동력이라는 것을 깨달을 수 있었습니다.

페테르부르크에 대한 애정은 페테르부르크를 모독하는 어떠한 전제와 침략도 용서하지 않으리라는 것을 알 수 있습니다. 그것이 때로는 혁명으로 역사의 무대에 솟아오르기도 하고, 때로는 80만 명의 목숨을 바쳐 가면서 900일에 걸친 독일군의 포위를 견디는 저력이 되기도 한다는 사실을 알 수 있습니다. 애정을 바칠 수 있는 도시를 가진 사람은 참으로 행복하고 강한 사람이라는 부러움을 금치 못합니다.

이 도시에서 지금까지도 그들의 정신을 나누고 있는 예술인들은 이루 헤아릴 수 없이 많습니다. 고리키, 고골, 차이콥스키, 도스토옙스키 등 헤아릴 수 없이 많은 사람들이 이 도시를 사랑했고 이 도시를 만들어 냈음을 알 수 있습니다.

푸시킨의 동상이 서 있는 예술 광장에는 그의 동상을 가운데다 두고 오른편에는 발레와 오페라의 세계적인 명소인 무소르크스키 극장이 있고 왼편에는 러시아 민속박물관이 러시아의 역사를 고스란히 담고 있습니다. 뒤편에 있는 러시아 미술관에는 시슈킨의 아름다운 〈자연〉과 레핀의 〈볼가 강의 배 끄는 사람들〉을 비롯하여 칸딘스키의 〈추상〉에 이르기까지 역대 화가들의 명작들이 그 긴 전시장을 가득히 메우고 있습니다.

맞은편에는 유명한 레닌 필하모니 오케스트라의 연주장이 있습니다. 수석 지휘자 체미르카노프가 지휘하는 파멜라 프랭크의 바이올린 협연을 알리는 포스터도 붙어 있었습니다. 나는 3,500원짜리 입장권을 사면서, 10만 원이 넘는 입장권을 도로 팔까 말까 망설였던 서울 공연장 기억이 되살아났습니다.

레닌 필 연주장은 흡사 연인들의 만남 같은 다정한 열기로 가득 차 있었습니다. 우람하지 않으면서도 완벽한 음향을 살려 내는 연주장의 구조뿐만 아니라 연주자와 관객들이 나누는 애정의 공감이 부럽기 짝이 없었습니다. 입석까지 가득 메운 연주장에서 러시안 카니발의 음률과 함께 연주자와 관객이 이루어 내는 일체감은 또 하나의 예술이었습니다. 나는 그 공감의 깊이와 넓이에서 다시 한 번 이 도시에 대한 그들의 애정을 확인할 수 있었습니다 .

도스토옙스키는 인간의 오만을 '죄'로 규정하고 그것을 벌할 것을 주장하고 있습니다. 그것이 인간의 자연에 대한 오만이건 인간의 인간에 대한 오만이건, 오만은 애정이 결핍될 때 나타나는 질병인지도 모릅니다. 진정한 애정은 어떠한 것에 대한 오만도 결코 용납하지 않는다는 것을 페테르부르크는 보여 주고 있습니다.

페테르부르크는 결코 역설의 도시가 아니었습니다. 이 도시의 숨결을 사랑하는 수많은 사람들의 뜨거운 애정 속에서 혁명과 예술이 하나로 융화되고 있었습니다. 우리에게 필요한 것은 우리들의 애정을 바칠 수 있는 도시를 만들어 나가는 일이라는 생각이 들었습니다. 그것은 단지 건물을 세우고 도로를 만드는 것만으로는 불가능한 것임은 물론입니다. 그러한 도시를 만들기 위해서는 수많은 것들을 심고 가꾸어 나가야 하겠지만 결국은 사람과 역사를 만들어 내는 것이어야 할 것입니다. 애정을 바칠 수 있는 사람을 키우는 일, 그리고 그 사람들과 함께 애정을 공감하는 일에서부터 시작되지 않으면 안 될 것입니다.

애정을 바칠 수 있는 도시는 결코 오만하지 않으면서도 아름답고 강인한 도시로 남아 두고 두고 수많은 사람들의 심혼을 일깨워 주리라 믿습니다.

단죄 없는 용서와 책임 없는 사죄는
은폐의 합의입니다

아우슈비츠의 붉은 장미

아우슈비츠 수용소는 들어갈 때보다 돌아 나오는 발걸음이 더 무거웠습니다. 나뿐만 아니라 이 비극의 현장을 돌아보는 모든 방문자들의 표정은 하나같이 침울하기 짝이 없습니다. 분노와 경악이라기보다는 차라리 허탈에 가까운 표정이었습니다. 인간의 양심에 대한 최후의 신뢰가 무너진 허탈함이었습니다. 그것은 제2차 세계대전에서 나치 독일이 자행한 만행이라는 과거의 일회적 사건에 대한 분노나 충격을 넘어선, 인간성 그 자체에 대한 좌절이라고 해야 합니다.

아우슈비츠 뮤지엄에 전시되어 있는 비극의 잔해들은 차마 눈길을 주기 어려웠습니다. 인모人毛로 짠 모직물에 이르러서는 전신에 소름 끼치는 전율을 금할 수 없었습니다. 아무리 전쟁이라는 집단적 광기를 핑계 삼는다 하더라도, 살인 공장을 건설하여 수백만의 인명을 살해했다는 것은 어떠한 이유로도 변명할 수 없는 죄악입니다.

나는 납덩이처럼 무거운 발걸음으로 돌아 나오다 아름다운 장미꽃 화단을 만났습니다. 나는 이 저주받은 땅에 피어 있는 장미꽃이 한없이 고마웠습니다. 그것은 구원이었습니다. 아무도 구원할 수 없는 인간의 절망을 작은 꽃나무가 달래 주는 것 같았습니다. 당신에게 아우슈비츠의 이야기를 전하기보다 차라리 장미꽃에 대하여 이야기하는 것이 나을 것 같습니다. 장미꽃 화단은 유난히 붉은 꽃송이로 이 비극의 땅을 따뜻이 데워 주고 있었습니다.

장미꽃 화단을 발견하기 직전에 내가 마지막으로 들른 곳이 가스실입니다. 비용이 적게 들고 신속하고 효과적인 살인 방법을 연구하여 건설한 것이 이 가스실입니다. 치클론 B는 5kg으로 1,000명을 죽일 수 있는 독가스입니다. 이 독가스가 2년 동안 1만kg이 소모되었다고 합니다. 가공할 대량 살인 공장입니다.

지금은 물론 텅 빈 콘크리트 공간으로 남아 있지만 이 음울한 공간의 한복판에 서 있는 나의 눈앞에는 당시의 광경이 생생하게 펼쳐집니다. 마치 나의 머리 위에서 독가스가 쏟아져 내리는 듯한 착각으로 온몸의 힘이 빠져나갑니다.

나는 쓰러질 듯한 현기증을 가까스로 견디면서 서둘러 햇빛이 비치는 지상으로 올라왔습니다. 가스실 옆 작은 공터에는 교수대가 서 있습니다. 아우슈비츠 수용소를 창설하고 1940년부터 1943년까지 가장 오랫동안 수용소 소장을 지냈던 루돌프 회스를 처형했던 교수대입니다. 로프를 걸었던 쇠갈고리만 교수대의 상단에 꽂혀 있습니다. 가스실의 굴뚝과 나란히 보이는 쇠갈고리는 거꾸로 매달린 물음표(?) 모양입니다. 아우슈비츠가 우리에게 던지는 질문 같았습니다.

가스실과 교수대를 돌아 나오는 나를 맞아 준 것이 바로 장미꽃 화단이었습니다. 별로 크지 않은 화단입니다. 긴 화단을 가득히 덮고 있는 장미꽃은 이 참혹한 현장의 아픔을 어루만지는 따뜻한 손길 같기도 하고 이곳에서 숨겨 간 300만의 영혼 같기도 합니다.

나는 장미꽃 화단 옆에 앉아서 생각했습니다. 이 비극의 현장은 이처럼 먼 폴란드 땅에다 둘 것이 아니라 독일의 수도 베를린으로 옮겨야 한다고 생각했습니다. 아우슈비츠는 라인 강의 기적과 나란히 놓여야 한다고 생각했습니다.

제2차 세계대전의 전쟁 범죄에 대한 독일인들의 사죄는 엄숙할 정도로 철저한 것이 사실입니다. 이웃 일본의 '유감'遺憾과 같은 형식적 외교 언사와는 비교가 되지 않을 정도로 진지한 것임에 틀림없습니다. 빌리 브란트 총리가 이곳에서 통곡하였고 지금도 유대인 다음으로 가장 많이 찾아오는 사람이 독일인입니다. 독일 학생들에게는 수학 여행의 필수 코스입니다. 그러나 폴란드 오지에 있는 아우슈비츠는 아무래도 세상에서 너무 먼 것 같았습니다. 당사자의 가장 가까운 자리에 아우슈비츠는 존재해야 합니다. 그리하여 책임의 소재를 분명히 보여 주어야 합니다.

청산한다는 것은 책임지는 것입니다. 단죄 없는 용서와 책임 없는 사죄는 '은폐의 합의'입니다. 책임짐으로써 다시는 반복되지 않도록 하는 것이 진정한 청산입니다. 굳이 베를린이 아니라도 상관없다고 생각합니다. 그곳이 세계의 어느 곳이든 기적과 번영의 가장 가까운 자리에서 아우슈비츠의 비극은 전시되어야 한다고 생각합니다.

아우슈비츠는 단지 제2차 세계대전의 참상을 드러내는 것에 그치지 않고 우리가 찬미하는 모든 '번영의 피라미드'에 바쳐진 잔혹한 희생의 흔적을 드러내는 증거가 되어야 할 것입니다. 과정보다는 결과가, 내면보다는 외형의 화려함이 우리의 시선을 독점하고 있는 오늘의 풍토에서는 전도된 가치가 얼마나 끔찍한 희생을 동반하는가를 묵상하는 제단祭壇이 되어야 할 것입니다.

아우슈비츠 제2수용소에는 지금도 철길이 그 속으로 벋어 있습니다. 이 길게 벋은 철길에 서면 당신은 유럽 각지에서 유대인들을 가득히 실은 열차가 들어오는 광경을 상상할 수 있을 것입니다. 굶주린 처자식들과 함께 짐짝처럼 화물 열차에 실려 와 이곳에 도착하는 사람들을 볼 수 있을 것입니다. 이곳이 죽음의 땅이라는 사실을 알지 못한 채 가재도구와 가방을 챙겨 들고 열차에서 내리고 있습니다. 아우슈비츠 뮤지엄에 전시되어 있는 그 가방들의 임자이며 냄비와 숟가락의 임자입니다.

당신은 아마 이 지옥의 입구와 같은 현장의 몸서리에서 벗어나

기 위해서라도 서둘러 영화 〈쉰들러 리스트〉의 감동적인 이야기를 떠올리게 될 것입니다. 쉰들러는 바로 이곳에 내리는 수많은 유대인들의 목숨을 구해 낸 독일인이었으며 그의 실화를 바탕으로 만든 영화가 바로 〈쉰들러 리스트〉입니다. 이 영화는 당신도 잘 알고 있듯이 나치즘의 광기에서 피어난 한 송이 장미꽃의 이야기이며 절망의 땅에서 건져 올리는 양심의 이야기입니다.

나는 아우슈비츠를 떠나 곧장 크라쿠프에 있는 쉰들러의 공장을 찾아갔습니다. 쉰들러의 공장을 찾아봄으로써 아우슈비츠에서 받은 충격에서 한시바삐 벗어나고 싶었기 때문인지도 모릅니다. 〈쉰들러 리스트〉의 촬영 현장이기도 했던 이 공장은 지금은 텔포드 전자 부품 공장이 되어 있었습니다. 창문 틀과 복도는 영화 촬영을 위해 회색으로 바꾼 것이라고 하였습니다.

그러나 다음의 이야기는 쓰지 않으려고 한동안 망설이다 덧붙입니다. 우리를 안내하던 카지나예슈 보야스는 조심스럽게 이야기를 들려주었습니다. 〈쉰들러 리스트〉 영화는 사실과 다르다는 것이었습니다. 점령군 사령관으로부터 법랑 냄비 생산 공장인 레코드Rekord를 불하 받은 쉰들러가 이 공장에 유대인들을 고용함으로써 유대인 수천 명을 아우슈비츠에서 구해 낸 것은 사실이었습니다. 그러나 그것은 고용해 주는 대가로 뒷돈을 받는 그의 '장사'이기도 했다는 것입니다. 이곳에서는 널리 알려진 사실이라고 하였습니다.

나는 또 한 번 충격을 받지 않을 수 없었습니다. 자신이 유대인이었던 스필버그 감독이 쉰들러의 정체를 몰랐을 리 없으면서도 그의 이야기를 아름답게 극화한 이유가 무엇이었을까. 아우슈비츠의 비극을 더욱 처절하게 조명하기 위한 극적 구성일 수도 있으며, 최후의 위로를 남겨 두려는 그의 고뇌일 수도 있을 것입니다. 그러나 이곳에서 듣는 쉰들러의 '상혼'商魂은 다시 한 번 우리를 좌절하게 합니다. 진실이 아닌 위로는 결국 또 하나의 절망을 안겨 줄 뿐입니다.

나는 '죽음의 문' 안으로 길게 뻗어 있는 철길을 다시 떠올리지 않을 수 없었습니다. 철길은 이제 잡초만 간간이 자라고 있는 녹슨 기찻길입니다. 그러나 지금 우리가 살고 있는 세상에는 과연 '죽음의 열차'는 없는지, 자기 민족의 번영과 영광을 위하여 질주하고 있는 '번영의 열차'는 없는지 마음은 한없이 무거워집니다. 그리고 문득 누군가에게 묻고 싶습니다. 이 철길의 종착역은 어디에 있는지, 20세기를 넘어 21세기로 이어지고 있는지 묻고 싶습니다.

사상은 새들의 비행처럼 자유로운 것입니다

베를린의 장벽

오늘은 독일 베를린의 한복판에 있는 브란덴부르크 문에서 엽서를 띄웁니다. 이 문은 분단 독일의 상징이었던 문입니다. 제2차 세계대전 후 45년 동안 이 문은 문이 아니라 동서독을 갈라놓은 장벽이었습니다. 그러나 지금은 시원하게 트여 자동차와 사람들의 물결이 거침없이 흐르고 있습니다.

베를린에서 느끼는 첫 번째 감회는, 분단 독일의 상징인 브란덴부르크 문은 우리의 판문점과는 달리 독일의 한가운데에 있다는 사실이었습니다. 독일의 수도 베를린 한가운데 있을 뿐만 아니라 세계의 이목이 집중되었던 곳에 세워져 있습니다.

궁벽한 산골짝에서 잊혀 가고 있는 판문점과는 달리 독일의 장벽은 독일인들의 가슴에서 일상의 아픔으로 자리잡고 있었습니다. 그만큼 독일의 통일은 독일인들의 가슴에서 한시도 떠날 수 없는 절실한 과제였습니다. 이제 가슴을 짓누르던 무거운 장벽을 걷어 내고 독일은 명실공히 제2차 세계대전을 끝냈다고 할 수 있을 것입니다. 시원스럽게 달리는 자동차들을 바라보는 마음이 무겁기도 하고 부럽기도 합니다.

세계의 유일한 분단국으로 남아 있는 우리들로서는 독일의 경험을 공부하지 않을 수 없을 것입니다. 그러나 한국의 통일은 독일을 모델로 삼을 수 없다는 이곳 사람들의 이야기는 마음을 무겁게 합니다. 한국이 독일을 모델로 삼기 어려운 가장 큰 이유로 통일 의지를 듭니다. 독일의 분단은 제2차 세계대전 후 전승국의 강압에 의한 것이며, 패전의 산물이라는 것이 독일인들의 기본 인식이었습니다. 독일에서는 통일이 곧 독립이었습니다. 장기간의 끈질긴 통일 노력은 민족적 의지의 발현이었습니다. 바로 이 점이 독일과 우리의 차이였습니다. 우리는 분단 상태로도 얼마든지 선진국 진입이 가능할 뿐 아니라 통일은 오히려 장애가 된다는 인식이 바탕에 깔려 있는 것이 사실이기 때문입니다.

그리고 더욱 중요한 차이는 동독과 서독은 통일 이전에도 그 사회의 기본 구조가 별로 다르지 않았다는 사실입니다. 서독의 자본주의는 교육·의료·노동·실업 등 사회 전 분야에 걸쳐 높은 수준의 사회보장이 갖추어진 일종의 '사회적 시장경제'입니다. 동독의 사회주의 이데올로기가 침투할 여지가 없었던 반면에, 동독 쪽에서도 서독 자본주의에 대한 반자본주의적인 거부감이 없었습니다. 이와

베를린 브란덴부르크 문

이 문은 분단 독일의 상징이었던 문입니다. 제2차 세계대전 후
이 문은 문이 아니라 동서독을 갈라놓은 장벽이었습니다.

같은 사회경제적 구조에 있어서의 동질성과 유사성이 통일의 중요한 기반이라는 사실입니다. 스펙트럼의 양극단에 갈라서 있는 우리의 현실을 다시 한 번 확인하게 합니다.

독일이 통일 이후에 지향하는 목표는 여러 분야에서 확인되지만 그중에서도 가장 상징적인 것은 브란덴부르크 문 가까이에 있는 포츠담 플라자의 건설 현장입니다. 제국의사당帝國議事堂의 전면적인 보수 공사를 비롯하여 동서독에 걸친 넓은 지역에는 야심찬 건설 프로젝트가 추진되고 있었습니다. 인포박스에 전시되어 있는 마스터 플랜은 참으로 거대한 규모였습니다. 전망대에서 바라보는 현장 역시 무수한 크레인 숲을 이루고 있었습니다. 벤츠, 소니 등 거대 초국적 자본을 비롯하여 수많은 국내외 자본들이 참여하고 있었습니다.

나는 이 현장에서 독일 통일의 보이지 않는 힘을 확인하는 것 같았습니다. 그것은 통일 의지나 민족 정서와는 다른, 이를테면 당신의 표현처럼 통일을 이끌어 낸 '물리적 동력'이었습니다. 독일은 통일에 따른 부담을 내외에 호소하고 있지만 독일 경제는 통일을 계기로 비약의 발판을 만들어 내고 있는 것이 사실입니다. 동독의 풍부한 저임금 노동력을 확보했을 뿐만 아니라 동독 지역에서 추진되고 있는 활발한 건설 투자는 새로운 프론티어를 만들어 내기에 충분했습니다.

더구나 독일 국민들에게 고통 분담이라는 민족적 정서에 호소함으로써 사회보장 축소와 임금 인하를 설득해 내고 나아가 국가 정책에 대한 저항을 최소화하는 정책의 유연성을 발휘하고 있었습니다. 통일은 노동과 자본의 축적 기반을 착실하게 확대해 가고 있을 뿐만 아니라 이러한 통일의 여세를 몰아 그 연장선상에서 독일은 앞서서 21세기를 건설하고 있었습니다.

그럼에도 불구하고 실업과 경기 침체 등 독일은 여전히 많은 문제를 안고 있는 것이 사실입니다. 그러나 이러한 침체는 통일에 따른 부담 때문이라기보다는 유럽 경제 전체가 당면하고 있는 구조적인 문제라는 것이 이곳의 일반적 시각입니다. 독일의 유럽연합에 대한 의지가 바로 이 지점에서 시작되고 있음은 물론입니다. 독일의 통일은 독일을 넘어서 이제는 유럽연합을 주도하고 그에 걸맞은 경제 구조로 재편해 가고 있었습니다.

이처럼 통일에 이어 새로운 약진을 준비하고 있는 독일의 의지가 한편으로는 부럽기도 하지만 또 한편으로는 과거의 독일을 상기하지 않을 수 없게 하였습니다. 브란덴부르크 문은 과거 프로이센 왕국의 개선문이었습니다. 이 문을 중심으로 하여 동서로 벋어 있는 유서 깊은 보리수 거리와 6·17 거리는 히틀러가 나치 군대의 퍼레이드를 사열하던 거리이기도 했습니다.

국민 경제라는 카테고리가 아직도 유효한가라는 의문이 이미 새삼스러운 것이 아니지만 냉전의 종식이 다시 민족적 정염情念을 증폭시키고 있는 현실을 부인할 수 없습니다. 이 점에서 나는 독일의 통일이 20세기를 넘어서는 것이기보다 그 발상과 지향이 20세기를 반복하는 보수적 틀을 벗어나지 못하고 있지 않을까 하는 우려를

금치 못합니다.

그럼에도 불구하고 아직도 분단의 고통을 조금도 벗지 못하고 있는 우리의 처지로서는 통일 독일에서 확인하는 활성과 약진은 부러운 것이 아닐 수 없습니다. 독일에서 느끼는 우리의 통일은 무엇보다 먼저 증오와 분단 비용이라는 정신적, 물질적 소모를 청산하는 것이어야 한다는 사실입니다. 뿐만 아니라 우리의 통일이 탈냉전이라는 20세기의 모순을 청산하는 것에 그치는 것이라면 우리는 너무나 많은 것을 잃는 것이 됩니다. 우리의 통일은 남북의 갈등과 차이, 모순과 증오까지도 정반합의 창조적인 지양Aufheben을 통하여 새로운 대안을 만들어 내는 것이어야 할 것입니다. 세계 최장의 분단 세월, 동족상잔의 고통을 짐 지고 왔던 만큼 한반도는 새로운 창조의 산실이 되어야 할 것입니다. 통일이라는 민족사적 과제와 함께 21세기의 문명사적 과제를 동시에 담아낼 수 있는 새로운 틀을 만들어 내는 것이어야 할 것입니다. 그러나 아직은 요원한 통일에의 도정은 우리를 슬프게 합니다. 그리고 우리를 더욱 쓸쓸하게 하는 것은 통일 독일이 20세기를 넘어서지 못하고 도리어 민족적 정염을 증폭시키고 있다는 우려라든가, 우리의 통일에 대하여 부여하려는 문명사적 소명도 사실은 우리들의 이러한 낙오감을 달래려는 가난한 자위인지도 모른다는 사실입니다.

나는 다시 우리의 현실로 돌아가야겠다는 생각으로 남아 있는 '장벽'을 찾아갔습니다. 슈프레 강가에는 강을 따라 2km에 달하는 분단 시절의 장벽이 남아 있었습니다. 그 장벽에는 분단의 아픔과 통일의 환희를 새긴 수많은 글과 그림들로 가득 차 있었습니다. 이 글과 그림들은 지난 세월 독일인들이 치러야 했던 분단의 아픔과 희생을 증언하고 있었습니다. 나는 장벽을 따라 걸으며 찬찬히 읽어 보았습니다.

"사상은 하늘을 나는 새들의 비행처럼 자유로운 것이다."

분단이란 땅을 가르는 것이 아니라 마치 하늘을 가르려고 하는 헛된 수고임을 깨닫게 하는 글입니다. 누군가 한글로도 적었습니다.

"우리도 하나가 되리라."

독일의 통일, 그것은 분명 우리가 모델로 삼을 수 없는 것입니다. 그러나 어떠한 경우든 교류와 협력을 통하여 먼저 민족적 신뢰를 이루어 내야 한다는 사실만은 거역할 수 없는 교훈임에 틀림없습니다. 배울 수 없으면서도 배우지 않을 수 없는 모델, 이것이 통일 독일에서 우리가 읽어야 할 역설의 교훈인지도 모릅니다.

사土와 심心이 합하여 지志가 됩니다

런던의 타워브리지

"언젠가는 지구상의 모든 언어는 사라지고 오직 영어와 중국어만 남게 될 것이다."

런던에 오면 이 말을 실감하게 됩니다. 런던에는 방학 기간은 물론이고 학기 중에도 영어를 배우려는 어학 연수생들을 곳곳에서 만날 수 있습니다. 유적지와 박물관을 비롯하여 오페라 하우스나 뮤지컬 공연장에도 영어를 배우러 온 외국인들이 자리를 메우고 있습니다. 대부분의 언어들은 언젠가 고어古語로 퇴장되고 세계는 영어 일색이 되리라는 말을 되새기지 않을 수 없습니다. 중국어는 15억에 달하는 인구와 유구한 문화적 전통이 있어 쉽게 퇴장되지 않으리라고 예상되기 때문에 결국 언어는 영어와 중국어 두 개만 남게 될지도 모릅니다.

영국은 언어를 수출하는 나라였습니다. 영국은 과거 해가 지지 않는 나라였지만, 정치·경제적인 면에서는 과거와 달리 지금은 해가 지는 노후국老朽國이라 할 수 있습니다. 그러나 영어를 사용하는 곳으로 따진다면 지금도 여전히 해가 지지 않는 나라임에 틀림없습니다. 최후의 식민지이던 홍콩이 반환되었지만 영국은 그곳에 영어를 남겨 놓았습니다. 영어에 대한 관심은 세계화 물결과 함께 그 어느 때보다도 높습니다. 영국의 수출이 이 영어라는 레일을 타고 순항해 왔던 것 또한 사실입니다. 영어는 이제 레일이 아니라 그 자체가 최고의 상품으로 등장하고 있습니다.

영국의 언어 수출은 매우 상징적입니다. 일찍이 산업혁명을 선도했던 영국 자본주의의 변화를 보여 주기 때문입니다. 영국의 자동차 산업만 하더라도 로버, 로터스, 팬더 등이 이미 다른 나라의 소유가 되어 있으며 영국 자동차의 자존심인 롤스로이스도 곧 넘어갈 것이라는 기사가 실리고 있습니다. 산업뿐만 아니라 건물들도 팔려 나가고 있습니다. 시의회인 카운슬홀이 일본 자본에 매각되자 그 건물에 입주한 제2차 세계대전 참전용사회와 한동안 말썽을 빚기도 하였습니다. 당신이 아마 한 개쯤 가지고 있을 버버리, 닥스, 아쿠아스큐텀, 오스틴리드 등 유명 브랜드의 옷이나 웨지우드, 로열 앨버트와 같은 도자기도 오직 브랜드만으로 남아 있습니다. 제조 공장은 없고 브랜드만으로 존재하는 기업은 마치 언어만으로 남아 있는 영국의 모습을 상징적으로 보여 주고 있는 듯합니다. 이러한 현상은 영국 자본주의뿐만 아니라 세계 자본주의의 과거와 미래를 생각하게 합니다.

유럽 경제의 장기 침체와 관련하여 최근에는 많은 경제 전문가들이 영국 경제와 유럽 경제가 함께 안고 있는 '유럽병'을 진단하고 그 처방에 관한 정책 다발을 제시하고 있습니다. 그중의 핵심 문제가 바로 실업입니다.

이 실업 문제를 해결하는 결정적인 처방은 일자리를 만드는 일임은 물론입니다. 일자리는 노동을 필요로 하는 산업이 있어야 합니다. 경제의 몸체가 있어야 합니다. 그러나 영국의 경제는 이를테면 머리만 있고 몸이 없는 구조로 바뀌어 있습니다. 몸에 해당하는 산업이 없는 구조입니다. 산업이 없는 경제에 일자리가 없는 것은 당연합니다. 정책 당국이 이것을 모를 리 없습니다. 문제는 바로 이 산업을 담당할 자본이 없다는 데에 있습니다. 자본은 이미 런던 금융시장을 중심으로 국제 금융시장으로 자리를 옮겨 놓고 있습니다. 영국은 후발 자본주의 국가들로부터 이 몸체에 해당하는 공장들을 건설해 주기를 기대하고 최대한의 투자 여건을 제시하고 있습니다.

노후 자본주의 국가는 머리만 남은 국가입니다. 언어와 브랜드와 금융만으로 남아 있는 경제입니다. 몸에 해당하는 산업이 없는 나라입니다. 비단 영국뿐만 아니라 대다수 선진 자본주의 국가는 이미 해외 투자로 외국에다 그 몸을 만들어 놓고 있거나 외국 자본을 자국에 유치하여 국내에다 남의 몸을 들여놓고 있습니다. 더구나 최근에는 아시아 국가들의 외환 위기에서 역력히 보여 주듯이 엄청난 규모의 금융자본이 화폐 가치가 폭락한 현지의 기업들을 헐값으로 인수, 합병하고 있습니다. 그러나 금융자본은 몸체를 만들지 않는 자본이며 일자리를 만들지 않는 자본입니다. 금융자본의 헤게모니와 금융자본의 본질을 동시에 실감하지 않을 수 없습니다. 그러면서도 손에 흙을 묻히지 않는 양반의 나라, 머리로만 살아가는 양반의 나라인 영국이 한편으로는 부럽기도 합니다.

이처럼 새로운 세계 자본주의의 탈산업적 특징의 하나가 바로 부가가치가 높은 언어 수출임은 말할 필요가 없습니다. 스트랫퍼드 어폰 에이번Stratford-upon-Avon에 있는 셰익스피어 생가에서 나는 언어 수출의 노하우를 확인하는 심정이었습니다. 수많은 관광객들의 줄에 끼여 서서 나는 그의 문학적 천재성을 생각하기 전에 영국이 만들어 놓은 또 하나의 해가 지지 않는 제국을 실감하였습니다. 토플 시험 준비에 방학을 통째로 바치며 영어권 젊은이들이 누리는 엄청난 기득권을 부러워하던 당신이 생각났습니다. 언어의 상품화는 자국 통화가 국제 통화가 되고 있는 것만큼이나 엄청난 기득권이 아닐 수 없습니다.

영국이 이러한 언어 상품 수출국이 될 수 있는 토대가 다름 아닌 해가 지지 않을 정도로 광대한 영토를 거느렸던 대영제국의 역사 그 자체임은 말할 나위도 없습니다. 그것을 가장 분명하게 보여 주는 것이 영국 박물관입니다. 세계에서 가장 많은 소장품을 자랑하는 박물관입니다. 소장품은 각국의 문화재에 그치지 않고 이집트의 람세스 2세 석상, 그리스의 파르테논 신전, 아시리아의 성문 등 유

적을 아예 옮겨다 놓기까지 했습니다. 대영제국의 위용을 눈앞에다 전시하고 있었습니다.

템스 강과 타워브리지, 아름다운 윈저 성과 버킹엄 궁전, 표준 시간을 독점하고 있는 그리니치 천문대 등 양반 국가의 후광이 되고 있는 유적들을 돌아보는 동안 나는 내내 열악한 노동환경 속에서 기름 묻은 손으로 산업 현장에서 시달리고 있는 당신의 처지를 떠올리지 않을 수 없었습니다. 더구나 막대한 금융자본이 세계를 넘나들며 외환과 증권 시장을 손쉽게 조작하고 있는 것이 국제경제의 실상입니다. 사랑채에서 유유히 소일하며 장리채부長利債簿를 넘기고 있는 양반의 모습을 지울 수 없었습니다.

개인이 신분 상승하는 과정과 방법은 어떤 것이며, 한 국가가 양반 국가로 지체를 높이기 위해서는 어떠한 경제 구조가 뒷받침되어야 하는지······. 생각하면 망연해질 뿐입니다. 개인은 신분 상승을 도모하고 국가는 국제 분업 체계에서 상위권에 진입하기 위하여 진력하고 있는 것이 오늘의 현실입니다. 국제 분업 체계에서 상좌에 앉은 자본주의가 이른바 양반 자본주의라 한다면 오늘날의 자본주의적 경쟁은 양반의 자리를 다투는 것인지도 모릅니다.

연암 박지원의 『양반전』에 양반의 권세를 적은 대목이 있습니다. 관가에 진 빚을 대신 갚아 주고 양반 신분을 사들인 부자에게 양반이 누리는 권세를 다음과 같이 문권에 적어 주었습니다. "농사도 짓지 않고, 장사도 하지 않고, 대강 문사文史나 섭렵하면 크게는 문과에 오르고 작게는 진사는 된다. 궁사窮士가 시골에 살아도 무단武斷을 할 수 있으니, 이웃집 소로 먼저 내 밭을 갈고 마을 일꾼을 데려다 김을 맨들 누가 감히 시비할 것이랴. 코에 잿물을 붓고, 머리끝을 잡아 돌리고, 수염을 뽑더라도 감히 원망하지 못하리라."

바로 이 대목에서 돈으로 양반 신분을 산 부자가 양반 되기를 포기합니다.

"나를 장차 도둑으로 만들 작정이란 말이냐"는 말을 남기고 달아나 버립니다.

연암은 그의 자서自序에서 사士와 심心이 합하여 지志가 됨을 일깨우고 무릇 양반된 자의 지志가 어떠해야 하는가를 서술하고 있습니다. 나는 머리만 남은 현대 자본주의의 팽대한 금융자본이 과연 어떠한 지志를 갖고 있는지 의심스러울 따름입니다. 브랜드도 없이 대동강 물을 팔던 봉이 김선달의 얼굴을 떠올리지 않을 수 없습니다.

선진 자본이 머리가 되고 중진 자본이 몸이 되고 그보다 못한 나라의 자본이 발이 되는 구조가 현재 진행되고 있는 세계 체제와 불평등 분업의 상호 침투라는 이중 구조입니다. 그러나 우리가 잊지 말아야 할 것은 남의 머리를 빌리기도 어렵지만 남의 몸을 빌리기도 쉽지 않다는 사실입니다. 몸을 빌리는 것이든 머리를 빌리는 것이든 그것은 어차피 이질적인 것의 조합이며 언제 이별을 고해야 할지 알 수 없는 불안한 동거일 수밖에 없습니다.

런던 금융시장은 국제 금융시장 중에서 최대 규모를 자랑합니다. 자본주의의 길을 가장 앞서서 달려간 영국이 수도 런던에 세계 최대 규모의 금융시장을 만들어 놓은 것도 당연한 수순이라고 생각되었습니다.

자본주의의 역사는 당신의 말처럼 상품화의 역사입니다. 만나는 것마다 그것을 상품화해 온 것이 사실입니다. 인간의 경우만 하더라도 그 노동력은 물론이며 신체의 일부마저 상품화하고 사랑과 명예에 이르기까지 상품화하지 않은 것이 없습니다. 자본주의의 역사는 마치 미다스 왕의 손처럼 만지는 것마다 황금으로 변화시켜 왔다고 할 수 있습니다. 손에 닿는 것마다 금이 되기를 원했던 미다스 왕의 손은 결국 저주의 손으로 변해 버립니다. 옷도, 의자도, 식탁도, 빵도, 치즈도, 그리고 사랑하는 공주마저 금으로 변해 버립니다.

상품으로 둘러싸인 세상은 마치 황금으로 둘러싸인 미다스 왕의 정원과 같습니다. 황금 정원에서 오열하는 미다스 왕은 인간소외의 극치를 보여 줍니다. 언어를 상품으로 만들고 화폐를 상품으로 만들어 온 현대 자본주의가 앞으로 어떤 뜻^志을 지향할 것인지 생각하면 망연해질 뿐입니다. 당신은 절대로 상품화하지 말아야 할 것으로 자연, 인간, 그리고 화폐 세 가지를 들었습니다. 자연은 인간이 만들지 못하는 것이며, 인간은 바로 자기 자신이기 때문이며, 화폐는 실물이 아니라 시스템이기 때문이라고 하였습니다. 현대 자본주의는 이 세 가지를 가장 유력한 상품으로 만들어 놓고 있습니다. 상품이란 팔기 위한 물건입니다. 그 자체가 목적이 아니라 다른 것을 얻기 위한 수단에 불과한 것입니다. 우리가 뜻을 바쳐야 할 곳은 수단이 아니라 아름다운 대상이어야 합니다. 자기의 영혼을 바칠 수 있는 대상을 갖지 못한 사람이 가장 불행한 사람이라던 당신의 말이 떠오릅니다.

나는 런던을 떠나기 전에 템스 강변을 찾았습니다. 석양에 보는 것이 가장 아름답다는 타워브리지를 배경으로 사진을 찍고 유심히 템스 강을 내려다보았습니다. 마침 썰물 때를 만나 수위가 낮아진 템스 강은 양안兩岸의 검은 바닥을 보여 주며 느린 걸음으로 흘러가고 있습니다.

센 강은 오늘도 바스티유의 돌멩이들을
적시며 흐른다

콩코드 광장의 프랑스 혁명

"바스티유 광장으로부터 콩코드 광장에 이르는 길, 이 길이 프랑스의 근대사이다."

이 말은 프랑스 혁명사에 나오는 수많은 사건들이 이 길을 무대로 하고 있음을 이야기합니다. 바스티유 감옥, 루브르 궁전, 시 청사가 이 길에 있으며, 시민들이 최초로 무장을 갖추었던 폐병원, 나폴레옹이 대관식을 올린 노트르담 사원, 그리고 혁명과 반혁명의 기라성 같은 영웅호걸들이 단두되었던 기요틴 등 혁명의 시작과 끝이 이 길에 총총히 자리잡고 있습니다.

1789년 7월 14일 바스티유 감옥 함락으로 시작된 프랑스 혁명은 혁명의 교과서라고 할 만큼 인류사가 겪었던 모든 혁명의 모든 국면과 명암이 망라되어 있습니다. 사회 모든 계급의 원망과 소망을 남김없이 분출시키고 있을 뿐만 아니라 인간의 모든 얼굴을 백일하에 드러내는 장대한 드라마로 진행되었습니다. 음모와 배신, 정의와 공포, 산악과 평원……. 이 모든 것이 뒤엉켜 달리는 산맥의 질주였습니다.

나는 바스티유 광장에서 콩코드 광장에 이르는 그리 멀지 않은 길을 걸으면서 프랑스 혁명의 시작과 끝을 너무나도 짧은 시간에 답파한다는 송구스러움을 느끼지 않을 수 없었습니다. 혁명 이전의 1,000년과 그 이후의 200년을 동시에 바라보아야 하는 것이 프랑스 혁명이기 때문입니다.

바스티유 광장에는 물론 감옥이 없습니다. 광장의 포도鋪道 위에 남아 있는 담황색 초석의 긴 띠가 평면도처럼 감옥의 형체를 짐작케 할 뿐입니다. 남아 있는 자취가 없기는 콩코드 광장도 마찬가지였습니다. 나는 콩코드 광장 어딘가에 있었던 기요틴 자리를 찾아보는 것으로 파리 여정을 끝내고 싶었습니다. 루이 16세와 왕비 마리 앙투아네트를 비롯하여 민중의 벗이던 당통, '혁명의 양심'으로 불리던 로베스피에르와 혁명의 화신 생쥐스트마저 이 기요틴에서 사라져 갔습니다. 중세 1,000년이 단두되었던 곳이며 동시에 혁명의 새싹이 단두되었던 곳입니다. 그러나 광장 어디에도 기요틴의 자취가 없습니다.

나는 프랑스 젊은이를 앞세우고 기요틴이 있던 정확한 지점을 찾

파리 바스티유 광장

바스티유 광장에는 감옥이 없습니다. 광장의 포도 위에 남아 있는
담황색 초석의 긴 띠가 감옥의 형체를 짐작케 할 뿐입니다.

아가 보았습니다. 광장의 포도였습니다. 루이 15세의 기마상을 철거하고 그 자리에 세워졌던 기요틴은 이제 사람들의 무심한 발길에 밟히고 있는 광장의 일부가 되어 있습니다. 역사를 만나는 어려움을 실감하게 됩니다. 역사를 읽는다는 것은 어차피 역사를 해석하는 것일 터입니다.

다행스러운 것은 콩코드 광장과 국회의사당을 잇는 콩코드 다리였습니다. 이 다리는 바스티유 감옥을 헐어 그 돌로 만든 다리입니다. 감옥의 벽이 되어 사람을 가두고 있던 돌들이 이제는 사람들을 건네주는 다리로 변해 있다는 사실에도 혁명의 의미는 담겨 있을 것입니다. 콩코드 다리 아래로는 예나 이제나 변함없이 센 강이 교각을 적시며 흘러가고 있습니다.

혁명이란 당신의 말처럼 경험하지 못한 세계를 만들어 내려는 미지의 작업입니다. 따라서 인식의 혁명이 먼저 요구됩니다. 낡은 틀을 고수하려던 특권층이나 그 낡은 틀의 억압에 항거하는 농민들의 인식은 확실한 그림으로 나타나고 있었음은 물론입니다. 그러나 특권층이나 농민들의 인식과는 달리 이 혁명을 이끌었던 혁명파의 구상은 당신의 말처럼 관념적으로 선취된 이상과 그 이상에 도취되고 있는 정열로 채워져 있었습니다. 낡은 틀이 와해되고 있음에도 불구하고 새로운 틀에 대한 분명한 구상이 마련되지 않고 있는 상황. 이것이 진정한 위기라는 교훈을 다시 한 번 되새기게 됩니다.

프랑스 혁명 과정의 숱한 우여곡절과 시행착오가 바로 그러한 위기의 필연적 귀결이었다고 할 수 있습니다. 결국 나폴레옹의 쿠데타와 제정의 부활로 10년에 걸친 프랑스 혁명은 격동의 제1막을 내리게 됩니다. 나폴레옹의 등장과 몰락은 철학이 없고 권력 의지만 있는 힘이 결국 어디로 향하는가를 가르쳐 주는 또 한 번의 교훈임은 물론입니다.

힘과 미덕, 이상과 현실이라는 팽팽한 긴장도 사라지고 지금은 다시 '이상이 없는 현실'과 '현실이 없는 이상'이 함께 추락하는 역사를 맞고 있습니다. 당신은 자유·평등·박애라는 프랑스 혁명의 이념은 이미 사라졌다고 했습니다. 1789년으로부터 정확히 200년이 지난 1989년. 소련의 해체와 페르시아 만 침공을 계기로 세계는 패권주의의 역사가 전면화하고 있다고 하였습니다. 그나마 슬로건으로 남아 있던 프랑스 혁명의 이념마저 완전히 사라졌다고 했습니다.

이제는 파리의 거리를 채우고 있는 사람들이나 그들이 던지는 투표 용지 속에도 혁명의 흔적을 확인할 길이 없습니다. 그러나 프랑스 혁명은 그럼에도 불구하고 눈부신 승리라고 믿습니다. '이상理想은 추락함으로써 싹을 틔우는 한 알의 씨앗'이라는 시구가 생각납니다. 이상은 추락함으로써 자기의 소임을 다하는 것인지도 모릅니다. 비록 추락이 이상의 예정된 운명이라고 하더라도 이상은 대지大地에 추락해야 합니다. 아스팔트 위에 떨어진 민들레는 슬픕니다.

소수의 그룹이나 개인에게 전유된 것이 아니라 동시대의 모든 민중들에 의해서 이상이 공유되고 있는 혁명은 비록 실패로 끝난 것이

라고 하더라도 본실에 있어서 승리입니다. 수많은 사람들의 실패는 그대로 역사가 되고 역사의 반성이 되어 이윽고 역사의 다음 장에서 새로운 모습을 드러내기 때문입니다. 그러므로 혁명의 성패는 얼마나 많은 사람들이 그 정신의 세례를 받았는가에 의해서 판가름되는 것이라고 믿습니다. 바로 이러한 사실 때문에 2,300만 명의 모든 프랑스 국민이 함께 일어선 프랑스 혁명은 실패일 수가 없는 것입니다. 우리의 근현대사에 점철되어 있는 숱한 좌절을 기억하는 방법도 이와 다르지 않아야 합니다. 승리와 패배를 기억하는 방법을 바꾸어 내는 일이야말로 진정한 역사 인식의 전환이기 때문입니다.

기요틴이 서 있던 자리를 밟는 감회가 비상한 것임은 말할 나위가 없습니다. 발밑에 묻혀 있는 혈흔이 전율처럼 번져 옵니다. 그러나 우리가 먼저 읽어야 하는 것은 발밑의 땅이 아니라 머리 위의 하늘입니다. 광장을 가득히 메웠던 사람들과 그 사람들의 머리 위에 쏟아졌던 자유·평등·박애의 세례입니다. 그것은 모든 인간의 노력과 마찬가지로 비록 참담한 실패로 끝난 것이라 하더라도 너른 대지에 한 알의 씨앗으로 추락함으로써 역사의 긴 이랑을 푸르게 일구는 장구한 서사시로 일어서기 때문입니다. 이것이야말로 진정한 '곡선曲線의 콩코드和合'이며 '비극에 대한 축복'입니다.

그런 점에서 나는 진보와 성장에 대한 확신이 사라졌다는 많은 사람들의 우려에도 불구하고 수많은 사람들이 한때 공감했던 감동은 마치 바다를 찾는 강물처럼 끊임없이 물길을 틔워 나가리라고 생각합니다. 지금보다는 덜 나쁜 세상에 대한 기억을 간직하게 하고, 지금보다는 더 나은 세상에 대한 희망을 키워 주며, 진보와 성장의 의미를 새로이 만들어 가리라 믿습니다.

세월도 흐르고 강물도 흐르고
우리의 사랑은 돌아오지 않는데
미라보 다리 아래 센 강은 흐른다.

까맣게 잊었던 아폴리네르의 시가 떠오릅니다. 오늘도 센 강은 바스티유의 돌멩이들을 적시며 흘러가고 있습니다. 직선이 아닌 곡선의 물굽이로 새로운 기하학을 가르치면서 유유히 흘러가고 있습니다.

오늘 우리를 잠재우는
거대한 콜로세움은 없는가

로마 유감

'로마는 마지막으로 보아야 하는 도시'라고 합니다. 장대한 로마 유적을 먼저 보고 나면 다른 관광지의 유적들이 상대적으로 왜소하게 느껴지기 때문일 것입니다. 로마의 자부심이 담긴 말입니다.

그러나 나는 당신에게 제일 먼저 로마를 보라고 권하고 싶습니다. 왜냐하면 로마는 문명이란 무엇인가에 대한 물음을 가장 진지하게 반성할 수 있는 도시이기 때문입니다. 문명관文明觀이란 과거 문명에 대한 관점이라기보다는 우리의 가치관과 직결되어 있는 것입니다. 그리고 과거 문명을 바라보는 시각은 그대로 새로운 문명에 대한 전망으로 이어지기 때문입니다.

"모든 길은 로마로 통한다."
"로마에 오면 로마 법을 따라야 한다."

이러한 격언처럼 로마는 도시의 대명사이며, 로마 제국은 국가의 대명사로 군림해 오고 있는 것이 사실입니다. 심지어는 Roma를 거꾸로 표기하면 라틴어의 '사랑'이라는 단어 Amor가 된다는 것까지 찾아내 로마에 대한 애정을 헌사하고 있습니다. 트레비 샘에는 다시 이곳을 방문하고 싶어 하는 수많은 관광객들이 동전을 던지며 로마를 떠나는 아쉬움을 달래고 있습니다.

실제로 로마에서는 이미 우리 머리에 깊숙이 각인된 로마의 역사와 눈앞의 장대한 유적들이 행복하게 결합됨으로써 로마에 대한 경탄과 애정을 증폭시키고 있습니다. 뿐만 아니라 곳곳에서 만나는 영화 〈로마의 휴일〉 촬영 현장도 그렇습니다. 이 영화의 현장들은 그 영화가 보여 주던 낭만과 환상을 이 도시에 고스란히 입혀 놓고 있습니다. 이러한 낭만과 환상의 분식이 아니더라도 로마에 오는 사람들은 예외 없이 상당한 감성의 앙등仰騰을 경험하게 됩니다. 그것은 로마의 업적을 인류사의 업적으로 보편화하고 그 업적의 일단을 공유함으로써 이곳을 찾아온 모든 나라 사람들이 나누어 받게 되는 행복감이기도 할 것입니다.

"로마는 하루 아침에 이루어지지 않았다"는 말이 있습니다. 그러나 우리가 결코 간과할 수 없는 것은 로마는 로마인의 힘만으로 건설되지 않았다는 사실입니다. 수많은 피정복민의 피땀과 재물로 건설되었다는 사실입니다. 이는 동서고금 어떠한 제국의 건설도 예외일 수가 없습니다.

테베레 강가의 작은 언덕에서 농업국으로 입국立國한 로마인들의 근검성을 의심하거나 부정할 수는 없습니다. 그러나 그 이후의 제국 건설은 로마인들의 근검성만으로는 설명하기 어렵습니다. 제국 건설의 길이 비록 약소국 로마가 살아남기 위한 불가피한 선택이었다고 하더라도 그것이 로마의 문명을 달리 설명할 수 있는 이유는 못 된다고 생각합니다.

로마의 영광을 로마인의 근검성과 실용적 문화로 설명한다는 것은 로마의 가장 아름다운 프로필에만 앵글을 고정시키는 영상의 트릭이라고 할 수 있습니다. 당신은 2,000만 원 이상의 저축에 대해서는 근검절약 이외의 설명이 필요하다고 했습니다. 그 이상의 재부財富에 대해서도 근검절약으로 설명하는 것은 위선이라고 하였습니다. 로마의 영광도 다르지 않다고 생각합니다. 로마 제국의 건설 과정을 로마인의 용기와 도덕적 힘, 그리고 법치法治라는 미덕으로 설명한다는 것은 결국 제국을 합리화하는 것이 아닐 수 없습니다. 로마 제국의 건설 과정을 이러한 논리로 미화함으로써 자기 민족의 제국주의를 간접적으로 변호하고 있는 어느 문필가의 저의에 마음 편치 않다고 하던 말이 생각납니다.

나는 로마 유적을 돌아보면서 내내 착잡한 마음을 금할 수 없었습니다. 위용을 자랑하는 곳곳의 개선문은 어디엔가 만들어 놓은 초토焦土를 보여 줍니다. 개선장군은 모름지기 상례喪禮로 맞이해야 한다는 『노자』老子의 한 구절이 생각납니다. 역대 수많은 장군들이 승전보를 들고 말을 달려 들어오던 신성한 길Via Sacra, 전승戰勝에 은

총을 내리던 신전, 어느 것 하나 마음을 무겁게 하지 않는 것이 없었습니다.

더욱 마음 어둡게 하는 것은 수많은 관광객의 줄을 이은 찬탄입니다. 로마의 유적에 대한 찬탄이 새삼 마음을 어둡게 하는 까닭은 그것이 곧 제국에 대한 예찬과 동경을 재생산해 내는 장치가 되기 때문입니다. 유네스코가 지정한 인류 문화유산 가운데 40%가 로마에 있다는 사실은 세계사의 현주소를 걱정하게 합니다.

문화유산을 선정하고 그것을 보존하는 일도 중요한 의미가 있는 것이 사실이지만, 그러한 유산을 유산으로 받아들이게 하는 문명관은 참으로 막중한 정치적 의미가 있다고 생각합니다. 우리가 어느 유적 앞에 서서 그 장대함을 경탄하는 행위는 결코 사사로운 일이 아닙니다. 북을 쳐서 키우고, 박수를 쳐서 키우고, 칭찬하여 키운다는 옛말이 있듯이 나는 로마에서 우리가 키우고 있는 영웅상과 패권 문화로 말미암아 발길이 무거워집니다.

베네치아 광장에 있는 비토리아노를 바라보면 그 실상이 훨씬 분명하게 드러납니다. 비토리아노는 이탈리아 통일 50주년을 기념하여 로마 양식을 집대성해 건설한 전승 기념관입니다. 이 위풍당당한 기념관 앞에 서면 신성한 길 비아 사크라를 달려와 승전보를 전하던 장군들의 얼굴과 무솔리니의 얼굴이 겹쳐지면서 마음이 쓸쓸해집니다. 고대 로마의 영웅들과 무솔리니는 얼마나 다른가, 하는 의문을 금할 수 없었습니다.

나는 당신에게 가장 먼저 로마를 방문하기를 권합니다. 그러나 로마에서 맨 마지막으로 보아야 할 곳이 있습니다. 콜로세움입니다. 맹수와 맹수, 사람과 맹수, 사람과 사람이 혈투하던 원형 경기장입니다. 인구 100만이던 로마가 5만 명을 수용할 수 있는 대경기장을 가졌다는 사실은 이 경기장이 로마인에게 미쳤을 영향력의 크기를 짐작케 합니다. 당신은 말했습니다. 건물 앞에 서서 건물을 바라볼 때는 크기를 보기 전에 먼저 그것이 무엇을 위한 건물인가, 누구를 위한, 누구의 건물인가를 먼저 물어야 한다고 했습니다.

나는 폐허가 되어 있는 콜로세움을 돌아보는 동안 이곳에서 혈투를 벌이다 죽어 간 검투사들의 환영이 떠올라 극도로 침울한 마음이 되었습니다. 더욱 암울한 것은 스탠드를 가득 메운 5만 관중의 환호 소리입니다. 빵과 서커스와 혈투에 열광하던 이 거대한 공간을 우리는 어떤 이름으로 불러야 할지 막막합니다. 내게는 여민락與民樂의 광장이 아니라 우민愚民의 광장으로 다가왔습니다.

"콜로세움이 멸망할 때 로마도 멸망하며 세계도 멸망한다"고 하는 말이 콜로세움의 위용을 찬탄하는 명구로 회자되지만 내게는 콜로세움이 건설될 때 로마는 무너지기 시작했다는 의미로 읽힙니다. "로마는 게르만인이나 한니발에 의해서가 아니라 자기 자신의 힘 때문에 무너지리라"고 했던 호라티우스의 시구가 떠올랐습니다. 어떠한 제국이든 어떠한 문명이든 그것이 무너지는 것은 그것을 떠받치고 있는 하부가 무너짐으로써 붕괴되는 것입니다.

로마는 왜 멸망했는가? 이것은 역사학의 기본입니다. 많은 사학

로마 콜로세움

관중 5만 명을 수용할 수 있는 원형 경기장.
감탄에 앞서 우리는 그것이 무엇을 위한, 그리고 누구를 위한
경기장인가를 생각해야 합니다.

자들이 이 문제에 대하여 고견을 피력하고 있습니다. 로마는 정복 전쟁이 정지될 때 무너지기 시작하며, 로마 시민이 우민화될 때 로마는 무너지기 시작합니다. 그러나 정확하게는 로마가 로마인의 노력으로 지탱할 수 있는 크기를 넘어섰을 때, 그때부터 로마는 무너지기 시작했던 것이라고 해야 합니다. 콜로세움은 이 모든 것을 가장 극적으로 보여 주는 상징탑이었습니다.

당신은 로마에서부터 여행을 시작하기 바랍니다. 그리고 콜로세움을 마지막으로 로마를 떠날 때쯤 당신은 다음과 같은 몇 가지 질문에 답해야 합니다.

로마 제국은 과연 과거의 고대 제국일 뿐인가. 그것이 전쟁이든, 상품이든, 자본이든 정복이 정지되면 번영이 종말을 고하는 오늘날의 제국은 없는가. 우리는 진정 로마를 동경하고 있지는 않는가. 그리고 마지막으로 물어보아야 합니다. 우리에게는 우리를 잠재우는 거대한 콜로세움은 없는가.

돌아오지 않는 영혼을 기다리는
우리들의 자화상

이집트의 피라미드

　이집트는 피라미드 속에 있다고 할 만큼 피라미드는 이집트의 상징입니다. 피라미드는 무덤입니다. 그리고 죽음의 공간입니다. 그러나 최후의 공간은 아닙니다. 육신을 떠난 영혼이 다시 세상에 돌아오기를 기다리는 공간입니다. 그러나 지금은 기다리는 영혼 대신에 관광객들이 줄지어 찾아들고 있습니다. 나는 피라미드 속에서 생각했습니다. 이곳은 영혼과 미라가 만나는 공간이 아니라 이집트와 우리가 만나는 곳이라는 생각이 들었습니다.

　그러나 막상 이집트 유적을 찾아다니는 동안 내가 가장 많이 만난 것은 람세스 2세 석상입니다. 카이로 시가의 한복판에서부터 카르나크 신전, 룩소르 신전, 아부심벨 신전 등 가는 곳마다 거대한 람세스 2세 석상을 만나게 됩니다. 람세스 2세 석상은 '이집트의 루이 14세'라는 그의 별명에 어울리지 않는 젊고 아름다운 모습이었습니다. 람세스 2세의 젊음과 아름다움은 고대 이집트를 한없이 친근하게 만들어 줍니다. 무덤과 신전이 이루어 내는 죽음과 영혼의 공간을 지극히 인간적인 이야기로 채워 놓고 있습니다.

그러다가 카이로 박물관의 유리관 속에 있는 람세스 2세의 미라를 보는 순간, 매우 큰 충격을 받았습니다. 그 충격은 참으로 복잡한 것이었습니다. 우선 미라가 시신이기 때문에 오는 충격입니다. 뼈와 가죽으로만 남아 있는 미라의 모습은 보는 사람으로 하여금 인간의 어떤 최후를 생각하게 합니다. 그리고 람세스 2세의 미라는 노인이었습니다. 그것도 충격이었습니다. 그리고 서서히 나타나는 것이기는 하지만 또 하나의 충격은 바로 그의 자세였습니다. 왼손을 약간 들어 올리고 무어라고 이야기를 꺼낼 듯한 자세였습니다. 석상이 된 람세스 2세가 들려주던 이야기와는 전혀 다른 이야기를 하고 있었습니다.

이 복잡한 충격에서 벗어난 후에 밀려드는 감회는 '세월'이었습니다. 나는 그가 살았던 기원전 1300년에서부터 오늘까지의 시간을 상상해 보았습니다. 3,300년. 참으로 길고 긴 세월입니다. 3,300년 동안 그는 자신의 영혼이 돌아오기를 기다리고 있었습니다. 인간의 영혼은 죽음과 함께 육신을 떠나 하늘을 여행하다가 정말 다시 돌아오는 것일까? 이집트에 머무는 동안 나는 영혼에 대한 그들의 믿음을 수시로 반추하지 않을 수 없었습니다.

이집트 문명은 인류 문명의 원형입니다. 그리고 그것의 가장 큰 특징이 바로 영혼의 불멸이라 할 수 있습니다. 인도의 윤회 사상이나 중국의 천명天命 사상과는 분명히 구별되는 것입니다. 생각하면 그것은 참으로 인간적인, 너무나 인간적인 사상임에 틀림없습니다.

그러나 이 모든 믿음들이 이제는 빛바랜 유적과 함께 부질없는 과거의 우매함으로 남아 있습니다. 마치 영혼을 기다리는 미라처럼 허망함으로 남아 있습니다. 나일 강에서 44년 동안 배를 저어 온 사공은 나일 강 역시 이미 과거의 생명을 잃었다고 하였습니다. 아스완 하이 댐이 용수를 비축해 주고 전기를 만들어 주고 있지만 나일 강은 더 이상 살아서 꿈틀대는 강이 아니라고 하였습니다. 강을 단지 강물로만 보지 않는다면 그의 말은 사실입니다.

사라진 것은 나일 강만이 아닙니다. 남아 있는 피라미드의 모습도 마찬가지입니다. 아프리카의 눈부신 태양을 찬란하게 반사하던 화강암 화장석마저 벗겨진 채 지금은 끊임없이 풍화되고 있는 거대한 돌무덤으로 남아 있습니다. 피라미드의 현실玄室을 향하여 줄지어 들어가는 관광객들의 행렬도 이미 영혼을 대수롭게 여기지 않고 있음을 보여 주고 있습니다. 세계 이곳저곳의 박물관으로 흩어져 역시 뭇 사람들의 관광 대상이 되고 있는 미라들의 운명도 그렇습니다. 영혼 불멸과 영생에 대한 믿음은 이제 과거의 어리석은 생각이 되어 있다고 할 수 있습니다.

이집트에서 사라진 것은 영혼에 대한 믿음뿐만이 아닙니다. 이집트 문명 자체가 이미 본래의 모습을 간직하지 못하고 있습니다. 그리스, 로마, 이슬람, 프랑스, 영국의 지배를 차례로 겪는 동안 이집트 문명은 이미 혼혈을 거듭한 인종처럼, 바다로 들어간 나일 강처럼 자취가 없습니다. 지금은 참으로 모든 것이 변해 버렸습니다. 그럴수록 나로서는 3,300년이라는 긴 세월을 기다리고 있는 람세스 2세의 메마른 모습을 지울 수가 없습니다. 거대한 피라미드의 신비 공간에서 들려 나와 박물관의 유리관 속에서 무언가 이야기하려는 듯한 람세스 2세의 얼굴이 떠오릅니다. 잠자는 나일 강물과 함께 무엇을 기다리고 있는지 마음 쓸쓸해집니다.

이집트 문명은 그리스 - 로마 문명의 원형이라고 일컬어지기도 합니다. 더구나 중세 유럽을 뛰어넘어 다시 돌아가고자 했던 르네상스의 모델이 그리스 - 로마가 아니라 사실은 이집트 문명이었다는 주장도 없지 않습니다. 피카소의 선과 색과 큐비즘이 이집트를 베낀 것이라고 할 정도로 이집트는 인류 문명의 탁월한 높이를 우리들에게 보여 주고 있습니다. 실제로 나는 이집트의 신전과 무덤 속의 벽화를 보면서 아직도 우리는 이집트의 조형을 뛰어넘지 못하고 있다는 생각을 금할 수 없었습니다. 지극히 간소화된 구도, 그리고 문자와 회화가 이루어 내고 있는 전달의 완벽함은 그 이후의 모든 미학이 여기서부터 시작되었다는 주장을 수긍하지 않을 수 없게 하는 것이었습니다.

그리고 영혼 불멸에 대한 이집트인의 믿음도 우리들이 그대로 계승하고 있는 것이라는 생각을 금치 못합니다. 박물관에 전시되고 있는 수많은 미라를 보면 육신을 떠나간 영혼이란 돌아오지 않는 것이 분명하며 적어도 아직은 돌아오지 않고 있는 것이 사실입니다. 그러나 오늘 우리들이 살아가고 있는 개개인의 모습을 보거나 우리가 경영하고 있는 세상의 모습을 보고 있노라면 우리 시대에도 '불멸'에 대한 믿음은 조금도 달라진 것이 없다는 생각이 듭니다. 특히 집요하게 매달리고 있는 권력과 부, 그리고 그것의 불멸에 대한 집착은 말할 나위도 없습니다. 나는 사람이 영생하지 않는 것이 잘된 일이라고 생각합니다. 만약 죽지 않고 영원히 산다면 그나마 세상의 모습이 지금보다 나을 리가 없으리라고 믿기 때문입니다.

나는 람세스 2세의 미라가 우리에게 들려주려는 이야기가 바로 이것이 아닐까 하는 생각이 들었습니다. 고대 이집트의 파라오가 피라미드를 쌓아 불멸과 영생을 도모하였듯이, 오늘 우리들 역시 저마다의 피라미드를 쌓고 있는 것이 사실이며 그 쌓은 것들이 영원히 사라지지 않을 것이라는 믿음에 한없이 충실하고 있는 것 또한 사실이기 때문입니다.

이집트는 우리들의 자화상을 보여 주고 있는지도 모릅니다. 우리가 듣지 못하고 있을 뿐 수천 년 동안 끊임없이 그 허무함을 이야기해 주고 있는지도 모릅니다. 그러나 나는 오늘 우리가 쌓고 있는 것들 중의 얼마만큼이 남을 수 있을지, 그리고 얼마나 오랫동안 남을 수 있을지 의심스럽습니다. 우리가 열중하고 있는 오늘의 영조물營造物

造物 중에서 과연 어느 것이 후세의 피라미드가 될 수 있을지 의심스럽습니다. 그리고 과연 피라미드만큼 육중한 이야기를 전할 수 있을지 의심스러워집니다.

동물은 정신병에 걸리는 법이 없습니다

킬리만자로의 표범

　킬리만자로는 높이 5,895m의 아프리카 최고봉입니다. 그리고 정상을 하얗게 덮고 있는 만년설로 더욱 신비로운 산입니다. 나는 적도의 만년설이 우리에게 들려줄 이야기를 듣기 위해 킬리만자로에 구름이 걷히기를 기다리며 해 저무는 아프리카의 초원을 서성이고 있습니다. 마사이족 사람들은 해가 떨어지기 전에 반드시 구름이 걷힌다고 장담했고 또 이미 정상의 흰 눈이 반쯤 구름을 벗어나고 있습니다.

　"킬리만자로 정상 부근에 얼어 죽은 표범의 시체가 있다. 그 높은 곳에서 표범은 무엇을 찾고 있었는지 아무도 설명해 주지 않는다."
　헤밍웨이가 소설 『킬리만자로의 눈』 서두에 화두처럼 던져 놓은 구절입니다. 나는 표범의 이야기를 확인하기 위하여 여러 사람에게

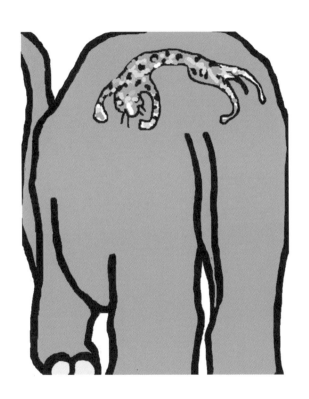

물어보았습니다.

"표범이 킬리만자로 꼭대기, 만년설이 있는 곳까지 올라가기도 합니까?"

"올라가지 않습니다. 눈이 있는 곳은 적어도 5,000m 이상이니까요."

"만년설 부근에서 혹시 한 번쯤 표범 시체가 발견된 적은 없습니까?"

"없습니다. 가장 높이 올라가는 동물이 원숭이이지만 원숭이도 4,000m 이상은 올라가는 법이 없습니다."

"혹시 정신병에 걸린 표범이 올라갔다고 볼 수는 없을까요?"

"천만에요. 동물은 정신병에 걸리는 법이 없을걸요? 정신병은 사람들만 걸리는 병일걸요?"

사람만이 정신병에 걸린다는 말에 나는 더 이상 물어볼 말을 찾을 수 없었습니다. 나는 여기저기 한가롭게 초원을 걷고 있는 동물 떼들을 바라보았습니다. '빈손 맨발'이었습니다. 그들은 정신을 빼앗길 만한 물건들을 소유하는 일이 별로 없을 것 같았습니다.

헤밍웨이의 소설은 한 남자의 죽음을 그리고 있습니다. 탕자라고 하기는 어려울지 모르지만 결코 정직하게 살았다고 할 수 없는 유럽의 지식인이 원시의 땅 아프리카 오지에서 자신의 과거를 회상하며 죽음을 맞는 이야기입니다. 나는 헤밍웨이가 그의 죽음을 통하여 무엇을 이야기하려 했는지 정확하게 기억하지 못하지만 해 저무는 킬리만자로의 눈을 바라보고 있는 지금, 문득 얼어 죽은 표범이 혹시 아프리카의 대각점對角點에 있는 유럽의 '문화'와 '도시'가 아니었을까 하는 생각이 듭니다. 우리의 문화와 도시는 사슴이나 얼룩말 같은 초식동물로 살아온 것이 아니라 이러한 초식동물들을 먹이로 삼는 육식동물로 살아온 것이 사실입니다. 표범으로 살아온 역사라 할 수 있습니다.

킬리만자로에서 얼어 죽은 표범이 문득 우리들의 자화상이라는 생각이 들었습니다. 그리고 이곳을 찾아온 사파리 관광객들 역시 마찬가지라는 느낌입니다. 가장 가고 싶은 나라가 바로 '동물의 왕국' 케냐라는 설문 조사가 말해 주듯이 수많은 사람들이 도시 문명에 지친 심신을 이끌고 이곳을 찾아옵니다. 만년설을 찾아가는 지친 표범 같습니다.

도시는 한마디로 반자연反自然의 공간입니다. 자연을 거부하며 자연과 끊임없이 싸우는 공간입니다. 내가 방문한 여러 도시들에서 받은 인상이 그랬습니다. 도시가 문화 공간이며 역사 공간임에는 틀림없지만 기본적으로는 자연으로부터의 거리를 문화의 높이로 계산하고 있는 것이 도시의 본질이었습니다. 그러나 돈 없는 도시의 모습은 돈 없는 사람의 모습보다 훨씬 더 초라하였습니다. 단 하루라도 닦고 쓸고 때우고 칠하지 않으면 금세 회색 공간으로 남루하게 변해 버리는 것이 도시였습니다.

나는 서울을 떠날 수 없는 당신에게 자연으로 돌아가라는 낭만적 메시지를 띄우려는 것이 아닙니다. 문명과 야만이라는 이항 대립의 도식으로 문명사를 농단할 수도 없지만 이곳 아프리카에서는 그 광활한 자연에도 아랑곳없이 여전히 가슴 아프게 하는 자연의 황량함을 끊임없이 목격해야 하기 때문입니다.

황량한 초원에서 선 채로 밤을 맞이하는 얼룩말 떼는 내게 충격이었습니다. 이 막막한 초원에서 그들은 서서 자고 있었습니다. 전혀 몰랐던 일은 아니었고 또 그것이 곧 자연이라고는 하지만, 육중한 아프리카의 어둠에 묻혀 선 채로 자고 있는 그들의 모습은 참으로 가련한 것이 아닐 수 없었습니다.

암보셀리 롯지에서 우연히 만난 한 마리 원숭이와의 독대獨對도 나의 생각을 한없이 휘저어 놓았습니다. 멀고 먼 아프리카 들판에서 잠시 마주한 그와의 독대는 실로 우연의 극치임에 틀림없었습니다. 그도 나를 만난 것은 우연이고 순간이었음에 틀림없습니다. 우리는 잠시 사물로서의 존재를 서로 확인했을 따름입니다. 나는 그의 생각을 모르고 그 또한 모기에 물린 나의 말라리아 걱정을 알지 못합니다.

원숭이뿐만이 아니었습니다. 마사이족 마을에서 함께 사진을 찍은 어린이도 마찬가지입니다. 잿불에 구운 감자 알같이 새카맣게 먼지 찌든 아이들의 이마를 들여다보면서 우리들에게는 서로 나눌 수 있는 기쁨이나 슬픔이 없음을 깨닫지 않을 수 없었습니다. 아득한 거리감이며 쓸쓸함이었습니다. 그것은 쓸쓸함이면서 동시에 허전한 자유 같은 것이었습니다. 그것이 자유처럼 느껴지는 까닭은

케냐 마사이족 마을에서

산기슭에 있는 마사이족 어린이들의 이마를 들여다보면서
우리들에게는 서로 나눌 수 있는 기쁨이나 슬픔이 없음을 깨달았습니다.
아득한 거리감이며 쓸쓸함이었습니다.

아마 이 아프리카 대륙의 황막한 원시 공간에서 깨닫는 개체로서 나 자신의 존재가 낙엽처럼 하잘것없는 것이었기 때문인지도 모릅니다.

아프리카 초원에는 누가 심지도 않은 외나무들이 띄엄띄엄 눈에 뜨입니다. 하나같이 키 작은 우산입니다. 거꾸로 든 우산 같은 모양도 있습니다. 빗물 때문이라고 나무가 대답했습니다. 인색한 빗물을 한 방울이라도 더 받으려는 자세라고 하였습니다. 발밑의 물기를 조금이라도 더 오래 갈무리하려고 나지막이 팔 벌려 그늘을 만들고 있다고 하였습니다.

'물'이었습니다. 아프리카에 절실한 것은 물이었습니다. 물은 간절한 소망이면서 생명이었습니다. 내가 만난 원숭이나 마사이족 마을의 어린이나, 한 포기 푸나무, 그리고 비록 선 채로 비 맞으며 잘 수밖에 없는 얼룩말에게도 물은 생명이고 소망이었습니다.

아프리카 대륙을 비행하면서 내려다보면 하얗게 멈추어 선 모래 강을 볼 수 있습니다. 흐르지 않는 모래 강. 저 강에 다시 물 흐르게 할 수는 없을까. 모든 표범들의 값비싼 무기를 강물로 만들어 흐르게 할 수는 없을까. 나는 만년설 부근에서 얼어죽은 표범과 함께 이 메마른 모래 강에 목을 대고 죽어 있는 목이 긴 사슴을 생각합니다. 표범과 사슴이 동시에 구제되는 방법은 없을까? 아프리카에서 달리는 생각이 부질없기가 이와 같습니다.

잠 못 이루는 아프리카의 밤은 참으로 찬란합니다. 어느 하늘 구석이든 잠시만 시선을 멈추면 거기 가득히 별이 쏟아져 내립니다. 시선을 타고 쏟아져 내린 별들은 나의 가슴에 와서 분수처럼 퍼집니다.

반半은 절반을 뜻하면서
동시에 동반同伴을 뜻합니다

아프리카의 희망봉과 로벤 섬

아프리카 대륙의 남단 희망봉에는 이름과는 달리 거센 바람이 쉴 새 없이 몰아칩니다. 바람에 떠밀려 온 이랑 높은 파도가 암벽에 부딪쳐 자욱한 포말로 일어섭니다. 세상을 하직하러 '지구의 끝'을 찾아온 노인 관광객들이 거센 바람에 밀려 발을 떼어 놓지 못합니다. 이곳을 '폭풍의 곳' 대신 희망봉이라고 이름 붙인 까닭이 궁금합니다.

희망봉에서 얼마 떨어지지 않은 곳에 '절망의 섬'이 있습니다. 해안에서 약 6km, 뱃길로 30~40분 거리에 있는 로벤 섬이 그곳입니다. 로벤 섬에는 넬슨 만델라가 27년의 구속 기간 중 17년 동안 갇혀 있던 감옥이 있습니다. 로벤 섬은 그 이름이 말해 주듯 부시맨들이 물개Robbe를 잡던, 작고 한적한 섬이었습니다. 그러나 이 섬은 아프리카 대륙이 식민지가 된 후부터는 사냥해 온 흑인 노예들의 임시 수용소로 바뀌고 다시 백인 통치와 인종차별에 반대하는 흑인 지도자들을 감금하는 감옥이 세워지면서 이 섬은 '절망의 섬'으로 전락합니다. 희망봉과 절망의 섬이 서로 지척에 있었습니다.

그러나 지금은 로벤 섬 감옥이 '자유의 기념관'으로 바뀌고 타조와 키 작은 펭귄들이 다시 옛날처럼 한가롭게 거닐고 있습니다. 흑인 안내원은 이곳을 찾은 관광객들을 모아 놓고 마치 작은 만델라처럼 이 절망의 섬이 꺾을 수 없었던 자유와 희망에 대하여 역설하고 있습니다.

나는 만델라 대통령이 갇혀 있던 독방을 돌아 나와 아프리카의 햇볕이 뜨겁게 괴어 있는 감옥 안마당을 천천히 걸어 보았습니다. 『맬컴 엑스』를 읽고 아마 생전 처음으로 화이트와 블랙이라는 단어를 사전에서 찾아보고 이 두 단어에 담긴 뜻의 엄청난 차이에 놀랐던 나의 감옥을 회상하였습니다.

화이트와 블랙은 단순히 색을 가리키는 단어가 아니라 선과 악, 희망과 절망의 대명사였습니다. 당신의 말처럼 희망은 절망의 땅에 피는 꽃인지도 모릅니다. 그러나 누군가의 희망이 다른 누군가의 절망이 되고 있는 것이라면 그것은 희망이 아닌 다른 이름으로 불러야 한다고 생각되었습니다.

요하네스버그에는 '환희의 동상'이 있습니다. 이곳에서 최초로 금광을 발견한 조지 해리슨이 금광석 움켜쥔 손을 높이 쳐들고 환호하는 모습입니다. 전 세계 금의 60%, 다이아몬드의 70%를 공급

하고 있는 남아프리카공화국을 생각한다면 그가 치켜들고 있는 돌멩이의 무게와 그 돌에 담긴 환희의 크기를 짐작하고도 남습니다.

그러나 골드리프시티 광산에서는 다시 이 환희의 반대편을 목격하지 않을 수 없게 됩니다. 용암이 솟아오르지 않을까 두려워지는 지하 3,300m. 나는 길고 어두운 갱도에 묻힌 그 엄청난 매장량에 놀라기에 앞서 섭씨 60도의 뜨거운 열 속에서 암벽을 깨뜨리고 있는 흑인 소년들의 모습을 떠올리지 않을 수 없습니다. 환희의 동상과 어둠 속의 흑인 소년을 함께 떠올리지 않을 수 없게 됩니다. 누군가의 환희가 다른 누군가의 비탄이 되고 있는 경우에도 우리는 그것을 환희라고 부를 수 있는 것인지 어두운 지하 갱도에서 마음이 돌처럼 무거워집니다.

남아프리카공화국의 행정 수도인 프리토리아에 있는 이민사移民史 박물관에서도 같은 감회를 느끼지 않을 수 없습니다. '피의 강 전투'를 조각한 아름다운 대리석 부조가 그렇습니다. 피의 강 전투는 남아공 건국의 분수령을 긋는 전투입니다. 마차 64대로 만든 원진圓陣 속에서 이민자 550명이 줄루족 원주민 1만 2,000명을 섬멸한 기적의 '승리'를 안겨 준 전투였습니다. 박물관 주벽周壁에는 당시의 원진을 재현해 놓았고 주변에는 역시 64대나 되는 실물대의 마차를 새겨 당시의 기적 같은 승리를 기리고 있습니다. 누군가의 빛나는 승리가 다른 누군가의 처참한 패배가 아닐 수 없었던 역사를 돌이켜 보게 됩니다.

남아프리카공화국이 당면하고 있는 갈등이 결코 피부색에서 연유된 것이 아님은 물론입니다. 그것은 한마디로 희망과 절망, 환희와 비탄, 승리와 패배의 충돌이라고 할 수밖에 없습니다. 만델라 대통령의 유연한 화합의 정치와 투투 주교가 이끌어 온 '진실과 화해'의 노력이 실로 아무나 흉내 낼 수 있는 것이 아님은 물론입니다.

그러나 너무나 오랫동안 쌓여 온 억압과 저항의 골 깊은 상처는 쉽게 앞날을 낙관할 수 없게 합니다. 800만 백인들 가운데 400만 백인들이 흑인 대통령을 거부하면서 이미 남아프리카공화국을 떠났고, 남아 있는 백인들도 여전히 새로운 거주 구역을 만들어 요새화하고 있습니다. 샌튼 지구 같은 백인 전용 구역은 또 하나의 원진이 되고 있으며 반면 힐브로우를 비롯하여 다운타운을 흑색화한 흑인들은 다시 로즈뱅크 지역으로 진입하고 있습니다. 흑백의 정면 대립과 그 위에 교묘히 사주되고 있는 흑흑 갈등과 무질서까지 겹쳐 요하네스버그 방문은 백인이 아닌 나에게도 내내 조마조마한 것이 아닐 수 없었습니다.

어린 시절의 아프리카가 생각났습니다. 유럽이 복잡한 국경선 때문에 나라를 찾기 어려웠음에 비하여 국경이 직선으로 되어 있는 아프리카는 나라를 찾기가 쉬워서 좋아했던 초등학교 시절이 회상되었습니다. 남아프리카공화국은 300년 동안 단 한 번도 '동반자'가 되어 본 적이 없습니다. 일체의 교육이나 문화에서 완벽하게 격리되어, 오로지 흑인 노동으로서만 의미를 부여받았습니다. 식민과 억압의 과거가 곧 오늘의 갈등으로 나타난 것이라고 해야 합니다.

남아공의 문제는 비단 남아공만의 문제가 아니라 아프리카 대륙의 문제이며, 도처에 남아 있는 20세기의 상처입니다. 동시에 21세기의 과제와 맞닿아 있는 것이라고 해야 할 것입니다. 이러한 과제는 결국 희망과 절망의 '관계'에 관한 것입니다. 희망과 절망, 환희와 비탄, 승리와 패배에 대한 역학적 패러다임을 넘어서 희망과 절망의 관계를 처음부터 재건하는 일입니다.

아프리카에서 당신의 피아노 연주를 듣게 된 것은 우연한 일이었지만 내게는 참으로 뜻깊은 것이었습니다. 남아프리카공화국에서 듣는 피아노 선율은 내게 흑과 백의 조화를, 그리고 반음과 온음의 조화를 깨닫게 해 주었기 때문입니다. 피아노 선율은 흑백의 건반이 서로를 도움으로써 이루어 내는 화음을 생각하게 하였습니다. 흑과 백의 대립뿐만이 아니라 우리가 맺고 있는 모든 갈등에 관하여 생각하게 하였습니다.

피아노는 우리에게 반음半音의 의미를 가르칩니다. 반半은 절반을 의미하지만 동시에 반伴을 의미합니다. 동반同伴을 의미합니다. 모든 관계의 비결은 바로 이 반半과 반伴의 여백에 있다고 할 수 있습니다. '절반의 환희'는 절반의 비탄과 같은 것이며, '절반의 희망'은 절반의 절망과 같은 것이며, '절반의 승리'는 절반의 패배와 다름없는 것입니다. 만약 우리가 절반의 경계에서 스스로를 절제할 수만 있다면 설령 그것이 희망과 절망, 승리와 패배라는 대적對敵의 언어라 하더라도 얼마든지 동반의 자리를 얻을 수 있으리라 믿습니다.

나는 당신의 피아노가 언젠가는 이 억압과 저항의 대륙에서 '아프리카 대지곡大地曲'으로 꽃피기를 기원합니다. 그리고 지금도 세계 곳곳에서 팽팽하게 맞서고 있는 칼날 같은 우리들의 관계를 다시 한 번 되돌아보게 하는 새로운 동락同樂의 공간을 열어 나가기를 바랍니다.

각성은 그 자체로도 이미 빛나는 달성입니다

리우 – 상파울루의 길 위에서

리우데자네이루와 상파울루를 잇는 고속도로를 달리다가 불현듯 '제제'가 생각났습니다. 제제는 바스콘셀로스의 소설 『나의 라임오렌지나무』에 나오는 어린 주인공입니다.

나는 고속도로 갓길에 차를 세우고 길게 뻗은 고속도로를 바라보았습니다. 수많은 차들이 고속으로 질주하고 있었습니다. 실직한 아버지와 가난한 인디언의 딸을 어머니로 둔 제제가 달리는 자동차를 피해 무단으로 건너뛰는 놀이를 하는 모습이 눈앞에 떠오릅니다.

오래 전에 읽은 소설이지만 오늘 이곳에 서자 놀랍게도 그 희미한 기억 속에서 의외로 또렷이 달려 나오는 대목이 있습니다. 제제가 그토록 따르고 사랑했던 포르투가 아저씨 이야기입니다. 자기를 자식처럼 사랑해 주던 아저씨에게 자기를 아들로 구입^{購入}해 주기를 부탁했던 그 포르투가 아저씨가 기차에 치여 죽습니다. 그 후로 제제는 기차를 향해 '살인자'라고 외칩니다.

지금 고속도로 변에 서 있는 나의 귓전에는 자동차를 향해 외치는 제제의 목소리가 들려오는 듯합니다. 브라질에는 넓은 국토에 비해 의외로 기차가 적습니다. 외국 자동차 회사의 막강한 로비로 철도망 대신 자동차 중심의 교통 체계가 만들어졌기 때문입니다. 제제에게는 오늘의 자동차와 그때의 기차가 조금도 다르지 않을 것입니다. 그때나 지금이나 조금도 달라지지 않은 것은 변함없는 가난입니다. 극소수를 제외한 절대 다수 사람들이 하루벌이가 1달러에도 못 미치는 생존 한계선에 머물고 있습니다. 그나마 일자리가 없어 도시로 집중해 빈민으로 전락하고 있습니다.

850만km²에 달하는, 세계에서 국토가 가장 비옥한 나라에서 사람들이 굶주림에 시달린다는 사실은 도저히 이해할 수 없는 일입니다. 더구나 그 많은 사람들에게 단 한 평의 땅도 없다는 사실은 참으로 불가사의한 일입니다. 이곳의 가난은 자연이 내린 재앙이 아니라 사람들이 만들어 낸 인재라 하지 않을 수 없습니다 .

1492년 콜럼버스가 신대륙에 도착한 이후 300년간의 식민지 시대와 독립 후 200년간의 역사를 돌이켜 보게 되고 20세기에 들어와 줄곧 매진해 왔던 경제 개발의 전 과정을 회의하지 않을 수 없게 합니다. 동유럽의 붕괴가 사회주의의 실패라면 라틴아메리카의 현실은 자본주의의 실패라던 당신의 말을 떠올리지 않을 수 없습니다.

상파울루 시내에 있는 이피랑가 공원은 독립공원으로 불립니다. 그 넓은 공원 한가운데는 브라질 독립을 기리는 청동 조각상들이 높은 대석 위에 위풍당당하게 늘어서 있습니다. 독립을 선언하고 식민 모국의 군대를 격퇴한 독립의 역사를 표현해 놓았습니다. 그러나 이 독립공원에서 읽는 독립의 의미는 청동 조각상보다도 훨씬 왜소한 것 같았습니다.

비단 브라질뿐만 아니라 라틴아메리카의 독립에서는 빼앗긴 조국을 되찾았다는 조국 광복의 감격을 읽기가 어렵습니다. 그것은 광복이라기보다 차라리 분가分家라는 느낌입니다. 브라질의 경우만 하더라도 황태자인 돈 페드로가 포르투갈 본국의 귀국 명령을 거부하고 독립을 선언했습니다. 타민족의 침략과 압제에서 벗어나 해방을 맞았던 우리의 역사 의식에 비춰 볼 때 그것은 광복이라기보다 계열사 분리 정도의 의미로 받아들여질 뿐입니다.

라틴아메리카 국가들의 독립에 공통된 이러한 성격은 독립 이후 2세기에 걸친 라틴아메리카 역사에도 그대로 일관되어 있는 것 같습니다. 원주민과 흑인에 대한 비인간적인 박해, 고문과 처형과 쿠데타로 점철된 라틴아메리카 파시즘, 그리고 반세기 동안의 경제 개발 정책의 종착점이 된 '종속화의 길'이 어쩌면 이러한 라틴아메리카의 태생적인 성격과 무관하지 않다는 생각을 금할 수 없습니다.

외세와 외국 자본의 하부에 편입된 정치 권력과 그 하부에 다시 수많은 사람들을 내국 식민화하고 있는 '중층적 변방화'의 현실은 아직도 청산되지 않은 식민지 시대를 보여 줍니다. 이것은 비단 라틴아메리카만의 현실이 아닌지도 모릅니다. 그것은 우리 세기의 기본적인 세계 질서인지도 모릅니다.

브라질에서 가장 안타까운 것은 이러한 역사와 현실에도 아랑곳없이 이곳에 만연한 집단적 무의식입니다. 삼바 카니발과 축구에 대한 열광입니다. 무한한 낙천성입니다. 공원이나 골목마다 만나는 축구공이 딱하게 느껴집니다. 나는 브라질을 고민하는 사람들의 진정한 고뇌가 과연 무엇인가를 이해할 것 같았습니다.

인구의 70% 이상이 문맹임에도 불구하고 교육은 임금을 상승시키는 요인이 된다는 이유로 정책적으로 기피되고, 식민지 시대의 우민화 정책이 그대로 답습되고 있습니다. 교육을 중립적인 지식의 주입이 아닌 명백한 정치 과정으로 규정하고 분노의 교육을 주장했던 프레이리의 교육론을 이해하게 됩니다. 그리스도를 전투적 해방자로 받아들인 해방신학, 그리고 공장과 농촌 부문의 조직화를 중심에 두고 제도 정치와 의회 행동을 당의 직접적 결정에 귀속시키는 노동자당PT의 정치 전략, 그리고 이러한 것들을 삶의 틀 속에 담아내려는 '기초 공동체'의 의미도 같은 맥락에서 이해되었습니다.

브라질에는 물론 라틴아메리카 제국의 여러 나라와 마찬가지로 공업화되고 도시화된 근대 부문이 높은 성과를 이룩해 놓고 있습니다. 면적 1,500km², 인구 1,100만여 명의 상파울루의 활기는 브라질 최대 도시답게 이곳을 찾는 사람들의 인식을 바꾸어 놓기에 부족함이 없습니다. 라틴아메리카의 현관이며 시장입니다.

수도 브라질리아는 미래를 향해 비상하는 제트기 형상으로 설계된 도시입니다. 브라질이 낳은 세계적인 건축가 오스카 니마이어와 루시오 코스타가 소위 '파일럿 플랜'에 따라 설계한 완벽한 계획 도시입니다. 현대 도시, 미래 도시의 모범입니다. 이 도시 한가운데에 있는 대성당은 단순성과 예술성이 조화된 명작으로 일컬어집니다. 기둥 열여섯 개가 마치 정성스러운 손처럼 십자가를 받들고 있습니다. 파비오 네토가 세운 '은총의 사원'Temple of Good Will도 마찬가지입니다. 대리석 피라미드의 정상에 세계 최대의 크리스털을 올려놓고 있습니다. 햇빛이 눈부시게 부서지는 이 크리스털은 하느님의 뜻과 은총이 내리는 곳입니다.

내가 당신에게 전하고 싶은 이야기는 미래 도시의 뛰어남이나 대성당의 예술성이 아닙니다. 크리스털의 눈부신 은총이 아님은 말할 필요도 없습니다. 몇몇 가시적인 성과물에 관한 것이 아닙니다. 나는 모순의 땅 브라질 이곳저곳을 찾으면서 우리가 이끌어 내고 극대화해야 할 동력이 무엇인가를 생각했습니다. 그것은 높은 하늘에 있거나 아득한 미래에 있는 것이 아님은 물론입니다.

다른 많은 가난한 나라와 마찬가지로 브라질이 이끌어 내야 할 동력 역시 지극히 낮은 땅을 살아가고 있는 수많은 사람들 속에 묻혀 있다고 믿습니다. 그러나 이 무한한 잠재력을 깨우고 이끌어 낸다는 것은 여간 어려운 일이 아닐 것입니다. 고질화된 낙천성으로 말미암아 좀체 움직이지 않을 뿐만 아니라 설사 움직인다고 해도 이

렇다 할 성과도 이루어 내지 못할지도 모릅니다.

　그러나 그럼에도 불구하고 잠재력을 깨우고 동력을 이끌어 내기 위한 우직하고 꾸준한 노력은 매우 값진 것입니다. 그것은 그 자체로서 이미 빛나는 '달성'達成이라고 불러야 옳습니다. 오로지 결과에 의하여 그 과정을 평가하고 거기에 쏟은 진솔한 노력에 대해서는 최소한의 의미마저 읽지 못하는 것이 오늘의 세태입니다. 그러나 그것이 아무리 화려한 발전이라고 하더라도 이 거대한 잠재력을 억압하고 이룩한 발전이라면, 그러한 잠재력을 희생시키고 이루어 낸 발전이라면, 그것의 본질은 기만欺瞞입니다. 최소 비용으로 최대 효과를 얻으려는 부정不正의 극치라고 해야 할 것입니다.

　브라질의 광대한 땅에 묻혀 있는 동력을 만나는 일이 쉽지 않다는 것을 모르지 않습니다. 그러한 동력이 아직은 진로를 얻지 못하고 있을 뿐 용암처럼 지하를 뜨겁게 달구고 있음에 틀림없을 것입니다. 브라질은 광대한 땅이 도리어 모든 가능성을 짓누르고 있는 억척같은 대지였습니다.

　나는 제제의 친구이며 분신이었던 라임오렌지나무를 찾아보기로 마음을 바꾸었습니다. 아침 일찍 서둘러 자동차로 시골길을 달렸습니다. 사실은 브라질의 농촌을 좀 더 가까이 다가가 보고 싶기도 하였습니다. 브라질은 넓었습니다. 어쩌다 만나는 작은 마을에서는 울타리를 고치던 농부들이 라임오렌지나무에 대해 물어보는 우리를 의아한 눈으로 쳐다보기도 하고, 사람이 거처하지 않는 듯한 집들도 눈에 띄었습니다. 목장 몇 개를 지나 오렌지 밭이 있는 작은 농가를 찾아들었습니다. 제제가 하루에도 몇 번씩이나 찾아가서 이야기를 나누던 라임오렌지나무를 찾았습니다. 라임오렌지는 이곳에서는 리마Rima 오렌지라고 부르는 것으로, 보통 오렌지보다 열매도 작고 나무도 키가 작았습니다. 소설 속의 제제와 같았습니다.

라임오렌지나무는 아직도 꽃피우지 못하고 있는 라틴아메리카의 가난한 사람들처럼 외롭게 서 있었습니다. 라임오렌지나무는 제제와 마찬가지로 브라질의 상징이면서 브라질의 현실이었습니다.

커피 한 잔 들지 않고 이내 자리를 뜨는 우리를 할머니는 무척 아쉬워했습니다. 그리고 저만치 멀어져 가는 우리를 향해 등뒤에서 큰 소리로 외쳤습니다. 2월에 열리는 삼바 축제 때 다시 브라질을 찾아오라고 당부하였습니다.

나스카의 그림은 겹겹의 포장에 감추어진
현대 문명의 이유를 생각하게 합니다

페루 나스카의 시간 여행

페루의 수도 리마에서 해안을 끼고 달리는 길은 생각과는 달리 모래와 자갈로 이루어진 삭막한 길입니다. 나무 한 그루, 풀 한 포기 없이 하얗게 뻗어 있는 500km 길을 자동차로 달리는 동안 나는 이 세상의 공간이 아닌 4차원 세계로 빨려들어 가고 있다는 환상에 빠져듭니다. 마치 타임머신을 타고 과거와 미래에 걸쳐 있는 긴 시간의 띠 위를 달리고 있다는 착각에 빠집니다.

이 지극히 비현실적인 길 끝에 신기루와 같은 나스카의 그림이 있었습니다. 나스카에 이르는 나의 여정은 이처럼 공간 여행이 완벽하게 배제된 환상의 시간 여행으로 다가왔습니다. 나스카는 당신도 알고 있듯 수수께끼의 지상 그림이 그려진 넓은 사막입니다.

일몰 즈음 나스카에 도착한 나는 서둘러 비행기에 올랐습니다. 이제는 동화책에서나 볼 수 있는 단발 프로펠러를 단 세스나 기를 타고 사막 위를 날았습니다. 멀리 낮은 산등성이에 걸린 저녁 해가 비스듬히 던지는 긴 그림자는 황량한 사막을 더욱 아득하게 만들었습니다.

검회색의 넓은 사막 위에는 고래, 원숭이, 거미, 콘도르, 개, 나무, 우주인, 펠리컨 등의 그림과 직선, 삼각형, 사다리꼴과 같은 수많은 도형들이 그려져 있었습니다. 그림 한 개의 크기가 100~300m에 달하는 거대한 것들입니다. 심지어는 7~8km의 직선이 마치 긴 활주로처럼 뻗어 있기도 합니다. 1930년대 리마와 아레키파 간의 정기 항공 노선이 개설되어 이 사막 위를 비행하게 될 때까지 이곳에 이러한 그림이 있다는 것을 아무도 몰랐을 정도였습니다. 세계에서 가장 큰 그림입니다.

320km²에 달하는 광막한 평원에는 그림 제작을 지휘하거나 전체를 조망할 수 있는 언덕도 없습니다. 하늘 위를 날지 않고서 어떻게 이처럼 크고 정교한 그림들을 그릴 수 있었을까. 도대체 언제, 누가, 왜, 이러한 곳에 이러한 그림을 그렸을까. 나스카의 그림은 그것을 설명하는 사람들이 더해 갈수록 더욱 더 신비로운 수수께끼가 될 뿐입니다.

한 가지 확실한 것은 이곳은 지구상에서 이러한 그림을 그리기에 가장 적합한 캔버스라는 사실입니다. 이 넓은 평원은 우선 비가 오지 않는 대지입니다. 10년에 한 번, 그것도 안개비가 30분 정도 내릴 뿐입니다. 그리고 바람도 자지러지는 곳입니다. 태양열을 흡수

한 지상의 작은 돌들이 발산하는 복사열 때문에 바람의 기세가 꺾여 버리기 때문입니다. 그림이 지워질 염려가 없는 곳입니다.

그리고 이곳은 보통의 사막과 달리 작은 검회색 돌이 땅을 덮고 있습니다. 그래서 그런지 그림을 그린 방법도 특이합니다. 검회색의 작은 돌들을 들어내고 돌 밑의 황토를 드러내는 방식으로 그려진 것입니다. 그렇기 때문에 그림이 그려진 시기를 측정할 수도 없습니다.

이 흙에는 석고 성분이 함유되어 작은 돌들을 땅에 고착시키고 있으며 매일 아침 자욱히 괴는 안개는 이 고착 효과를 더욱 높여 줍니다. 실로 세상에서 이곳만큼 그림을 영원히 보존하기에 적합한 장소가 없습니다. 도대체 누가 이러한 것까지 고려해 이곳에 이런 방식으로 그림을 그렸을까. 생각하면 더욱 망연해질 뿐입니다.

우주인의 활주로라느니, 오리온 별자리라느니, 암호 문자라느니 사람들은 저마다 자기 생각의 틀 안으로 이 그림을 들여와서 그것을 해석하려 합니다. 그러나 이 그림들은 우리의 그릇에는 감히 담을 수 없는 것입니다. 무엇이든 그것을 만드는 데에는 반드시 필요와 목적이 있어야 하는 것이 우리의 문화입니다. 우리는 이 그림의 이유를 발견해 내지 못함으로써 벽에 부딪히고 망연해집니다.

누가 무슨 목적으로 하필 이곳에다 화산 활동으로 생긴 검은 돌들을 수천 톤씩이나 들어내면서 이러한 그림을 그렸을까. 이 수수께끼 같은 그림 앞에서 느끼는 망연함이 내게는 매우 역설적인 희열로 다가옵니다. 내가 내놓은 수수께끼가 아님에도 불구하고 계속

틀린 답을 대고 있는 사람들을 바라볼 때의 즐거움 같은 것입니다. 마치 동화 속에 들어간 어른들이 실패를 연발하고 있는 모습을 바라보는 느낌입니다.

나는 그레이엄 핸콕이 주장하는 '사라진 문명'The Evidence of Earth's Lost Civilization이 생각났습니다. 지구상에는 과거에 이미 고도의 문명이 존재했다는 증거를 그는 제시하고 있습니다. 그중 하나가 피리 레이스의 남극 지도입니다. 15000년 전부터 내륙에 얼음이 쌓이기 시작해 기원전 4000년경에는 모든 해안이 1.6km 두께의 두꺼운 빙하 밑에 묻혔습니다. 그러나 피리 레이스는 1513년에 남극 대륙의 정확한 지도를 제시하고 있습니다.

1949년 영국–스웨덴 과학조사단이 지진파 측정으로 처음 밝혀낸 이 지역의 지형은 피리 레이스의 지도와 정확하게 일치합니다. 피리 레이스가 베낀 원본 지도는 콘스탄티노플 제국도서관에 보관되어 있는 것으로, 적어도 5,000년 전에 그려진 지도였음을 핸콕은 입증하고 있습니다.

핸콕은 피리 레이스 지도뿐만 아니라 적어도 기원전 13000년에 그려진 원본 지도를 베낀 필립 보아슈의 지도도 사라진 문명의 증거로 제시하고 있습니다. 삼각좌표변환법, 삼각좌표법 등 고도의 수학과 지도 작성법에 정통하지 않고서는 절대로 그릴 수 없는 고대 지도입니다. 인류사에는 사라진 고도의 문명이 있었다는 것이 그의 주장입니다.

나는 광막한 나스카의 사막 위를 날고 있는 동안 문명이란 무엇인가, 진보란 무엇인가 하는 의문에 사로잡혔습니다. 나스카 그림의 이유가 궁금하듯 우리들이 향유하고 있는 현대 문명의 '이유'가 무엇인가를 생각하게 됩니다.

나스카 사람들은 아마 우리가 감히 상상할 수 없는 이유로 그림을 그렸을지도 모릅니다. 아무런 이유 없이 그림을 그릴 수 있었을지도 모릅니다. 이윤이 보장되어야 하고 생산과정이 효율적이어야 한다는 우리들의 생각과 전혀 다른 생각을 가지고 있었는지도 모릅니다. 내게는 우리의 문명과는 다른 고도의 문명이 이 지구상에 존재했다는 사실이 매우 신선한 기쁨으로 다가왔습니다.

나는 나스카의 신기루와 같은 시간 여행이 안겨 준 환상을 매우 귀중하게 간직하려 합니다. 그것은 겹겹의 포장에 감추어져 있는 현대 문명의 '이유'를 생각하게 하기 때문입니다. 그러나 아직도 우리는 나스카 그림을 읽는 방법을 찾아내지 못하고 있습니다. 나스카 지상 그림에 대한 독법讀法은 문명에 대한 새로운 독법에서 시작해야 하기 때문입니다. 나스카의 그림은 분명 우리들에게 수수께끼입니다. 그러나 이 수수께끼는 우리들을 돌이켜 보게 하는 영원한 메시지로 남을지도 모릅니다.

그러나 아직은 나스카를 읽고 있는 방법이 참으로 가련합니다. 나스카를 돌아 나오는 길에서 당신은 야산 기슭에 새겨 놓은 글을 발견할 것입니다. 나스카 지상 그림을 그리는 방법을 본떠 새겨 놓은 글들은 대부분 상품 광고거나 선거 포스터거나 이곳을 방문한 누군가의 이름입니다. 나스카를 읽는 방법이 아직은 이러합니다.

정체성의 기본은 독립입니다

멕시코 국립대학

라틴아메리카를 여행하는 동안 나는 거의 반쯤 지쳐 있는 상태였습니다. 섭씨 40도에 가까운 아마존에서는 물론이고 해발 3,400m 고지에 있는 쿠스코에서는 산소 부족으로 발걸음을 조금만 빨리 해도 숨이 가쁘고 현기증이 몰려왔습니다. 2,300m의 고지대에 있는 멕시코시티도 마찬가지였습니다.

그러나 정작 피곤하게 하는 것은 라틴아메리카의 넓은 대지에 만연해 있는 사람들의 무심함이었습니다. 혼혈에 혼혈을 거듭한 인종의 복잡함과 그 복잡한 사람들의 낙천적인 표정에 묻혀 있는 실의와 가난이었습니다. 사시사철 푸르름으로 대지를 덮고 있는 상록수의 초록빛이 그렇게도 미욱하게 느껴질 수가 없었습니다. 겨울의 엄혹함도 없고 가을의 추상같은 반성도 없이 대지를 덮고 있는 초록색이 마치 가슴을 짓누르는 무거운 그림자 같았습니다. 나는 더위에 처진 풀잎처럼 몸도 마음도 곧추세울 수가 없었습니다.

오늘은 라틴아메리카를 떠나기 전에 멕시코 국립대학의 넓은 캠퍼스에서 지친 심신을 쉬기로 하였습니다. 멕시코 국립대학을 찾은 것은 줄곧 짊어지고 다니던 라틴아메리카의 짐을 어디엔가 부려 놓고 싶었기 때문입니다. 이 땅의 젊은이들은 과연 그들의 현실을 어떻게 고민하고 있는가를 알 수 있다면 그들에게 짐을 부릴 수 있을 것 같기도 했습니다.

멕시코 국립대학은 대학도시C.U.라고도 합니다. 700만m²에 달하는 넓은 캠퍼스가 학생 30여만 명을 포용하고 있는 하나의 도시였습니다. 1968년에 개최된 멕시코 올림픽의 메인 스타디움이 바로 대학 종합운동장이었습니다. 스타디움 벽면에는 라틴아메리카를 상징하는 콘도르와 멕시코의 상징인 독수리가 약동하고 있습니다. 멕시코의 거장 디에고 리베라의 벽화입니다. 제3세계의 리더임을 자임하는 멕시코의 패기를 과시하는 그림입니다.

나는 중앙 도서관 외벽을 가득 채우고 있는 모자이크 벽화에 대한 설명을 듣는 것으로부터 학생들을 만나기 시작하였습니다. 세계적인 거장들이 그린 이 벽화는 아스텍 문화에서 식민지 시대와 독립, 그리고 1910년 혁명을 거쳐 새로운 미래를 열어 가려는 멕시코의 역사와 의지를 집약하고 있는 대작이었습니다.

나는 멕시코가 라틴아메리카의 리더가 되기 위해서는 그들이 현안으로 삼고 있는 경제 문제 못지않게 라틴아메리카의 정체성에 대해 분명한 지향성을 가져야 한다고 생각했습니다. 유럽의 뿌리에서 갈라져 나왔으나 적자嫡子가 되지 못하는 태생적 과거에서부터 구미의 자본에 직선적으로 종속되어 있고 유럽 문화를 향한 하염없는 짝사랑에 매달리고 있는 현실을 정확하게 직시해야 할 것이라고 생각했습니다.

나는 먼저 학생들에게 코르테스에 관하여 물었습니다. 칼 같은 대답이 나오리라고 기대했던 예상과는 달리, 학생들은 한참 동안 말이 없었습니다. 나는 그런 질문을 꺼낸 것을 금방 후회하였습니다. 나의 시각으로는 코르테스는 분명 침략자이고 정복자였습니다. 그러나 그는 그들에게 피를 물려준 할아버지였습니다. 그들은 한동안 곤혹스런 표정을 지었습니다. 그리고 "너무나 먼 과거를 묻는 것 아니냐"고 반문하였습니다.

그들의 논리는 한마디로 '혼혈의 독립'이었습니다. 혼혈의 독립이란 인디오 원주민과 백인 정복자라는 이분법을 거부하는 것이었습니다. 그러한 이분법은 이미 현실이 아니었습니다. 현실은 구체적 실체로 존재하는 멕시코 민족이었습니다. 혼혈의 독립이란 이 현실을 정체성의 기반으로 삼는 것을 의미하는 것이었습니다.

혼혈의 독립은 백인 혈통을 고수해 온 10%의 상층에 대해서도, 그리고 사파티스타 해방군으로 대표되는 하층의 인디오들에 대해서도 문을 열어 놓고 있다고 덧붙였습니다. 상층 10%에 대하여는 그들이 경제적 종속의 관건이 되고 있다는 점에서 관여하며 인디오 문제에 대하여는 그들이 소외되고 억압당하고 있는 민중이라는 관

멕시코 국립대학 학생들과 함께

이들은 사파티스타 해방군의 지원을 호소하기 위하여
가두 선전에 나가는 참이었습니다.

점에서 관여한다는 태도를 보이고 있었습니다. 그들은 사파티스타 해방군의 지원을 호소하기 위하여 가두 선전에 나가는 참이었으며 손에는 핸드 스피커를 들고 있었습니다.

그들과 대화하면서 확인할 수 있었던 것은 적어도 그들에게는 백인들에 대한 열등감이나 인디오에 대한 우월감이 없다는 것이었습니다. 그것은 실로 예상하지 못한 그들의 자부심이었습니다. 사람들의 사고와 판단에 최후까지 끼어들어 끈질기게 영향을 끼치는 것이 바로 열등감과 오만입니다. 심지어 옷 하나를 선택하는 데도 끼어들고, 단어 하나 선택하는 데도 끼어드는 것이 열등감과 오만이라는 자의식입니다. 멕시코 젊은이들은 바로 이 점에서 튼튼한 기초와 평형을 확보해 놓고 있었습니다.

멕시코시티를 관통하고 있는 레포르마Reforma 거리는 '혁명'이라는 뜻과는 달리 오히려 혼혈의 역사를 보여 줍니다. 콜럼버스 동상과 아스텍의 마지막 왕 쿠아우테목의 동상, 독립기념탑과 혁명기념탑 등을 차례로 볼 수 있었습니다. 그리고 레포르마 거리 북쪽 끝에는 유명한 삼문화 광장Plaza de las Tres Culturas인 틀라텔롤코가 있습니다. 삼문화 광장이라고 하는 이유는 아스텍 유적과 스페인 식민지 시대의 교회, 그리고 현대적인 외무부 빌딩이 한곳에 모여 있기 때문입니다.

이곳은 단지 세 개의 문화가 공존한다는 의미에서 유명한 것이 아닙니다. 1521년 쿠아우테목이 이끄는 아스텍 군이 이곳을 사수하였으나 결국 코르테스에 의하여 함락된 패전의 땅입니다. 그리고 그 후 450년이 지난 1968년 수만 명에 달하는 학생, 노동자, 시민 들이 다시 이곳에 집결하였습니다. 그러나 또다시 경찰과 군대의 발포로 수백 명이 숨지는 참사를 겪게 됩니다. 패전과 참상이 겹친 땅입니다.

그러나 비문에는 이곳은 패배의 땅이 아니라 '멕시코 탄생의 광장'이라고 명명되어 있습니다. 멕시코 민중이 탄생한 땅이며 '혼혈의 독립'을 선언한 땅으로 불리고 있습니다. 혼혈의 독립은 멕시코의 유일한 선택일 수밖에 없으며 그것이 곧 혼혈 민족의 정체성일 수밖에 없는지도 모릅니다. 멕시코 대학 학생들이 코르테스를 어쩔 수 없이 그들의 조상으로 받아들이고 있으면서도 대통령 궁 벽화에 묘사되고 있는 코르테스의 모습은 오만하고 잔혹하기 그지없습니다. 코르테스를 묻는 나의 질문에 곤혹한 표정으로 한동안 대답이 없던 젊은이들의 표정이 다시 떠올랐습니다. 과거보다는 현재가 더 구체적인 현실임은 말할 필요도 없습니다.

삼문화 광장을 거쳐 다시 소칼로 광장에 이르렀을 때 그곳에는 마침 교사 노조원들이 시위 농성을 하고 있었습니다. 우리는 현실에 계승되고 있는 만큼의 과거만을 상대할 수밖에 없음을 다시 한번 깨닫게 됩니다.

정치·경제적으로 세계사의 주변부로 밀려나 있으면서도 세계 문학에 있어서는 그 중심부에 우뚝 설 수 있었던 저력이 바로 그들의 이러한 '독립'과 '현실'에 있다고 해야 할 것입니다. 라틴아메리카

문학의 탁월한 성공에 대한 이유를 묻는 나의 질문에 그들의 답변도 바로 그러하였습니다. 라틴아메리카의 현실은 금세기의 모순을 집약한 것이며, 라틴아메리카의 문학은 바로 이러한 현실을 정직하고 치열하게 고민해 왔기 때문이라고 하였습니다.

한 나라의 문학적 성취가 노벨상 숫자에 있지 않음은 말할 필요가 없지만, 노벨 문학상에 대한 그들의 자부심을 염두에 두면서 다시 질문하였습니다. 많은 수상자를 내고 있다는 것은 라틴아메리카를 계속하여 유럽의 주변부에 묶어 두려는 '노벨상의 정치학'이라는 비판에 대한 소견을 물었습니다. 그들은 그것은 결과일 뿐 그들의 문학적 탐구의 목적은 분명히 아니라고 답변하였습니다.

나는 멕시코 대학의 젊은이들이 진정으로 이 모든 것으로부터 독립한 21세기를 맞이하기 바랍니다. 그것은 열등감과 오만의 이중성을 벗어 버리는 용기에서 시작되어야 하며 그들의 정체성을 지탱해 줄 수 있는 경제적 토대가 뒷받침되어야 함은 물론입니다.

멕시코에 첫발을 들여놓을 때의 일이었습니다. 비행기가 멕시코 공항에 착륙하자 멕시코 도착을 알리는 기내 안내 방송에 이어 〈베사메무쵸〉 멜로디가 흘러나왔습니다. 이 노래가 멕시코 노래였다는 것을 까맣게 잊고 있었습니다. 멕시코의 여류 작곡가 콘수엘로 벨라스케스의 곡이었습니다.

"나에게 수많은 키스를……"

마치 오늘이 마지막 밤인 것처럼 사랑해 주기를 바라는 노래입니

다. 멕시코를 찾아오는 사람들에게 제일 먼저 들려주던 노래 〈베사
메무쵸〉를 다시 생각합니다.

정열과 태양의 나라, 그리고 상록常綠의 나라 멕시코가 21세기의
뜨거운 사랑을 받을 수 있기를 진정으로 바랍니다.

보이지 않는 힘, 보이지 않는 철학

미국의 얼굴

"서부는 진짜 미국이 아닙니다. 서부는 바람이고 환상입니다. 진짜는 동부에 있습니다."

"그렇습니다. 아메리칸 드림은 미국의 환영일 뿐입니다."

"그래서 동부를 찾아왔습니다."

"이곳 보스턴에도 없습니다."

"어디에 있습니까?"

"미국의 얼굴은 슈퍼 엘리트 집단에서 찾아야 합니다."

"5만 명 정도라고 들었습니다만?"

"숫자는 의미가 없습니다."

"그러나 보스턴에 있다고 할 수 있습니다."

"그렇다면 하버드, MIT에 있습니까?"

"그렇다고 할 수 있습니다. 그러나 집단으로 있는 것이 아닙니다.

시스템으로 존재합니다. 그래서 보이지 않습니다."

"시스템이라면 창의성을 키우는 교육제도입니까?"

"다양한 엘리트가 민주적으로 조직되고 부단히 편입될 수 있는 합리적인 시스템이 미국의 저력이고 숨은 얼굴입니다."

"내 생각은 다릅니다. 왜냐하면 민주적 수렴 장치란 수사에 지나지 않습니다. 수렴은 선별입니다. 선별에는 선별의 주체와 기준이 먼저 있는 법입니다. 그런 점에서 하버드, MIT가 있는 케임브리지는 미국의 브레인이 아닙니다. 그들을 선별하는 보이지 않는 얼굴은 따로 있습니다."

"그래서 하버드, MIT를 월가의 보정 기구Modification system라고 하는 겁니까?"

"사회적 파워로서는 WASP White Anglo-Saxon Puritan라는 관점이 중요합니다."

"아닙니다. WASP는 미국의 파워라기보다는 미국의 정신입니다."

"어쨌든 파워의 대표체라고 할 수 있습니다."

"WASP가 아니라 군산軍産 복합체에서 찾아야 한다고 생각합니다."

"군산軍産뿐만 아니라 학문學文까지 복합체를 구성하고 있는 것 같습니다."

"학문이라면?"

"학문과 문화가 절묘하게 결합되어 있지요."

"그래서 하버드와 MIT, 그리고 WASP를 통해서도 접근이 가능하다는 것이지요."

"정政은 포함되지 않습니까?"

"워싱턴과 백악관은 작습니다. 대외용對外用이고 대민용對民用이지요. 외곽인 셈입니다."

"외피라고 해도 됩니까?"

"물론이지요."

"퓨리터니즘으로 볼 수는 없습니까? WASP라는 관점이 중요하다고도 했으니까요."

"필그림 파더스가 네덜란드에서 건너온 칼비니스트인 것도 사실이고, 미국이 건국 이념을 여기서 이끌어 내고 있는 것도 사실입니다."

"그런 점에서 청교도주의는 미국을 이해하는 데 매우 중요합니다."

"최초의 정착 마을인 플리머스 농장에 갔었지요? 바로 그 농장 옆에 있는 인디언 마을도 보았겠지요? 두 마을이 평화롭게 공존하는 모습을 보여 주고 있지만, 기본적으로는 인디언을 사탄의 보병으로 보지요."

"인디언이란 잘못된 이름입니다. 아메리카 원주민이라고 해야 합니다. 원주민의 주住 자도 주主로 써야 맞습니다."

"원주민原主民?"

"어쨌든 종말의 날에 복음을 서쪽에 전해야 했지요. 아메리카는 서쪽이었습니다. 나침반은 과학이 아니라 신학이었지요."

"아닙니다. 과학도 신학도 아닌 경제학입니다. 그리고 미국의 정신이 퓨리터니즘이라고 보지 않습니다. 종교적 십자군은 오히려 라틴아메리카의 스페인이었지요."

"적어도 남미에서는 원주민을 하나님의 아들로 보았고 그들을 개종시키려고 했지요."

"퓨리터니즘은 오히려 네덜란드의 상인 자본 논리입니다."

"필그림 파더스가 찾아 나선 자유는 봉건적 규제로부터의 탈출이었음은 물론입니다. 독립 전쟁도 마찬가지입니다. 그러나 그것은 자본의 탈출이었고 자본의 독립이었습니다. 그런 점에서 미국의 역사는 완벽한 자본주의의 역사입니다."

"미국에서 제1의 관점은 돈입니다."

"그렇습니다. 자본 운동에 초점을 맞추어 미국의 역사를 이해해야 실수를 줄일 수 있습니다. 동구권 붕괴 이후에 복지 부문을 축소하면서 신보수주의로 선회하는 것도 그렇습니다. 그간의 복지 정책은 자본 운동의 결과가 아니었습니다."

"자본 운동에 대한 반운동Anti-movement의 결과였지요."

"그것이 바로 자본 운동이지요."

"자본 운동이 아니라 '자본주의 운동'이라고 해야 더 정확합니다."

"어쨌든 보스턴에는 괜히 온 셈입니까?"

"아닙니다. 오기는 와야 할 곳입니다. 콩코드에 가 봤습니까? 독립 전쟁의 첫 총성이 울린 렉싱턴과 최초의 접전지였던 콩코드가 있습니다."

"렉싱턴과 콩코드의 노스브리지에서 사진을 찍었습니다. 그리고 콩코드 박물관에도 갔었지요. 그리고 그곳에 있는 에머슨, 호손, 소로, 그리고 엘코트가 살았던 집도 가 보았습니다. 청교도 정신의 산실 같았습니다."

"청교도 정신에 대한 비판 정신의 산실이기도 하지요."

"호손의『주홍글씨』를 두고 말하는 것입니까? 저는 그렇게 생각하지 않습니다.『주홍글씨』는 결과적으로 청교도주의에 봉사했다는 분석이 더 일반적인 견해입니다."

"차라리 뉴욕에 있다가 나중에 이곳으로 옮겨 온 멜빌을 주목해야 합니다."

"멜빌이『백경』白鯨에서 보여 주는 시각이 더 깊이 있습니다. 미국의 본질을 더 예리하게 꿰뚫고 있다고 할 수 있습니다."

"백경의 무대가 되었던 낸트키트 섬을 보러 갔습니다. 고래 사냥의 전초기지였던 섬이라고 들었습니다. 포경 산업이 미국의 산업혁명을 이끌었다고 했습니다."

"모비 딕이라는 흰 고래를 향해 불태우는 에이햅 선장의 이유 없는 집념과 증오를 퓨리터니즘과 연결시키는 비판적 시각이 있지요. 그러나 멜빌의 이러한 주장은 주목받지 못했습니다. 완고한 벽을 느꼈을 겁니다. 그는."

"모비 딕은 무엇을 상징하는 거라고 봐야 합니까? 에이햅 선장과 함께 결국 공멸하는 것으로 되어 있는데요?"

"모비 딕은 신대륙 그 자체이기도 하고 아메리카 원주민의 건강한 가능성이기도 하구요. 또 스타인벡의『분노의 포도』에 나오는 개척 농민을 가리키는 것일 수도 있겠지요."

"저는 아메리카 대륙이라고 생각합니다. 미국의 파워는 땅에 있습니다. 세계에서 가장 훌륭한 땅이지요. 하버드도 월가도 아니라고 저는 생각합니다."

"그건 지나치게 문학적 관점입니다."

"땅을 문학적이라니요?"

"좋습니다. 땅과 원주민, 그리고 개척 농민은 하나로 묶을 수 있다고 하구요."

"문제는 미국은 역사적으로 계속 모비 딕과 같은 악마Devil를 가지고 있다는 사실입니다. 항상 마녀가 있고 마녀 사냥이 있었지요. 프런티어도 같은 개념이라고 할 수 있습니다. 최근에는 문명 충돌이라는 도식으로 21세기를 내다보지요. 이슬람이 모비 딕이 될 가능성도 없지 않지요."

"어쨌든 나는 월가가 있는 뉴욕이 미국에 더 가깝다고 생각합니다."

"월가는 뉴욕을 이미 넘어섰지요."

"월가의 증권거래소에도 물론 갔습니다. 1초 동안 움직이는 돈이 엄청난 규모라고 들었습니다."

"돈이 아닙니다. 월가가 가리키는 손가락을 봐야 합니다."

"어디를 가리킵니까?"

"알 수 없지요. 한 가지 분명한 것은 계속해서 같은 곳을 가리키는 법이 없다는 것입니다."

"에이햅 선장의 손가락입니다."

"그렇다면 모비 딕입니까?"

"아닙니다. 자동차, 전투기, 컴퓨터, 외환 시장……. 계속 바뀌고 업그레이드됩니다."

"낡은 판version을 생산하는 나라는 사양 산업의 하치장이 되었지요. 더 늦은 나라에 서둘러 플랜트를 넘기지 않으면 안 됩니다."

"낡지 않아도 낡게 만들 수 있습니다."

"그렇다면 모비 딕을 만들어 낸다고 해야지요."

"어느 것이든지 언제든지 모비 딕이 될 수 있지요. 대상보다는 변화 그 자체가 더 중요한 의미를 갖게 됩니다."

"월가가 금융자본이라는 사실을 전제하면 설명이 더 쉽지요."

"그렇지요. 변화는 금융자본이 가장 신속하지요. 속도와 규모도 최고 단계이지요."

"어떤 거래든 변화가 없으면 기회가 없는 법이니까요. 변화 그 자체가 기회이지요."

"계속 다른 것을 가리키고 있다는 사실이 미국의 고민입니다. 정작 고민으로 느끼지 않고 있는지는 모르지만 미국의 아이덴티티가 무엇인가 하는 모순에 직면하거든요."

"미국적이란 것이 과연 무엇인가 하는 고민입니다."

"다양성이 아닙니까? 멀티 컬처럴Multi-cultural?"

"그러나 미국은 내부적으로 멀티 컬처럴하지 않다는 것이 자기 모순이지요."

"대외적으로도 멀티 컬처럴하지 않기는 마찬가지입니다."

"다시 유럽으로 회귀하리라는 주장이 많습니다. 그런 의미에서 미국은 없습니다."

"민주주의는 어떻습니까? 유럽의 계몽사상이 정작 그곳에서는 꽃피지 못하고 신대륙인 아메리카에서 개화했다고 볼 수 있습니까?"

"역설적이게도 노예제와 플랜테이션이라는 대농장은 봉건제의 부활이지요."

"마거릿 미첼의 소설 『바람과 함께 사라지다』Gone With the Wind라는 문장의 주어가 무엇인지 아십니까? 문명Civilization입니다. 그것이 불타서 사라진 것을 미첼이 그토록 가슴 아파한 것이 바로 유럽의 봉건 문명이지요."

"정확하게 이야기한다면 그것의 아류라 해야 맞습니다."

"애틀랜타에는 마거릿 미첼의 생가와 마르틴 루터 킹 목사 기념관이 함께 있었습니다. 같은 조건에서 정반대되는 두 사람이 나왔다는 생각을 했습니다."

"노예제 옹호론과 노예 해방론은 같은 토대에서 나타나는 것이지요."

"미국은 그런 점에서 북부나 남부나 별로 다를 것이 없습니다. 이름 그대로 뉴 잉글랜드New England입니다."

"미국의 아킬레스건이고 고질적인 콤플렉스입니다. 오히려 더 철저한 봉건 구조를 내장하고 있는지도 모릅니다. 인종의 용광로는

라틴아메리카입니다. 미국은 모자이크, 아니면 샐러드 볼Salad Bowl
입니다."

"결국 미국은 '있다' '없다'라는 감성적 논의로 끝내야 합니까?"

"교훈은 미국 역사에서 이끌어 내야 합니다. 역사란 과거와 부단
히 싸우고 교감하면서 지속적으로 발전해야 한다는 것입니다. 미국
의 역사는 무인지경에다 관념적인 것을 거침없이 심어 나가는 무모
함의 극치를 보여 주거든요."

"위험성도 함께 보여 주고 있습니다."

"힘이 뒷받침되면 위험은 현실화하지 않지요."

"그렇기도 하지만 힘은 위험성을 더 키우는 것이지요. 그것이 힘
의 역설이지요."

"미국의 역사는 한마디로 역설적인 교훈입니다."

"미국의 얼굴을 찾아보는 것은 중요합니다. 그러나 17세기의 과거
나 20세기의 현재라는 시점에서 미국의 얼굴을 찾기는 쉽지 않습니
다. 산속에서 산을 바라보는 격이지요. 21세기로부터 미국을 바라
보는 귀납적 논리가 필요하지요."

"패권주의는 역사 해석에서도 패권적일 수밖에 없는 것이 사실이
지요."

"귀납적 시각도 어렵습니다. 전성기는 전성기 이후의 어떤 미래
시점에서 현재를 반성하는 시각을 갖기 어렵게 하지요. 물론 과거
시점에서 교훈을 끌어내기도 어렵기는 마찬가지입니다. 그것도 현

재를 미화하기 위해 동원되는 과거이기 십상입니다."

"과거와 미래라는 시간적인 양안兩眼 이외에 공간적으로 멀리 떨어져 있는 시각이 필요합니다."

"동양적 시각과 서양적 시각을 동시에 동원하는 방법?"

"그렇습니다. 원래 그것을 시각視角이라 하지요. 광각光角과 구별되는 시각이지요."

"그곳을 찾는 것도 한 방법이기는 합니다."

"한국에서 미국을 보는 것은 어떻습니까?"

"한국에서 미국을 보는 것은 바람직하지 않습니다."

"한국에서 미국을 보는 것은 시각이 아니라 광각이지요."

"광각은 크기만 보지요."

"그리고 더욱 중요한 것은 미국에는 한국이 없기 때문이지요."

2부

우리는 꿈속에서도 이것은 꿈이라는
자각을 가질 때가 있습니다

아메리칸 드림

영화의 본고장 할리우드에 있는 명성의 거리The walk of fame에는 3,000개가 넘는 별이 있습니다. 보도에 박혀 있는 별 하나하나에는 우리들에게 너무나 친숙한 스타들의 이름이 새겨져 있습니다. 아메리칸 드림의 주인공들입니다. 스타들의 사인과 수족手足이 도장圖章 되어 있는 차이니즈 극장 앞은 젊은 시절의 우상을 확인하려는 관광객들로 발 들여놓기가 힘들 지경입니다. 나도 나의 젊은 시절을 사로잡았던 스타를 찾아보다가 새삼스레 할리우드가 만들어 낸 별들의 광휘와 위력에 놀랍니다.

전구 10만 개로 200m의 아치 터널을 만들어 놓고 펼치는 라스베이거스의 라이트 벌브 쇼Light bulb show는 한 판의 환상이었습니다. 라이트 쇼가 끝난 거리는 세계 각처에서 몰려온 사람들의 꿈같은 탄성으로 또다시 출렁입니다. 나는 라스베이거스의 아침 거리를 걸으

며 생각했습니다. 간밤의 얼굴과는 전혀 다른 모습을 드러내고 있
는 거리의 풍경은 어젯밤의 일들이 꿈만 같습니다. 꿈이란 무엇인
가. 꿈의 벨트 미국의 서부는 열일곱 시간의 시차와 함께 내게 심한
현기증으로 다가왔습니다.

　미국은 '꿈의 대륙'이고 20세기를 '미국의 세기'라 한다면 아메리
칸 드림은 곧 20세기의 꿈이었다고 할 수 있습니다. 그것은 20세기
를 살아온 모든 사람들이 한결같이 꿈꾸어 온 가치라고 해야 합니
다. 20세기 100년은 미국의 승리와 영광으로 가득 찬 세기임에 틀
림없습니다. 동구 사회주의의 이상이 좌절된 지금, 우리는 이제 유
일한 패권국으로 군림하고 있는 미국의 꿈을 통하여 미래의 꿈을 읽
어야 할지도 모릅니다. 인류에게는 더 이상의 역사는 없고 더 이상
의 꿈도 없는 이른바 '역사의 종말'과 함께 '꿈의 종말'을 선언해야
할지도 모릅니다.

　미국의 역사는 꿈의 역사였습니다. 신대륙을 찾아 나선 청교도의
꿈에서부터 서부를 향해 불태웠던 골드러시의 꿈, 실리콘밸리에서
키우는 정보 사회의 꿈에 이르기까지 미국은 꿈의 제국입니다.

　미국의 꿈은 이제 아메리카에만 있는 것이 아니라 전 세계를 휩
쓸고 있습니다. 미국의 꿈은 할리우드의 필름이 깔아 놓은 '셀룰로
이드 고속도로'를 따라 세계 방방곡곡으로 수출되고 있습니다. 맥
도널드와 코카콜라를 예로 들지 않더라도 수많은 상품과 자본은 막
강한 군사력의 계호를 받으며 미국의 꿈을 도처에 심어 놓고 있습
니다. 미국의 꿈은 이제 '세계의 꿈'이 되어 있습니다.

미국을 찾는 사람들을 가장 먼저 맞이하는 것이 자유의 여신상입니다. 자유의 여신상을 바라보는 관광객들의 눈길이 꿈속을 더듬는 듯합니다. 미국의 꿈은 이제 자유의 꿈으로 승화되어 있습니다. 반세기 넘도록 아메리칸 드림을 좇은 우리나라의 경우는 더 말할 나위가 없습니다. 미국적 가치와 미국의 꿈이 우리의 가치가 되고 우리의 꿈이 되었습니다. 뿐만 아니라 미국의 도시와 학교에는 아메리칸 드림을 찾아온 사람들로 한인 타운을 이루어 마치 당唐 제국帝國 시절의 신라방新羅坊을 연상케 합니다.

나는 꿈의 도시 할리우드와 동화의 세계 디즈니랜드, 그리고 환락의 메카 라스베이거스 등 아메리칸 드림의 상징이 되고 있는 '꿈의 벨트'를 통과하면서 내내 꿈에 대해 생각하지 않을 수 없었습니다. 물론 이 꿈의 벨트가 보여 주는 상품화된 꿈을 아메리칸 드림이라고 단정할 수는 없습니다. 미국의 꿈은 개인에게 열려 있는 '기회와 가능성'을 일컫는 것이기도 할 것입니다.

그러나 기회와 가능성에 대해서도 우리는 그것이 무엇을 성취할 수 있는 기회이며 어떤 가능성을 열어 주는 꿈인가를 물어야 한다고 생각합니다. 우리는 흔히 그 사람을 알기 위하여, 그의 과거를 묻는 것 못지않게 그의 꿈을 물어봅니다. 그의 꿈을 물어 그 사람의 내면을 들여다볼 수 있기 때문입니다.

단 한 사람의 흑인 관광객도 찾아볼 수 없는 꿈동산 디즈니랜드가 보여 주는 꿈은 무엇이며, 할리우드가 생산하고 있는 꿈은 무엇을 위한 것인가. 그리고 라스베이거스가 펼쳐 보이는 꿈은 과연 어떤 내용인가를 묻지 않을 수 없습니다. 실리콘밸리가 선도하는 정보사회의 꿈도 마찬가지였습니다. 그것이 구텐베르크의 금속활자에 버금가는 혁명을 예고한다고 하지만 그 정보사회의 꿈은 무엇을 지향하고 있으며, 무엇이 그 꿈을 이끌어 가고 있는가에 대하여 생각하지 않을 수 없습니다.

할리우드 거리를 걸으며 보도에 도장되어 있는 스타들의 이름을 읽을 때마다 나는 스타의 꿈이 좌절된 더 많은 사람들을 생각하지 않을 수 없었습니다. '세븐일레븐'은 이곳에 햄버거를 사러 왔다가 우연히 영화감독 눈에 띄어 일약 스타가 된 어느 여배우의 신화가 남아 있는 가게입니다. 지금도 수많은 스타 지망생들이 감독의 눈에 띌 때까지 부지런히 세븐일레븐을 찾아와 계속해서 햄버거를 사고 있습니다. 이것은 차라리 한 토막 에피소드에 지나지 않습니다.

서부의 꿈도 비현실적인 환상이기는 마찬가지입니다. 서부의 꿈은 꿈이 아니라 황금입니다. 그것이 황금 이상으로 미화되는 것은 그것을 꿈으로 미화하는 구조를 배후에 감추고 있기 때문입니다. 문명과 야만, 카우보이와 인디언, 라이플과 도끼, 법과 무법, 여선생과 매춘부라는 서부극의 도식이 바로 그것입니다.

신대륙의 꿈은 더욱 명백합니다. 아메리카는 신대륙이 아니라 이미 사람들이 살고 있는 땅이었습니다. 수많은 사람들의 터전이었음은 물론입니다. 더구나 '발견'이란 가당치도 않은 단어입니다. 신대

보스턴의 인디언 민속촌

신대륙의 꿈은 삶의 터전을 송두리째 잃어버린 아메리카
원주민들의 비극을 '명백한 운명'으로 규정하는 신탁의 권능을
전제하지 않는 한 그것을 꿈이라고 할 수는 없을 것입니다.

륙의 꿈은 땅과 가족을 송두리째 잃어버린 아메리카 원주민들의 처지를 완벽하게 사상하지 않는 한 결코 꿈이라고 말할 수 없습니다. 아메리카 원주민들의 비극을 '명백한 운명'으로 규정하는 신탁神託의 권능을 전제하지 않는 한 그것을 꿈이라고 말할 수는 없을 것입니다.

꿈은 암흑을 요구하는 어둠의 언어입니다. 꿈이란 한 개를 보여줌으로써 수많은 것을 보지 못하게 하는 몽매蒙昧의 다른 이름이기도 합니다. 그것은 아메리칸 드림뿐만이 아니라 모든 종류의 꿈이 내장하고 있는 구조입니다. 명明과 암暗, 극소極小와 대다大多가, 심지어는 무無와 유有가 무차별하게 전도되는 역상逆像의 구조입니다. 안타까운 것은 그러한 구조가 꿈의 세계가 아닌 우리의 현실에 깊숙이 들어와 있다는 사실입니다.

미국에 도착한 이후 나는 내내 시차에 시달리지 않을 수 없었습니다. 꿈의 벨트를 끝내고 서부의 끝인 샌디에이고에 이르기까지도 시차가 풀리지 않았습니다. 계속 밤잠을 설치지 않을 수 없었습니다. 어쩌다 새벽잠을 얻은 날도 피곤한 아침이 기다리고 있었습니다. 꿈이 아름다울수록 참담했던 옥방의 아침 같았습니다.

꿈은 우리들로 하여금 곤고함을 견디게 하는 희망의 동의어가 되고 있습니다. 그러나 또 한편으로 꿈은 발밑의 땅과 자기 자신의 현실에 눈멀게 합니다. 오늘에 쏟아야 할 노력을 모욕합니다. 나는 이것이 가장 경계해야 할 위험이라고 생각합니다. 더구나 우리 세기가 경영해 온 꿈이 재부財富와 명성과 지위와 승리로 내용을 채우고 있는 것이라면 더욱 그렇습니다. 꿈의 유무에 앞서 꿈의 내용을 물어야 하는 이유입니다.

당신은 새로운 세기를 위해서는 새로운 꿈을 경작해야 한다고 했습니다. 20세기의 꿈을 반성하고 다시 새로운 꿈을 설계해야 한다고 했습니다. 그러나 나는 새로운 꿈을 설계하기 전에 가능하다면 모든 종류의 꿈에서 깨어나야 한다고 생각합니다. '꿈'보다 '깸'이 먼저라고 생각합니다. 집단적 몽유夢遊는 집단적 아픔 없이는 깨어나기 어려운 것임에 틀림없습니다. 그러나 우리는 꿈속에서도 이것은 꿈이라는 자각을 가질 때가 있습니다. 그렇습니다. 우리가 무심히 걷고 있는 좁은 골목길에서 우연인 듯 만나는 이 작은 자각에 잠시 걸음을 멈추어야 합니다. 그리고 이 작은 자각이 결코 작은 것이 아니라는 사실을 깨달아야 합니다. 큰 것이 작게 나타나고 있을 뿐임을 깨달아야 합니다. 아침을 만들어 내는 노력은 적어도 개인의 경우에는 이 작은 자각에서부터 시작하지 않을 수 없습니다. 그것이 비록 참담한 아침이 되어 나타난다고 하더라도 그렇습니다.

나는 샌디에이고에서 고난의 땅 멕시코로 넘어갔습니다. 멕시코의 국경 도시 티후아나는 비에 젖고 있었습니다. 나는 미국과 멕시코의 국경선을 찾아갔습니다. 시계청소視界淸掃로 헐벗어 버린 언덕 위로 견고한 철책이 멀리 해안까지 이어져 있고 미국령에는 밀입국자를 감시하는 순찰차들이 일정한 간격으로 경계를 서고 있었습니다.

나는 국경 순찰차를 긴장시키면서 천천히 철책을 따라 걸었습니다. 뜻밖에도 도중에 라틴아메리카 빈민들 10여 명을 만났습니다. 그들은 꿈의 땅 미국으로 밀입국하기 위해 비 내리는 동굴에서 며칠째 밤을 지새고 있었습니다. 꿈의 경계에 서 있는 그들의 초췌한 모습이 슬픕니다. 철책은 제1세계와 제3세계의 견고한 경계선이었습니다. 나는 도로 하나를 경계로 하여 빈貧과 부富가 칼로 자른 듯이 격리되어 있는 미국의 도시를 연상하지 않을 수 없었습니다.

꿈이란 양파와 같다던 당신의 말이 맞다는 생각이 들었습니다. 꿈이란 껍질로만 이루어진 것이라는 뜻이었습니다. 알맹이는 없고 외피만으로 겹겹이 포장된 구적球積이 꿈의 실체라는 생각을 다시 한 번 떠올리게 됩니다.

미국의 꿈은 미국 바깥에 있었습니다. 비 내리는 멕시코의 국경에 있고, 멀리 지구의 반대편에 낮밤이 바뀌어 있는 우리나라에 있는지도 모를 일입니다.

인간의 구원은 인간의
희생으로써만 가능합니다

멕시코의 태양

    태양과 정열의 나라, 마야와 아스텍 문명의 고장, 산악에서부터 사막, 정글, 그리고 아름다운 해안에 이르기까지 모든 자연을 만날 수 있는 나라, 아름다움과 지저분함, 부와 가난이 공존하는 나라…….

    멕시코에 대한 이러한 수사는 과장이 아니었습니다. 그러나 찬란한 역사와 자연에도 불구하고 멕시코는 제3세계가 안고 있는 정치, 경제적 고뇌를 고스란히 겪어 왔고 또 지금도 짐 지고 있습니다. 그나마 다행스러운 것은 라틴 음악의 리듬과 라틴 미술의 색조가 안겨 주는 라틴 문화 특유의 느긋함이 이 모든 고뇌를 따뜻이 어루만져 주고 있다는 사실입니다.

    오늘은 멕시코시티에서 북쪽으로 50km 지점에 있는 고대 왕국의 수도 테오티와칸의 피라미드에서 엽서를 띄웁니다. 이곳은 기원전 3세기부터 약 1,000년간 번영했던 도시입니다. 현재 남아 있는 '달의 피라미드'와 '태양의 피라미드'를 건설하는 것만으로도 인력 1만 5,000명과 30년에 걸친 대역사大役事가 요구되는 장대한 규모입니다. 테오티와칸은 콘스탄티노플이 인구 2만에 불과했던 당시에 20만 인구를 수용했을 것으로 추정되는 도시입니다.

이처럼 멕시코를 방문하는 관광객들은 우선 그 규모의 장대함에 경탄을 금치 못합니다. 유카탄 반도의 치첸이트사에 있는 쿠쿨칸 신전에서도 경탄의 소리를 듣게 됩니다. 춘분과 추분에는 어김없이 뱀의 환영이 나타나게끔 건축되어 있는 피라미드 계단에서도 경탄이 끊이지 않습니다. 태양력과 건축술의 정교함에 놀라지 않을 수 없습니다.

경탄의 대상은 비단 그 규모의 장대함이나 기술의 정교함에 그치지 않습니다. 유적에 담겨 있는 고도의 수학數學을 빼놓을 수 없습니다. 일찍부터 원주율과 '0'을 사용하고 있었으며 지구 북반구를 4만 3,000분의 1로 축소하여 피라미드를 만든 것으로 보아 그들은 지구가 둥글다는 것과 지구의 크기에 대한 정확한 계산법을 터득하고 있었음을 알 수 있습니다. 이러한 '수학적 언어'는 유적의 물리적 크기보다 더 높은 문명을 이야기해 주는 것임은 물론입니다.

그러나 나는 가는 곳마다 안내자들의 설명과 관광객들의 경탄을 반복해서 듣는 동안 자꾸만 혼란에 빠져드는 느낌이었습니다. '필요와 용도'가 사라지고 난 유적을 읽는 방법이 참으로 어렵다는 것을 절감하지 않을 수 없었습니다. 왜냐하면 마야-아스텍 문명에 대한 모든 경탄은 결국 '피의 제전'으로 귀결되고 있었기 때문입니다. 살아 있는 사람을 제물로 바치는 잔혹성에 초점이 옮겨지고 말기 때문입니다.

돌과 흙의 무게를 계산하는 우리의 극히 단순한 물량적 사고는 물론이며 유적에 담겨 있는 수학적 언어에 대한 경탄마저도 결국 그 잔혹성을 극대화하는 장치로 바뀌어 버린다는 사실에 스스로 놀라지 않을 수 없습니다. 정복당하고 파괴당한 문명의 유적이 겪는 숙명인지도 모릅니다. 정복자의 세계관으로 재해석되는 유적들은 그것을 통해 그들의 정신적 영역에 접근하는 것을 더욱 어렵게 하고 있기 때문입니다.

아스텍의 수도 테노치티틀란을 준공했을 때 포로 2만 명의 심장을 도려내어 신에게 바치는 인신 공양을 행했다는 사실이 널리 알려져 있습니다. 쿠쿨칸 신전을 방문하는 모든 관광객들은 차크몰 석상의 가슴께에 놓인 접시와 그 접시 위에 올려졌던 사람의 심장에 관해 자세한 설명을 들을 수 있습니다. '피의 제전'은 과연 사실이었는가. 사실이었다면 그것은 과연 무엇을 위한 것인가. 나는 그들이 들어 보이는 그림의 반대편을 보고 싶은 충동을 느끼지 않을 수 없었습니다.

마야-아스텍의 태양력에 의하면 우주에는 인간이 창조되고 난

후 대주기大週期가 네 번 있었습니다. 제1 태양으로부터 제4 태양에 이르기까지 네 개의 태양이 사라졌습니다. 이 네 개의 태양은 물, 바람, 불, 홍수로 각각 4,000~5,000년의 수명을 마쳤으며 지금은 제5의 태양을 맞이하고 있습니다. 마야 비문에 기록된 태양력에 의하면 2012년 12월 23일에 지금의 태양은 종말을 고합니다. 인신 공양은 이 다섯 번째의 태양을 조금이라도 더 연장하려는 그들의 간절한 기원에서 비롯된 의식이었습니다.

사람을 희생으로 바치는 피의 제전은 매우 우매하고 잔혹한 것이 아닐 수 없습니다. 그러나 어떠한 문화이든 그것은 그들의 우주관과 세계관이라는 전체적 체계 속에서 이해되어야 할 것입니다. 그러나 멕시코에서는 그렇지 못하였습니다. 어느 한 부분만을 따로 떼어 확대하는, 소위 분分과 석析의 잔인한 칼을 느끼지 않을 수 없었습니다. 그 사람의 말 한마디를 트집잡아 그를 비난하는 것만큼 쉬운 일은 없습니다.

모든 문명이 예외 없이 겪어 온 우매한 고대사를 덮어 두고 유독 마야-아스텍, 그리고 잉카 문명의 잔혹성에 초점을 맞추고 있는 이유에 대하여 생각하지 않을 수 없었습니다. 그것은 무엇보다 라틴 아메리카가 겪은 잔혹한 식민지 역사 때문이라고 생각되었습니다. 그리고 혹시나 라틴아메리카 파시즘을 합리화하고 그 잔혹성을 유화宥和하기 위한 역사 해석이 아닌가, 하는 의혹을 느끼지 않을 수 없게 됩니다.

생각하면 우리나라 역시 잔혹한 식민지 역사를 겪었고 우리의 많

은 문화가 왜곡당했던 아픈 과거를 가지고 있습니다. 그러한 왜곡과 아픔은 지금껏 청산되지 못하고 있는 것이 사실입니다. 한 나라가 다른 나라의 식민지로 전락한 역사를 갖고 있다는 사실이 얼마나 끈질긴 멍에로 남는가를 절감하지 않을 수 없었습니다.

코르테스가 멕시코에 상륙한 후 마야-아스텍 문명이 직면한 운명은 한마디로 그들의 '태양'을 상실해 가는 과정이었습니다. 1,600만의 생명이 살육당하는 잔혹하기 짝이 없는 역사였습니다. 테노치티틀란에 바쳐진 인신 공양과는 비교할 수 없을 정도의 피를 뿌렸습니다. 그것은 신대륙 전체를 뒤덮은 거대한 '대륙적 비극'이었으며 지금도 여전히 다른 모양으로 재생산되고 있는 라틴아메리카의 현실입니다.

멕시코의 유적 앞에서 느끼는 심정은 참으로 무겁고 침울한 것이었습니다. 그러나 나는 멕시코가 안겨 주는 무겁고 침울함에서 오히려 귀중한 깨달음을 얻었습니다. 그것은 '인간의 구원은 오로지 인간의 희생으로써만 가능한 것'이라는 그들의 믿음이었습니다. 인간의 희생으로써만 인간이 구원될 수 있다는 믿음은 정직한 것이었으며 그러한 정직함이 내게 숙연한 반성을 안겨 주었습니다. 그들의 정직한 믿음은 인간 구원을 위하여 우리들이 지금까지 쏟아 온 노력을 다시 한 번 돌이켜 보게 합니다. 수많은 방법과 이념이 인간 구원의 기치를 내걸고 추구되어 왔음이 사실입니다. 그러나 그 어떠한 것도 '피'로 상징되는 인간의 희생만큼 정직하고 순수한 것은 찾을 수 없습니다.

태양을 연장하기 위하여 행했던 인신 공양은 우매하고 잔혹한 것임에 틀림없습니다. 그러나 그 우매함과 잔혹함을 비난하기 전에 우리는 혹시라도 자기의 세계를 연장하기 위하여 서슴지 않고 바치는 제물은 없는지 반문해야 합니다. 더구나 만인을 고루 비추는 태양이 아니라 사사로운 태양을 연장하기 위한 것이라면, 그리고 가난하고 약한 사람들을 희생으로 삼는 것이라면 더욱 그렇습니다.

오로지 황금과 엘도라도의 꿈을 찾아 이 대륙을 찾아온 사람들에게 마야-아스텍 사람들은 '황금의 가치'를 모르는 미개인에 불과하였을 것입니다. 그러나 우매하기 그지없던 그들의 삶이 유럽인들에게 숨길 수 없는 문화 충격이 되었던 것 또한 사실이었습니다. 그들은 거짓말하는 법이 없었으며, 사람을 속일 줄 몰랐으며, 용기를 최상의 미덕으로 여기고, 가족과 이웃에게 헌신적으로 애정을 쏟았습니다. 무엇보다 그들은 건강하고 병이 없었습니다.

루소의 "자연으로 돌아가라"는 선언이나 토머스 모어의 '유토피아' 사상 역시 신대륙에서 체험한 문화 충격의 산물임은 널리 알려진 사실입니다. 몽테뉴 역시 그의 『수상록』에서 식인종 사회의 식인 풍습도 살아 있는 사람을 태워 죽이는 것보다 낫다는 주장을 펼치며 종교 전쟁에 넋을 빼앗기고 있는 프랑스의 현실을 비판하였습니다. 유럽 지성사에서 자기만이 올바르다는 폐쇄 사회의 편견으로부터 깨어나기 시작한 계기가 바로 이 신대륙의 삶과 문화였다는 점을 우리는 잊지 말아야 합니다.

그러나 유럽이 신대륙에 상륙한 이후에 보여 준 도도한 역사는 이러한 지성과 반성을 동시에 외면한 것이었습니다. 참으로 안타까운 과거였습니다. 그리고 그러한 야성과 독선은 지금도 아메리카 대륙을 뒤덮고 있습니다.

멕시코는 코르테스 이후로는 과거가 현재를 만드는 땅이 아니라 현재가 과거를 만드는 땅이 되어 버린 것이 사실입니다. 그러기에 멕시코는 과거도 현재도 아닌 차라리 미래를 기다리는 땅이어야 할지도 모릅니다. 세계 곳곳에서 고통받고 있는 수많은 사람들과 마찬가지로 제6의 태양을 기다리는 땅이어야 할지도 모릅니다.

문명은 대체가 불가능한 거대한 숲입니다

잉카 제국의 수도, 쿠스코

안데스 산맥의 눈 덮인 연봉 위로 떠오르는 일출은 장엄합니다. 안데스 산맥의 일출은 캄캄한 암흑의 하늘을 가로지르는 수평의 긴 주홍색 띠를 그으면서 시작됩니다. 가늘고 긴 주홍색 띠 한가운데가 서서히 부풀다가 어느 순간에 문득 태양이 되어 솟아오릅니다. 곧이어 황금빛 운해雲海가 드러나고, 설봉雪峰이 드러나고, 검은 하늘이 검푸른 하늘로 변하면서 동이 틉니다. 하루의 아침을 여는 것이 아니라 하늘을 열고 땅을 여는 장엄함입니다. 안데스 산맥의 일출을 보면 일찍이 이 산맥에서 거대한 태양의 제국을 건설했던 잉카 사람들을 납득하게 됩니다. 그들은 태양의 장엄함을 누구보다도 잘 알고 있었다는 것을 알 수 있습니다.

땅 위의 모든 생명을 길러 주고, 바다의 물을 높은 산 위에까지 올려 주고, 산봉우리의 눈을 녹여 물을 내려 주는 것이 바로 태양이라는, 너무나 명백한 사실을 잉카 사람들은 잊지 않고 있었던 것입니다. 생각하면 문명의 진보는 태양을 잊어 가는 과정입니다. 그러나 우리가 잊고 있음에도 불구하고 우리는 태양의 에너지로 살아온 것이 사실입니다. 수력·화력 에너지를 비롯하여 우리들이 섭취하는 모든 음식물의 칼로리에 이르기까지 어느 것 하나 태양 에너지 아닌 것이 없습니다. 잉카인의 태양에 대한 믿음은 너무나 당연한 것입니다.

오늘은 잉카 제국의 수도였던 쿠스코에서 엽서를 띄웁니다. 쿠스코는 해발 3,400m 고원에 건설된 잉카 제국의 수도였습니다. 쿠스코는 '세계의 배꼽'이라는 이름에 걸맞게 에콰도르, 콜롬비아, 볼리비아, 그리고 칠레 북부에 이르는 광활한 제국의 중심으로서 당시 800만 인구를 안고 있었습니다.

1533년 피사로가 이끄는 침략자들이 페루 북부의 카하마르카에서 잉카의 왕인 아타우알파를 사로잡아 몸값으로 방 한 개를 가득 채우는 금을 빼앗은 다음 그를 처형합니다. 그리고 이곳 쿠스코로 진격하여 금이 아닌 것은 남김없이 파괴합니다. 태양을 섬기며 태양의 아들 '비라코차'를 기다리던 잉카 사람들은 역사의 어둠 속으로 자취를 감추게 됩니다. 2만 4,000km의 도로와 거미줄처럼 연결된 수로를 건설하여 험준한 안데스 산맥에 일구어 낸 잉카 문명의 터전은 폐허로 변합니다.

작열하는 태양 아래 남아 있는 것은 말없는 잉카의 돌뿐이었습니다. 수십 톤에 달하는 육중한 돌을 다루었던 그들의 솜씨는 지금도 경탄의 대상입니다. 레이저 광선이 아니고서는 감히 상상할 수 없을 정도로 정교하게 절단하여 쌓은 석축들이 그랬습니다. 그러나 지금은 잉카를 밟고 들어선 콜로니얼colonial 건물들의 발밑에서 말없이 서로를 껴안고 있습니다.

잉카 최후의 왕 투팍 아마루가 처형된 아르마스 광장에 앉아서 잉카의 최후를 생각합니다. 잉카 제국의 심장이던 이곳에는 이제 대성당이 새로운 위용을 과시하며 서 있고, 그 옆으로 태양의 신전 코리칸차가 있던 곳에는 산토도밍고 교회가 세워져 있습니다. 태양의 신전을 가득히 채웠던 금으로 만든 신상神像과 집기들은 남김없이 녹여 금 막대기로 만들어 스페인으로 실어 갔습니다.

나는 아르마스 광장으로부터 사크사이와만 요새를 찾아갔습니다. 살육과 파괴에 견딜 수 없었던 망코 잉카가 병사 2만 명과 함께 잉카의 부활을 위하여 싸웠던 요새입니다. 무너진 성벽 위로 무심한 관광객들만 거닐고 있었습니다. 고원의 산소 결핍 때문에 느릿느릿 걷고 있는 모습은 마치 무대 위를 걷고 있는 비극 배우들의 걸음걸이였습니다.

나는 사크사이와만 요새에서 다시 우루밤바 강을 따라 망코 잉카가 최후의 저항을 했던 올란타이탐보를 향했습니다. 생각하면 나는 침략자들에게 쫓기던 잉카 병사들의 퇴로를 뒤쫓고 있는 셈이었습니다. 이 길의 어디쯤에서 그들을 만날 수 있을 것 같은 착각을 하고 있었는지도 모릅니다. 그러나 매번 만나는 것은 폐허뿐입니다.

올란타이탐보 역시 마찬가지였습니다. 잔뜩 흐린 하늘 아래 비바람마저 흩뿌리는 폐허에는 침략자들의 접근을 감시하던 전망대와 군량미를 비축하던 창고가 아득히 높은 산허리에 남아 있었습니다. 이곳에서 패배한 잉카 병사들은 더 깊은 오지인 비르카밤바로 사라졌다고 합니다. 그러나 비르카밤바가 어디인가는 아직도 밝혀지지 않고 있습니다.

안데스 고원에 남아 있는 잉카 문명의 자취를 찾아다니는 동안 줄곧 나의 뇌리를 떠나지 않는 단어는 '파괴'였습니다. 철저한 파괴와 살육이었습니다. 황금 이외의 모든 것을 남김없이 파괴해 온 탐욕의 자취였습니다. 황금마저도 모두 녹여 막대기로 만들었다는 점에서 황금 역시 파괴되었다고 해야 합니다. 잉카 사람들이 처음 보는 동물인 말을 탄 피사로 일행은 신비스런 존재였습니다. 더구나 잉카 사람들은 피사로 일당을 자신들이 기다리던 전설의 비라코차로 오인하기까지 했습니다. 잉카의 전설 속에 남아 있는 비라코차는 결코 정복자가 아니었습니다. 그는 바다로부터 상륙한 구원의 신이었습니다. 잉카인들을 존중하고 사랑했으며 결코 힘을 사용하는 법이 없었고 모범으로 가르친 자상한 '교사'였습니다. 피사로 일행이 비라코차와 마찬가지로 바다를 건너온 것은 사실이지만 그들은 잉카인들이 기다리던 비라코차가 아니었습니다. 피사로 일당은 이러한 잉카 전설을 재빨리 간파하고 스스로 전설 속의 비라코차로

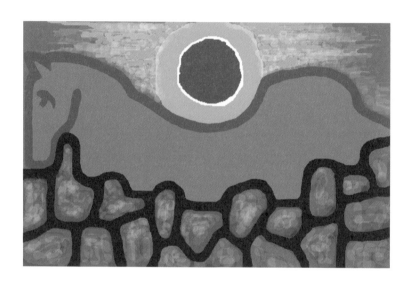

행세하면서 정복해 가기도 하였습니다. 그들이 비라코차가 아니라는 확신을 가졌을 때는 이미 때가 늦었습니다.

스페인 침략자들이 자행한 살육과 파괴는 잉카 문명이 태양신에게 산 사람을 제물로 바치는 비인간적 문화라는 이유로 합리화됩니다. 그것도 사후에 합리화되었고 또 지금껏 정당화되고 있습니다. 그러나 나와 함께 모든 일정을 소화한 잉카의 후예 후안 세리타의 주장은 그와 달랐습니다. 산 사람이나 어린이를 제물로 바쳤다는 기록이 없지 않지만 그러한 의식은 극히 드물게 행해졌으며 대부분의 경우 산양인 라마로 희생을 바쳤다고 하였습니다. 인신 공양은 스페인의 침략 정책이 왜곡하고 과장한 것이라고 하였습니다. 나는 후안 세리타의 주장을 믿습니다. 그와 함께 지내는 동안 확인한 그의 성실성과 정직성을 신뢰합니다.

설령 피의 제전이 사실이었다고 하더라도 그것을 파괴의 이유로 삼을 수는 없다고 생각합니다. 잉카에서 자행된 파괴와 살육이 훨씬 더 잔혹한 것이었기 때문입니다. 우리는 더 큰 폭력이 흔히 패배한 작은 폭력을 악의 제물로 삼는 사례를 모르지 않습니다. 최고의 폭력, 최대의 파괴인 전쟁의 경우가 그렇습니다. 모든 전쟁은 언제나 예방 전쟁과 방어 전쟁, 그리고 평화와 휴머니즘으로 포장되고 있습니다. 평화를 위한 전쟁, 테러와의 전쟁 등이 그렇습니다. 우리가 문제 삼아야 하는 것은 파괴 그 자체와 파괴의 크기가 아니라 그것이 무엇을 목적으로 하는 파괴인가에 있다고 생각합니다. 잉카 문명에 대한 파괴와 살육의 이유는 오로지 금이었습니다. 태양신에 대한 인신 공양이 아니었습니다. 태양은 피사로 일당에겐 아무런 의미도 가치도 없는 것이었기 때문입니다.

그러나 이러한 논의보다 더욱 중요한 것은 문명에 대한 우리의 생각입니다. 문명은 그것이 아무리 조야한 것이라 하더라도 부단히 계승되고 축적됨으로써 문명이 되고 지혜가 되어 왔다는 인류사의 교훈입니다. 그런 점에서 어떤 문명을 다른 문명으로 대체하려는 것 역시 본질에 있어서는 파괴라고 해야 합니다. 대체는 단절이며, 단절은 파괴와 동일합니다. 더구나 문명은 대체가 불가능한 거대한 숲입니다. 한 그루 나무도 옮겨 심기가 쉽지 않은 법입니다. 하물며 거대한 숲이야 말할 나위도 없습니다.

돌이켜 보면 20세기는 한 문명이 다른 문명을 대체하려고 한 세기였으며 한 문명이 다른 문명을 향해 자기를 강요해 온 세기였다고 할 수도 있습니다.

나는 『장자』의 한 구절이 생각났습니다.

불구자가 밤중에 아기를 낳고 급히 불을 들어 비추어 보았다.
급히 서두른 까닭은 자기를 닮았을까 두려워서였다.
厲之人 夜半生其子 遽取火而視之 汲汲然 惟恐其似己也.

나는 이 구절이 함의하고 있는 자기 성찰의 엄정함에 숙연해집니다. 자기를 닮으라는 요구는 오만이거나 탐욕에 다름 아니라고 생각합니다. 인간 복제에 대하여는 강한 반론을 제기하면서도 문명 복제에 대하여는 너무나 무심한 세기를 우리는 살고 있다는 사실을 반성하지 않을 수 없습니다.

안데스 산맥의 일출과 안데스 고원의 석양에 남아 있는 잉카의 유적은 우리에게 참으로 많은 것을 생각하게 합니다. 역사의 곳곳에 자리잡고 있는 단절과 함몰의 거대한 공동空洞을 보여 줍니다. 그리고 우리들 스스로를 돌이켜 보게 합니다. 피사로가 잉카의 문명으로부터 황금만을 계승하고 있듯이 우리 역시 황금만을 계승하려 하고 있지 않은지, 황금만을 물려주려고 하고 있지나 않은지, 그리고 과연 우리들에게는 피사로를 타매할 자격이 있는지 우리들 스스로를 반성하게 합니다.

나는 페루의 수도 리마를 걸으며 콜로니얼풍의 도시 이곳저곳에 이방인이 되어 남아 있는 잉카 유적을 만날 때마다 그 유적들이 오늘날 과연 어떤 의미로 읽히고 있는지 궁금해집니다. 유적뿐만이 아니었습니다. 불과 얼마 전 투팍 아마루 해방군MRTA이 한 사람도 남김없이 사살된 페루 주재 일본 대사관 사건도 마찬가지였습니다. 대사관 건물은 물론이고 그 앞을 지나는 자동차나 사람들도 무심하기 그지없었습니다. 뜨거운 삶의 현장이 역사의 저편으로 건너가 유적遺跡의 시간대로 편입되는 것이 이처럼 짧은 시간에 이루어지는구나, 하는 허망함이 또 하나의 공동으로 가슴속에 자리잡습니다.

리마의 심장인 아르마스 광장에는 피사로의 시신이 안치된 대성당이 변함없이 엄숙한 위용을 과시하고 있으며 건너편 대통령 궁 옆에는 피사로의 기마상이 힘찬 도약을 하고 있습니다.

떠나는 것은 낙엽뿐이어야 합니다

잉카 최후의 도시, 마추픽추

"'당신의 향기가 나의 뿌리를 타고 내가 들고 있는 술잔까지 올라온다.'

침묵의 도시 마추픽추의 폐허에서 술잔을 들면 바예호의 시구가 떠오릅니다. 이곳을 버리고 떠나지 않을 수 없었던 잉카인의 슬픔이 술잔 속에서 잔잔한 물결을 일으킵니다.

프란시스코 피사로가 이끄는 황금 추적자들에게 쫓기고 쫓기던 잉카인들이 마지막으로 은거한 '최후의 도시'가 마추픽추입니다. 나는 관광 열차 아우토바곤을 타고 우루밤바 협곡을 통과하면서 다시 한 번 세월의 무상함에 젖지 않을 수 없었습니다. 집요하기 그지없는 스페인 군마저 추격을 단념하지 않을 수 없었던 험처險處가 바로 이곳 우루밤바 협곡입니다. 아스라이 솟아 있는 절벽과 절벽 사이로 소용돌이치는 강물만이 간신히 뚫고 지날 수 있는 곳입니다.

페루 마추픽추

해발 2,400m의 마추픽추에 서면 어디론가 쫓겨 간
잉카인의 비장한 최후가 가슴에 젖습니다.
이곳 마추픽추만큼 떠나는 것의 비극성이 사무치게 배어 있는 땅도 없습니다.

이 협곡의 안쪽 해발 2,400m의 산상에 마추픽추가 있습니다. 이곳에 도시를 건설한 그들은 그러나 미라 173구만을 남겨 놓고 다시 이곳을 떠났고, 그 후 마추픽추는 망각 속에 묻혀 버립니다. 그로부터 400년 후인 1911년, 이곳이 다시 세상에 알려졌을 때는 초목만이 무성한 폐허였습니다.

　우루밤바 강줄기가 실개천처럼 까마득히 내려다보이는 마추픽추 폐허에 서면 가족을 땅에 묻고 황급히 이곳을 떠나간 잉카인의 비장한 최후가 가슴에 젖어 옵니다. 그들은 그들의 지혜와 피땀으로 세운 도시를 버리고 다시 어디로 사라져 갔는가. 그들이 떠나간 후 400년 동안 이 도시의 비밀이 어떻게 그처럼 철저히 지켜질 수 있었는가. 황금을 찾아 잉카 땅 구석구석을 샅샅이 뒤진 익스플로러Explorer들까지도 설마 이처럼 깎아지른 듯한 절벽 위에 도시가 있으리라고는 감히 상상조차 하지 못했습니다.

　바예호의 시구에 있는 '당신의 향기'는 잉카의 후예가 망각의 역사로부터 길어 올리는 그 땅과 그 사람들에 대한 절절한 애정입니다. 당신은 사이먼과 가펑클의 〈엘 콘도르 파사〉라는 노래를 기억할 것입니다. 마추픽추의 폐허에서 잉카 악기 삼포냐로 듣는 이 노래는 참으로 가슴 저미는 아픔으로 파고듭니다.

　이 노래는 원래 페루의 작곡가 로블레스의 기타 곡입니다. 사이먼과 가펑클이 이 곡에 노랫말을 붙여 부른 뒤 널리 애창된 노래입니다. "달팽이보다는 차라리 참새가 되고 싶다"I'd rather be a sparrow than a snail는 것은 이곳을 떠나지 않을 수 없었던 잉카인의 슬픔을 역설적으로 드러내는 반어인지도 모릅니다.

그러나 가장 마음에 남는 구절은 마지막 구절입니다. "길street 보다는 숲forest이 되고 싶다"는 구절입니다. 어디론가 떠나는 길보다는 그 자리를 지키는 숲이 되고 싶어하는 것이 마추픽추의 마음이라고 느껴지기 때문입니다. 수많은 길을 자신의 품에 안고 있는 숲, 그리고 발밑에 무한한 땅을 갖고 있는 숲에 대한 그리움을 그들은 남겨놓고 있습니다.

나는 이 마추픽추가 숲이 되지 못하고 메마른 폐허로 남아 있는 산정山頂이 비극의 어떤 절정 같았습니다. 왜 우리의 역사에는 지혜와 땀이 어린 터전들이 황량한 폐허로 남아야 하는가, 이곳뿐만 아니라 우리는 도처에 얼마나 많은 폐허를 갖고 있으며 또 앞으로 얼마나 더 많은 폐허를 만들어 내야 하는가. 잉카의 하늘을 지키던 콘도르마저 사라진 하늘에는 애절한 삼포냐 음률만이 바람이 되어 가슴에 뚫린 공동을 빠져나갑니다.

자유롭게 하늘을 날 수 있는 참새라 하더라도, 더 높은 곳으로 날아간 콘도르라고 하더라도, 떠난다는 것은 슬픈 일입니다. 이곳 마추픽추만큼 떠나는 것의 비극성이 사무치게 배어 있는 땅도 없습니다. 떠나는 것은 낙엽뿐이어야 한다는 당신의 시구가 생각납니다. 그렇습니다. 새로운 잎에게 자리를 내주는 낙엽이 아닌 모든 소멸은 슬픔입니다.

1911년 이곳을 발견한 하이럼 빙엄은 이곳이 잉카 최후의 도시가 아니라고 하였습니다. 이곳은 최후의 도시로 전승되어 온 '비르카밤바'가 아니며 잉카인들은 이곳으로부터 다시 어디론가 떠나간 것이라고 하였습니다. 비르카밤바는 잉카 최후의 도시로서 황금으로 만든 물건들이 대량으로 묻혀 있을 것으로 추측되는 황금의 도시입니다.

그러나 빙엄 역시 엘도라도를 찾아 헤매던 익스플로러였으며 그가 잉카 어린이의 안내로 이곳에 도착한 후 실어 낸 짐이 무려 나귀로 150마리 분이었다고 합니다. 그 짐들 속에 금붙이는 단 한 개도 없었다고 그는 강변하고 있지만 여러 가지 정황으로 보아 이곳이 최후의 잉카 도시인 전설의 비르카밤바였을 가능성을 부인할 수 없다고 합니다. 잉카의 수도 쿠스코가 침략자들의 수중에 떨어지고 올란타이탐보까지 함락되었다는 급보를 받은 이 도시 사람들이 이곳 마추픽추에다 잉카의 모든 유산과 병약한 이들을 땅에다 묻고 황급히 아마존의 밀림 속으로 흩어져 갔을 가능성이 크기 때문입니다.

어쨌건 이곳은 잉카가 잉카로서 남아 있던 최후의 도시임에는 틀림없습니다. 비르카밤바와 엘도라도가 안데스의 험준한 산악이나 아마존의 밀림 속 어딘가에 있다는 믿음이 아직도 전설처럼 남아 있습니다. 그러나 안데스 산맥과 아마존 밀림을 찾는 익스플로러들은 이제 없습니다. 오늘날의 익스플로러들은 이제 도시의 빌딩 숲 속에서 엘도라도를 찾고 있을 따름입니다.

나는 이 비극의 도시 마추픽추를 떠날 때에도 또다시 비애를 느끼지 않을 수 없었습니다. 그것은 '굿바이 보이'Goodbye-Boy로 알려져 있는 차스키Chaski의 남아 있는 모습에서였습니다. 차스키는 광대한 잉카 제국의 통신을 담당한 발 빠른 파발꾼입니다. 쿠스코에서 리마까지 그 험준한 잉카 트레일을 4일 만에 답파할 정도로 빠르고 건장한 다리를 가진 젊은이들이었습니다.

셔틀버스로 마추픽추를 내려올 때의 일입니다. 차창 밖에서 어린이들 몇 명이 손을 흔들며 외치는 소리를 들을 때까지만 해도 버스에 타고 있는 관광객 중에 그 소년을 주목하는 사람은 아무도 없었습니다. 관광지 어린이들의 흔한 인사 정도로밖에 여기지 않았습니다.

그러나 굽이굽이 사행蛇行 길을 내려오는 동안 굽이마다 버스를 향해 '굿바이'를 외치는 같은 소년을 목격하게 됩니다. 저 소년이 지름길로 버스보다 앞질러 뛰어 내려와 굿바이를 외치면서 버스와 함께 이 길을 내려가고 있는 소년이라는 것을 알면서부터 버스 속의 관광객들은 술렁이기 시작합니다. 소년이 다시 차창 밖에 나타나 굿바이를 외치면 버스 안의 모든 관광객은 '오 마이 갓'을 연발하며 경악을 금치 못합니다. 이제 한 굽이를 돌 때마다 관광객들은 그를 기다렸다가 탄성을 발합니다. 그러기를 일곱 번 정도 반복했습니다.

마지막 굽이에서 뜻밖에도 그 소년의 모습이 보이지 않습니다. 미처 뛰어 내려오지 못했나, 하고 걱정하던 사람들이 문득 버스 앞에서 달려가는 소년의 뒷모습을 발견하고는 다시 한 번 놀라게 됩니다. 버스 앞을 달리며 뒷모습을 잠시 보여 주고 난 후 세워 주는 버스 위로 올라와 만장의 박수와 찬사를 받는 것으로 끝납니다. 끝나는 것이 아니라 관광객들로부터 돈을 받기 시작합니다.

대부분의 관광객들은 찬사와 함께 기꺼이 소년에게 돈을 줍니다. 아마 유럽 관광객들은 그의 건각健脚을 예찬하는 헌금으로 내고 있는 것 같았습니다. 나도 물론 돈을 주었습니다. 나는 잃어버린 우리들의 다리에 대한 벌금으로 돈을 치렀습니다.

남아 있는 잉카의 모습이 굿바이 소년으로 하여 더욱 처연해집니다. 험준한 산악에서 단련된 건각은 우리가 잃어버린 유산임에 틀림없습니다. 그러나 마추픽추에 남아 있는 모습은 우리를 슬프게 합니다. 잉카의 광대한 제국을 지탱하던 건각이 관광 상품으로 남아 있는 모습은 우리를 슬프게 합니다.

인간적인 사람보다
자연적인 사람이 칭찬입니다

녹색의 희망, 아마존

오늘은 아마존에서 엽서를 보냅니다. 사람들은 아마존을 '녹색의 지옥'이라고 합니다. 그 엄청난 원시의 야성 때문에 그런 이름을 붙였는지도 모릅니다. 길이 7,000km, 유역 면적 700만km²에 달하는 광대한 녹색의 아마존은 인간의 접근을 쉽게 허락하지 않는 원시의 대지입니다. 아마존의 오지에 발을 들여놓지도 못하고 겨우 강변을 배회하는 약소한 관광에 나서면서도 주사를 맞고 방충제를 바르는 등 부산을 떨었던 까닭도 아마존의 야성에 대한 공포를 떨치지 못했기 때문입니다.

그러나 아마존 강변의 작은 집에서 살아가고 있는 이곳 어린이와 어린 엄마를 보면서 아마존을 녹색의 지옥이라고 부르는 것이 얼마나 잘못된 것인가를 뉘우치게 됩니다. 에어컨이나 냉장고는 물론 변변한 칼 한 자루 갖지 않은 채 수천 년에 걸쳐 이곳에서 살아온 원

브라질 아마존 강가

아마존에 살고 있는 어린이들은 새 풀과 함께 태어나
그 풀을 입고 먹으며 함께 자랍니다.

주민들에게는 아마존이 천혜의 터전이기 때문입니다. 더구나 지구의 허파라고 일컬어지듯 아마존이 안고 있는 물과 숲은 오염에 시달리는 지구를 오늘도 말없이 씻어 주고 있습니다.

아마존을 지옥이라고 일컫는 것은 자연과 더불어 살기를 기피해 온 우리의 역사가 만들어 낸 잘못된 언어이며 우리의 부끄러운 얼굴입니다. 나는 이 거대한 아마존의 웅장한 깊이를 만나볼 엄두도 내지 못했지만 아마존이 키우고 있는 무수한 생명을 생각한다면 우리는 아마존을 '녹색의 희망'이라고 불러야 합니다.

아마존의 본류인 술리몽스 강과 네그루 강이 합류하는 곳에 인구 150만의 도시 마나우스가 있습니다. 마나우스는 19세기 말 아마존에서 천연고무가 발견되면서 들어선 도시입니다. 고무 산업이 말레이시아로 옮겨 간 뒤 마나우스는 활기를 잃고 말았지만 지금도 이곳을 면세 지역으로 만드는 등 외국 자본을 유치하기에 열심입니다.

마나우스에는 당시의 번영을 짐작케 하는 유럽풍 시가지와 건물들이 있습니다. 특히 르네상스 풍의 화려함을 자랑하는 아마조나스 오페라 극장은 명소로 남아 있습니다. 유럽에서 수입한 세라믹 타일 3만 6,000장으로 만든 돔이 지금도 금빛을 발하고 있습니다. 안내인은 이 오페라 극장의 화려함을 예찬하기에 여념이 없습니다. 모든 건축 자재를 유럽에서 수입했음은 물론이고 내부 구조와 벽화, 거대한 무대 장막, 그리고 이탈리아의 거장 도메니코의 천장화 등 실로 유럽의 오페라 하우스를 옮겨다 놓았습니다. 노블 박스Noble

Box의 기둥에는 셰익스피어, 괴테, 베토벤, 몰리에르, 모차르트 등 유럽의 문인과 예술가들을 상징하는 마스크가 걸려 있습니다.

전성기 때의 전통은 지금도 남아 있어서 매주 오페라가 공연되고 있습니다. 공연되는 오페라도 그때와 조금도 다르지 않은 〈라 트라비아타〉, 〈카르멘〉, 그리고 〈세빌랴의 이발사〉 세 편입니다. 당시 명성을 떨치던 카루소가 이 극장에 와서 노래를 불렀다는 소문이 남아 있을 정도로 이곳에는 유럽을 향한 향수와 동경이 역력합니다 .

반면 인디오 박물관에서 본 이곳 원주민들의 삶은 마나우스와는 대조적이었습니다. 우선 원주민들이 사용하는 물건들에는 수입한 것이 단 한 개도 없었습니다. 수많은 종류의 물건들은 어느 것이나 아마존의 체취가 담긴 것들이었습니다. 나무는 물론이고 잎사귀와 열매와 나무껍질 등으로 만든 갖가지 물건들은 하나같이 아마존의 숲에서 얻은 것들이었습니다. 특히 아구동이라는 나무에서 따 낸 솜과 그 솜을 타서 자아낸 실로 만든 생활용품들은 화문석을 능가하는 색깔과 아름다움을 뽐내고 있었습니다. 아마존 밀림에서 아마존 사람들의 손으로 만들어진 것이라는 사실을 믿기 어려울 정도입니다.

이 모든 물건들은 완벽하게 아마존의 소산을 재료로 하여 원주민들이 손수 만든 것들입니다. 자연을 입고 먹고 자연의 품속에서 살아가는 이들의 자연스런 삶이 역력합니다. 이들에게는 스스로 만들지 못하면서 소비하는 것이 하나도 없었습니다. 아마존의 어린이들은 이곳에 서 있는 나무들과 함께 태어나서 나무들과 함께 먹고 자라고 있는 셈이었습니다. 이들의 삶은 문명인들의 눈에는 당연히 원시적인 것으로 비쳐지겠지만 이들의 삶 속에는 싱싱한 생명이 숨 쉬고 있었습니다. 아마존만큼 우람하고 장구한 생명이었습니다.

최근에는 아마존 원주민들의 삶이 과거보다 더욱 어려워지고 있습니다. 불법으로 잠입해 들어와 이들의 마을을 불사르는 금 채굴꾼들이나 마약 재배자들이 원주민들에게는 전에 없던 새로운 위협이 되고 있습니다. 그리고 이러한 것을 묵인하는 정부의 원주민 소멸 정책도 그들의 생존을 더욱 어렵게 하고 있습니다. 이와 같은 원주민들의 퇴락과는 반대로 새로운 문명의 이기로 자신의 무장을 부단히 증강하고 있는 마나우스는 쉽게 그 위력을 잃지는 않으리라는 것을 짐작할 수 있습니다.

그러나 아마조나스 오페라 극장의 전체적 모습은 거대한 아마존과 싸우느라고 나이보다 훨씬 늙어 버린 인상을 지울 수 없었습니다. 비단 이 극장뿐만이 아니라 마나우스는 도시 그 자체가 아마존에 뛰어든 이질적인 틈입자였습니다. 아스팔트는 뜨겁고 선창의 쇠붙이들은 녹슬고 있습니다. 마나우스는 규모가 150km²에 달하는 큰 도시지만 700만km²의 광활한 아마존 유역과 비교해 보면 그것은 실로 홍로점설紅爐點雪에 불과한 것이 아닐 수 없습니다.

아마존과 싸우고 있는 마나우스와 아마존과 더불어 살고 있는 원주민들의 삶은 너무나 선명한 대조를 이루고 있었습니다. 이 선명한 대조는 우리의 삶을 돌이켜 보게 합니다. 그리고 몇 천 년의 세월

이 지난 후 어느 것이 더 오래 남아 있을까, 하는 생각에 잠기게 합니다. '인간적인 사람'이라는 말이 이제는 더 이상 칭찬이 못 되며 차라리 '자연적인 사람'이 칭찬이 된다던 당신의 말이 떠오릅니다.

에콰도르의 키토 공항에서 엽서를 꺼내 다시 글을 씁니다. 비행기를 바꿔 타기 위해 잠시 머무르는 곳이었지만 나는 이곳에서 참으로 가슴 아픈 정경을 수없이 목격해야 했습니다.

어딘가로 떠나는 사람과 그를 배웅하는 사람들의 눈물겨운 이별의 장면입니다. 신혼 여행이나 해외 여행의 즐거움으로 부풀어 있는 김포공항과는 달리 이곳은 가족과 이별하고 멀리 돈 벌러 떠나는 가난한 사람들의 별리別離의 나루가 되어 있습니다. 만주로, 구주 탄광으로, 월남으로 떠나던 우리의 아픈 역사를 떠올리게 합니다. 어린이와 거동이 불편한 늙은이에 이르기까지 온 가족이 쏟아져 나와 한 사람 한 사람과 볼인사를 나누고 눈물을 흘리며 긴 포옹을 풀지 못합니다.

사진 한 장에 온 가족의 얼굴을 담아 놓고 차마 떨어지지 않는 발길을 돌려 이역異域으로 떠나가는 이들의 옆에서 나도 어느새 그이의 가족이 되어 눈시울이 뜨거워집니다. 이들의 모습에서 나는 아마존을 떠나간 수많은 사람들의 모습을 봅니다. 그리고 비단 아마존뿐만 아니라 세계의 곳곳에서 지금도 고향과 혈육을 떠나고 있는 사람들을 생각하게 됩니다.

혹시나 가방을 날치기 당하지 않을까 경계하던 나 자신이 몹시 부끄럽습니다. 별리의 가슴 아픈 나룻가에서 나는 다시 한 번 우리의 삶을 돌이켜 봅니다. 우리는 너나없이 저마다의 강물 같은 사연과 뜨거운 정을 안고 세상을 살아가고 있다는 사실을 깨닫게 됩니다. 고향 산천을 떠나지 않고, 정든 사람을 떠나지 않고 살아갈 수는 없을까. 오늘날에는 너무나 순진한 공상이 되어 버린 감상에 젖게 됩니다.

1년에도 몇 차례씩 남미를 찾아가는 당신에게 물어본 적이 있습니다. 남미에 대한 당신의 애정에 대해 물어보았습니다. 당신은 '가난하나 선량한 사람들'이라고 대답하였습니다. 그때는 미처 몰랐던 그 말의 의미를 지금 이곳 낯선 에콰도르의 작은 공항에서 보게 됩니다. 당신의 대답을 다시 듣게 됩니다.

진정한 변화는 지상의 변화가 아니라
지하의 변화라야 합니다

모스크바와 크렘린

　'모스크바'와 '크렘린'. 20세기를 통하여 이 말보다 영욕^{榮辱}을 함께했던 말도 없을 것입니다. '악의 제국'이었으며 '음모의 밀실'이었는가 하면 사회주의의 첫 봉화를 올린 혁명의 성지이기도 하였습니다. 그러나 그러한 극단의 언어들도 20세기와 함께 역사의 뒤안으로 사라지고 있습니다. 러시아 혁명과 함께 20세기를 열었던 이곳은 이제 소련의 해체와 더불어 바야흐로 20세기를 마감하고 있습니다.

　모스크바로 오는 길은 멀었습니다. 그것은 마치 한 세기를 도강^{渡江}하는 장정^{長程}같이 느껴졌습니다. 냉전과 이데올로기의 벽은 나의 의식 속에 아득한 높이로 건재하고 있었나 봅니다. 비행기가 고도를 낮추기 시작하면서부터 나는 창에서 눈을 떼지 않고 바깥을 지켜 보았습니다. 가는 빗줄기가 사선을 긋고 있는 창밖으로 모스크바는 무성한 숲 속에 묻혀 있었습니다.

짧은 여정 동안에 어디서부터 무엇을 찾아야 할지 막연했습니다. 나도 다른 방문자들처럼 '붉은 광장'에서부터 시작하기로 작정했습니다. 광장은 어제 내린 비로 말끔히 씻겨 있고 크렘린 궁 주벽周壁에는 아침 햇살이 눈부십니다. 모스크바 강을 배경으로 양파머리를 이고 있는 성 바실리 사원의 아름다운 모습과 주벽의 망루인 스파스카야 시계탑에서 들려오는 종소리는 평화롭기 그지없습니다. 동화 같은 알라딘의 세계에 들어와 있는 듯한 착각을 안겨 줍니다.

그러나 광장 곳곳에는 모스크바의 역사가 묵직하게 자리잡고 있습니다. 농민 봉기를 이끌었던 스텐카 라진의 처형대가 그대로 남아 있고, 레닌 묘에는 방부 처리된 레닌의 유체가 부분 조명을 받으며 백랍 인형처럼 누워 있습니다. 러시아 정교회의 오랜 전통에 따른 것이라고는 하지만 생전의 모습으로 어두운 지하에 누워 있는 레닌의 시신은 충격이었습니다. 보는 사람들을 당시의 격동 속으로 끌고 들어가고도 남음이 있었습니다.

불타는 크렘린을 등지고 폭설 속을 철수하던 나폴레옹의 모습을 비롯하여 이곳에서 명멸한 수많은 사람들의 얼굴이 떠오릅니다. 결코 동화의 세계일 수가 없습니다. 그러나 광장 이곳저곳에서 사진 촬영에 여념이 없는 관광객들의 한가로운 모습은 역시 변화하고 있는 오늘의 러시아를 보여 줍니다.

모스크바 시내에도 변화의 모습이 확연합니다. 대로변에 있는 고

층 건물들은 대부분 건물의 1층을 상점으로 바꾸는 인테리어 공사가 한창이었습니다. 물건을 사기 위해 길게 늘어섰던 '줄'은 어디에도 없습니다. 이제는 비싼 물건값을 치를 돈이 없습니다.

냉전의 세기를 이끌어 왔던 러시아가 급격하게 변화하고 있는 모습은 도처에서 쉽게 확인됩니다. 그러나 이러한 이야기들은 당신에게도 새로울 것이 없습니다. 그리고 몇 그루의 나무 이야기로 숲의 모습을 그려 내기도 어렵습니다. 그럼에도 불구하고 러시아가 추진하고 있는 개혁과 개방을 한마디로 이야기한다면 그것은 러시아 사회가 5%의 특권 부유층과 10%의 중산층, 그리고 절대 다수인 85%의 소외 계층으로 재편되는 과정이라고 할 수 있습니다.

그러나 '재편'이라는 의미에 대하여 먼저 회의를 품지 않을 수 없습니다. 물론 일정한 권력 주체의 변화가 없지 않다는 점에서 재편이라고 할 수 있을지 모르지만 그것은 어디까지나 상층부 내의 변화이기 때문입니다. 러시아의 변화에 대한 무수한 논의는 상층 5%에 시선을 집중하는 것이었는지도 모릅니다. 변화와 재편은 헤게모니 그룹 내부의 협소한 권력 이동일 뿐입니다. 가장 중요한 것은 85%의 소외 계층은 과거나 지금이나 조금도 변함없이 소외되고 있다는 사실입니다.

변화는 다만 '방법의 변화'에 불과한 것이라 할 수 있습니다. 여태까지의 이념적인 방식으로는 더 이상 지탱될 수 없는 상황에서 이제 그 지배 기제를 시장 메커니즘으로 바꾸는 것에 지나지 않는 것이라고 할 수 있습니다. 사회주의 이념이라는 최고 강령을 위하여 자신을 희생해 온 이 85%의 인민이 이제 시장 메커니즘이라는 낯선 장치 속에 던져지고 또다시 고통을 감내해야 하는 것이 지금의 현실입니다.

머지않아 5%의 노브이 루스키(신흥 러시아인)를 핵으로 하여 자본가 계층이 나타날 것으로 예상되고 있습니다. 밖으로는 초국적 자본과 결합하고 안으로는 마피아라는 불법 집단의 합법적 부분과 유착된 구조가 형성될 것이라는 전망이 지배적입니다. 물론 이러한 변화 과정에서도 자국 자본이라는 개념이 거론되고 있습니다만 이러한 담론이 제기되는 까닭은 물론 사회주의의 기억 때문이기도 하고 또 한편으로는 개혁 개방의 주체성과 불확실성에 대한 우려 때문이라고 할 것입니다. 그러나 어차피 자본에는 국경이 없으며 자본 고유의 운동이 관철될 뿐임을 잊지 말아야 할 것입니다. 더구나 초국적 자본과 결합한 자본에 대하여 국민 경제적 범주를 요구한다거나 주체적 개혁을 기대한다는 것은 처음부터 무리가 아닐 수 없습니다.

우주공학연구소의 연구원에서 해고되어 운전기사로 거리에 나온 안드레이는 개혁은 '저들의 일'이라고 냉소적으로 표현했습니다. 저들이란 5%의 상층부를 가리킵니다. 개혁에서 가장 중요한 것은 개혁의 주체이며 그 주체의 사회적 성격이라는 당신의 말을 다시 한 번 상기하게 됩니다. 더구나 민의民意를 수렴해 내는 하학상달下

學上達의 민주적 통로가 닫혀 있을 때 그것이 어떠한 과정을 밟게 될 것인가는 너무나 명백합니다. 개혁할 수 없는 성격을 가진 사람들의 개혁이 어떠한 과정을 밟아 갈 것인가에 대해서는 우리가 더 잘 알고 있습니다.

어쨌든 모스크바가 빠른 속도로 변화하고 있는 것만은 사실이었습니다. 푸시킨, 고골, 투르게네프 등 러시아의 유명한 작가들이 어린 시절을 보냈던 아르바트 거리에는 유럽풍 카페가 줄지어 있고, 카페에서 들려오는 록 음악과 함께 거리를 메우고 있는 젊은이들은 서울이나 유럽의 젊은이들과 조금도 다름이 없습니다. 심지어 인터걸과 마피아에 관한 이야기도 무성하여 러시아의 변화는 눈앞에 보이는 것보다 엄청날 것이라는 상상이 어렵지 않습니다.

그러나 이처럼 변화하는 모스크바 거리를 거닐면서도 내내 지울 수 없는 생각이 있었습니다. 그것은 이러한 급속한 변화에도 불구하고 단 한 가지 변함없는 것은 85%의 계속되는 희생입니다. 직장을 잃고, 사회보장이 줄고, 어쩔 수 없이 거리로 나서지 않을 수 없는 사람들의 변함없는 고통이었습니다. 과거에는 노력 동원의 풀pool이었던 이 85%의 압도적 다수가 이제는 저임금 노동력의 풀이 되어 5%의 투자 환경을 만들어 주고 있을 뿐입니다.

안드레이는 책으로만 배웠던 자본주의가 어떤 것인가를 이제 피부로 느낄 수 있다고 덧붙였습니다. 그러나 그는 '시장'의 법칙과 질서가 어떤 것인가를 알 리가 없습니다. 시장이 결코 자유로운 공간이 아니라는 사실을 깨닫기는 어려울 것입니다. 시장과 자유, 경쟁과 평등이 결코 동의어가 될 수 없으며 시장이 적자생존의 세계가 아니라 강자 군림의 세계라는 사실을 아직은 알지 못하는 것도 당연하다고 할 수 있습니다.

사회주의 러시아는 지하에 남아 있었습니다. 지하 150m를 달리는 지하철에만 남아 있었습니다. 젊음과 정열을 바쳐서 자신을 희생해 온 노인들의 자존심이 그중의 하나였습니다. 당신은 모스크바의 지하철에서 서슴없이 일어서는 젊은이들, 그리고 당당하게 좌석을 차지하는 노인들의 모습을 볼 수 있을 것입니다. 노인들의 당당함은 바로 이 지하철을 건설하고 러시아의 수많은 건설 현장에서 젊음과 이상을 불태웠던 그들에게 이제 유일하게 남아 있는 자존심이라 할 수 있습니다.

그리고 또 하나의 모습은 꽃을 들고 있는 승객들의 모습과 묵묵히 책을 읽고 있는 승객들의 모습입니다. 남녀노소 할 것 없이 승객의 절반 정도가 손에 꽃이나 책을 들고 있는 지하철 풍경은 매우 인상적이었습니다. 그것은 한편으로는 급속한 변화의 물결에서 소외된 무력함으로 느껴지기도 했지만, 또 한편으로는 엄청난 역사의 격동을 겪어 온 민중의 우직함으로 비치기도 하였습니다. 나는 급속하게 진행되고 있는 러시아의 개혁과 개방이 이 무력하고 우직한 150m 지하에 주목하지 않는 한 좀체로 바꾸거나改 열어開 나가기 어려우리라는 생각이 들었습니다.

나는 모스크바 대학에서 바라보비 언덕을 내려와 강변의 승선장에서 배를 탔습니다. 모스크바 강은 북서 방향으로 비스듬히 누운 을ㄷ 자 강입니다. 강변 승선장에도 인적이 드물고 유람선에도 승객이 별로 없었습니다. 게다가 강물도 배도 바쁠 것 하나 없다는 듯 유유하기 그지없습니다. 세사世事의 무상함은 강물이 이야기해 준다는 옛 시구가 생각났습니다.

모스크바 강이 크렘린에 가까워지자 강물은 한 자락을 여투어 내어 크렘린 광장 언저리로 다가갑니다. 크렘린으로 다가간 강줄기는 광장을 감싸고 흐르며 한동안 속삭이다가 다시 본류와 만나 멀리 볼가 강을 향해 떠나갑니다.

나는 크렘린 광장에서 하선하여 떠나가는 강물을 배웅하듯 한동안 바라보았습니다. 크렘린 광장과 무슨 이야기를 나누었는지, 그리고 '러시아의 어머니' 볼가 강을 만나서 오늘의 모스크바를 무어라 전할지 궁금하였습니다. 그리고 더욱 궁금한 것은 볼가 강의 대답이었습니다. 드넓은 대지를 유유히 흐르는 볼가 강이 무어라 대답할지 궁금하였습니다.

집이 사람보다 크면 사람이 눌리게 됩니다

복지국가 스웨덴

"만약 완전한 자본주의 국가가 있다면 그 국가의 세금은 0%입니다. 그리고 완벽한 공산주의 국가가 있다면 그 국가의 세금은 100%입니다. 스웨덴의 세금은 75% 수준입니다. 그런 점에서 '마지막 남은 사회주의'라는 말이 있을 정도입니다. 그러나 스웨덴은 결코 사회주의 국가가 아닙니다."

이 이야기는 스웨덴 사람들이 자기 나라를 소개하는 방식의 하나입니다. 세금이 너무 많다는 불평 같기도 하고 그들이 누리는 사회 복지에 대한 자부심 같기도 합니다. 한 국가의 성격을 담세율로 설명할 수 없음은 말할 필요도 없습니다. 그리고 한 나라가 누리고 있는 복지 수준이 공공 지출의 비율로 설명될 수도 없을 것입니다.

복지국가라는 개념은 그 자체가 복잡한 우여곡절을 겪어 왔으며 그만큼 복잡한 내용을 가지고 있는 것 또한 사실입니다. 20세기가 지향해야 할 가장 궁극적인 목표로 제시되기도 하였으며, 또 한편으로 사회주의로 이행해 가는 대안적 개념으로 해석되기도 하였습니다. 반대로 자본주의의 모순을 유화有和함으로써 자본주의 그 자체를 유지시키기 위한 보정 개념으로 해석되기도 하였습니다. 복지는 그만큼 다양한 시각을 허용하고 있기도 합니다.

나는 스웨덴에 있는 동안 이러한 시각에 관한 그들의 견해가 궁금했습니다. 그러나 스웨덴에서는 그러한 시각이 없었습니다. 복지국가 개념을 그러한 시각으로 접근한다는 것이 어쩌면 냉전 이데올로기의 도식이었는지도 모른다는 반성을 하게 됩니다.

대부분의 답변은 매우 우회적인 것이면서도 이러한 틀을 간접적으로 비판하는 것이었습니다. 이를테면 무엇보다 '목표'에 관한 논의가 없다고 할 수 있습니다. 목표와 방법에 관한 논의가 없다는 것이 그 사회에 대한 그 사회 구성원들의 신뢰를 확인하게 하는 것이기도 합니다. 무성한 개념 규정과 복잡한 논의는 실상 불신이 낳는 거대한 정신의 소모이기도 합니다.

당신은 스웨덴에서 가장 부러운 것과 가장 부럽지 않은 것을 엽서로 띄워 달라고 부탁하였습니다. '가장'이라고 말하기는 어렵지만 스웨덴에서 몹시 부러운 것이 바로 이러한 사람들의 신뢰였습니다. 마침 스웨덴 조간신문에는 스웨덴 남자와 결혼한 미국인 부인이 미국에서 전남편과 살고 있는 자녀를 보러 가는 데 필요한 여비를 스톡홀름 시에서 지급하라는 판결문을 싣고 있었습니다. 이것은 스웨덴의 복지 수준을 짐작할 수 있는 작은 예에 불과합니다.

정부의 공공 지출은 국내총생산GDP의 67%에 이르는 규모로서 경제협력개발기구OECD 24개 회원국 중에서 가장 높습니다. 그러나 부러운 것은 이러한 복지의 양보다 국가와 사회에 대한 사람들의 신뢰입니다. 실업, 노후, 의료, 주택, 자녀 교육에 대한 걱정이 생활의 대부분인 우리들로서는 무척 낯선 것입니다. 빈과 부, 귀와 천의 의미가 극히 왜소한 것에 놀라지 않을 수 없습니다. 스웨덴에서 가장 경멸받는 것이 축재蓄財에 관한 이야기입니다.

최근에는 실업률의 증대, 정부 지출의 급증, 세수稅收의 감소 등 스웨덴이 당면한 경제적 위기감이 거론되고 따라서 당연히 더 많은 세금을 부담해야 할 처지에 놓여 있습니다. 그러나 스웨덴 사람들의 믿음은 변함이 없었습니다. 그들이 낸 세금은 언젠가는 다시 그들을 위해 쓰여진다는 생각을 그들은 가지고 있었습니다.

스웨덴의 이러한 사회복지는 스웨덴이 축적한 경제적 잉여를 토대로 하고 있는 것은 물론입니다. 스웨덴은 제1, 2차 세계대전의 피해를 입지 않은 유일한 유럽 국가였습니다. 전쟁 특수特需와 전후 복구 과정에서 누릴 수 있었던 경제 성장이 일찌감치 스웨덴의 물적 토대를 만들어 냈음은 널리 알려진 사실입니다. 바로 그 시기에 수많은 인명과 재산을 잃고 모든 것을 전화로 불태우고 말았던 우리들과는 참으로 대조적이었습니다.

물론 경제적 잉여는 복지사회의 가장 기본적 물적 토대임은 말할 나위가 없습니다. 그러나 아무리 물질적 여유가 있다고 하더라도 빈부의 격차만 더 크게 벌여 놓음으로써 빈익빈 부익부의 사회로 전락할 수도 있습니다. 스웨덴에도 물론 부자가 있지만 스웨덴 제1 갑부의 총재산이 우리 돈으로 800억 원이라고 하였습니다. 물론 800억 원이 작은 액수가 아니라 할 수 있지만 우리나라와는 비교가 안 될 정도입니다. 그런 점에서 볼 때 경제 성장과 경제적 잉여의 축적보다 더 중요한 것이 바로 이러한 물적 부의 사회적 관리라고 할 수 있습니다.

스웨덴은 이 물적 부의 사회적 관리에서, 특히 사회적 합의에서 성공하고 있습니다. 이러한 합의 과정은 노동연합LO을 중심으로 한 노동 부문의 강력한 정치력에 뒷받침되어 있고, 이러한 정치력이 1930년대부터 근 반세기에 걸친 사회민주당 정권의 기반이 되어 온 것은 잘 알려진 사실입니다. 이 사회민주당의 복지 정책이 오늘날의 복지국가 스웨덴의 골격을 만들어 냈음은 자타가 공인하는 것입니다. 일류 정치가 일류 경제, 일류 사회의 기본임을 실감하게 됩니다. 스웨덴에서 당신이 궁금해하는 것은 바로 이러한 합의를 바탕으로 한 사회적 신뢰라고 할 수 있습니다.

당신이 궁금해하는 '부럽지 않은 것'도 물론 있었습니다. 그것은 피곤함입니다. 스웨덴의 수도 스톡홀름은 깨끗하고 반듯한 도시입니다. 도로, 건물, 자동차는 물론이고 보도블록이나 크고 작은 간판에 이르기까지 모두가 고급품이면서 잘 관리되고 있음을 한눈에 느낄 수 있는 도시입니다. 잘사는 나라의 모습입니다. 넓은 공원의 푸른 잔디밭에는 햇볕을 받고 있는 사람들이 무척 한가롭습니다. 그들의 여유와 느긋함이 부럽습니다.

그러나 놀라운 것은 이처럼 한가로운 풍경 속에 있는 사람들의 모습이 하나같이 60대의 노년으로 느껴진다는 사실입니다. 스웨덴에는 노인이 많기도 하지만 곳곳에 괴어 있는 노년 특유의 피곤함에 놀라지 않을 수 없습니다. 많은 사람들이 알코올과 마약 중독자가 되기도 하고 취업보다는 차라리 실업연금 수혜자로 안주하기도 합니다. 작년 한 해 동안 3만 3,000쌍이 결혼하고 2만 1,000쌍이 이혼했습니다. 스웨덴에서 부럽지 않은 것이 바로 이러한 노년 같은 피곤함이었습니다. 그것이 어디에서 온 것인지는 단언할 수 없지만 사람과 사람 사이에 고여 있는 무관심과 피곤함 때문에 나는 이 도시가 갖고 있는 부러운 하드웨어에도 불구하고 결코 정답게 느껴지지 않았습니다.

사람이 정답게 느껴지지 않는다는 것은 참으로 심각한 문제라고 생각합니다. 부富를 관리하는 것보다 더욱 중요한 것이 사람을 관리하는 것입니다. '집이 사람보다 크면 사람이 집에 눌리게 된다'는 옛말이 생각났습니다.

'베리야 노인 센터'에서 받은 인상 역시 매우 착잡했습니다. 훌륭한 시설에서 잘 짜여진 간호를 받고 있지만 노인들의 모습은 공허감으로 가득 차 있었습니다. 그것은 비단 노인이기 때문만은 아니었습니다. 사람들의 관계로부터 아득히 먼 곳으로 격리되어 있는 그들의 외로움은 마치 '앞당겨진 죽음' 같이 느껴지기까지 했습니다.

한국의 어린 남매가 입양되어 있는 가정을 찾아가면서 마음이 무

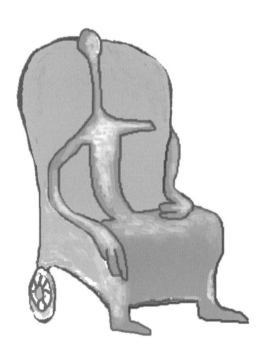

거웠습니다. 자식을 키울 수 없어 먼 이역 땅으로 떠나보낸 부모의 심정을 헤아리지 않을 수 없었기 때문입니다. 나의 우려와는 달리 그들이 입양된 집은 매우 훌륭한 가정이었습니다. 양아버지는 의사이며 양어머니는 연극 연출자로서 그들 내외에게는 예쁜 친딸이 있었습니다. 나의 상식으로 볼 때 입양을 절실히 필요로 하는 가정은 아니었습니다. 그러나 그들은 자기의 친자식이 아니더라도 사람을 키우는 일의 의미를 귀하게 여기고 있었습니다. 훌륭한 부모이고 언니가 아닐 수 없습니다. 과연 한국에서 온 어린 남매도 아름답게 자라고 있었습니다. 아마 한국에서보다 더 행복하게 자라고 있으며 앞으로도 그렇게 살아갈 것이 틀림없을 것입니다.

그러나 그들과 함께한 몇 시간 동안 나로서는 분명하지는 않았지만 다소 어색하고 착잡한 마음을 금치 못했습니다. 한편으로는 다행이다 싶은 안도감과 함께 또 한편으로는 어딘가 알 수 없는 걱정이 앞섰습니다. 일단 가난한 환경을 벗어났다는 안도감과 머지않아 이곳에 만연해 있는 피곤함 속에 던져질 어린 남매의 미래 때문이었는지도 모릅니다. 아니면 우리 사회가 해내지 못하고 있는 일을 이역만리의 낯선 사람들이 맡아서 하고 있다는 부끄러움 때문이었는지도 모릅니다. 햇빛 가득한 정원에서 다정하게 커피를 나누는 동안에도 나는 내내 다른 생각에 잠겨 있었습니다.

우리는 아직도 사람을 키우기에 앞서 물건을 만들어 내야 하는 각박한 현실을 살아야 하는지도 모릅니다. 나는 그들 남매가 우리나라에서보다는 잘 자라기를 바랍니다. 그리고 잘 자라리라고 믿습니다. 그러나 '잘 자란다'는 것의 의미가 그 어느 때보다도 절실하게 다가왔던 것 또한 사실입니다.

우리는 아직도 '잘 자란다'는 의미에 마음을 쏟을 여력이 없습니다. 경쟁과 효율성 등 사람을 해치고 사람과의 관계를 갈라놓는 일의 엄청난 잘못을 미처 돌이켜 볼 겨를이 없습니다. 그러나 사람과 사람의 관계는 일찍부터 정성을 기울이지 않으면 언제나 후회하게 되는 것임을 잊지 말아야 할 것입니다.

노래는 삶을 가슴으로 상대하는
정직한 정서입니다

맨체스터에서 리버풀까지

영국 중서부 지방의 농촌 풍경은 평화롭고 아름답습니다. 크고 작은 목장들마다 푸른 초원이 있고, 초원에는 소와 양들이 한가롭게 풀을 뜯고 있습니다. 우리나라의 소보다 훨씬 축복받은 땅에서 살고 있습니다.

그러나 이 평화롭고 아름다운 풍경 뒤에는 일찍이 전례가 없던 격동의 역사가 감추어져 있습니다. 양이 사람을 몰아낸 종획운동Enclosure Movement이라는 이름의 비참했던 농민 소탕의 역사가 바로 그것입니다. 전쟁처럼 휩쓸고 간 일대 격변이었습니다. 농토는 하루아침에 목장으로 변하고 수백 년을 그 땅에서 살아온 농민들은 농촌을 떠나 맨체스터, 리버풀, 리즈, 요크 같은 도시로 몰려들었습니다. 농민의 대이동Rural Exodus이었으며 산업혁명의 시작이었습니다.

혁명이라는 말이 너무 쉽게 남용되고 있지만 아마 17~18세기의 영국을 중심으로 전개된 산업혁명만큼 급속하고 엄청난 변화는 일찍이 없었습니다. 산업혁명은 기계와 동력을 발명하고 생산 방법을 변화시키는 데 그치지 않고 인간의 생활 방식과 사고방식을 근본적으로 바꾼 명실상부한 혁명이라고 할 수 있습니다. 한마디로 세계를 오늘날의 산업사회로 바꿔 놓았습니다. 지금은 다시 산업사회 이후의 정보사회에 관한 논의가 무성하지만, 정보사회란 아직은 산업사회의 뼈대 위에 올려지는 소프트웨어에 관한 담론인지도 모릅니다.

산업혁명의 본고장이던 이곳 영국 중서부의 '산업혁명 벨트'는 이미 그 역사를 다하고 과거의 고장으로 변해 있습니다. 너무 늦은 방문이었습니다. 맨체스터, 솔퍼드, 셰필드, 그리고 리버풀 항구 등 내가 찾아간 곳에서는 과거의 활기는 찾을 길이 없습니다.

맨체스터에서 숙소로 든 브리타니아 호텔도 아주 오래된 건물이었습니다. 160년 전 이 지역이 산업의 중심지이던 시절에 어느 거상巨商의 사저였습니다. 중후하고 고풍스런 인테리어가 과거의 영광과 번영을 남겨 놓고 있었습니다. 그러나 호텔에서 풍기는 전체적인 분위기는 양로원의 노인을 연상케 했습니다. 새삼스러운 것은 과거의 번영은 그림자가 클수록 현재를 더욱 어둡게 한다는 사실이었습니다.

맨체스터는 고도古都였습니다. 세계를 혁명적으로 변화시킨 그 엄청난 에너지와 활력은 어디에서도 찾을 수 없었습니다. 지금도 인구 260만 명과 대학, 오케스트라, 박물관을 갖추고 있으며 국제적 금융산업 도시로 발돋움하고 있음을 역설하고 있습니다. 그러나 세계를 이끌던 폭발력은 사라지고 흡사 박물관 뜰에 놓인 대포처럼 도시의 거리에는 지난 세월로 가득하였습니다. 세계의 공장으로 불리던 이 지역의 모습은 과연 역사는 느리기는 하지만 지나고 보면 굉장한 속도로 변하고 있다는 사실을 다시 한 번 확인케 합니다.

당시 방직공장이 있던 앤코트 거리도 스산하기 그지없는 모습으로 남아 있습니다. 1800년대 초반 방직업의 세계적 중심이던 이곳은 40년 전에 이미 최후의 한 사람까지 떠나 버린 폐허였습니다. 폐가처럼 을씨년스런 빌딩을 돌아보고 있자니 그 낡은 빌딩의 한 귀퉁이를 빌어 디자인 회사를 하고 있다는 흑인 사무원이 나왔습니다. 그는 자신이 보관하고 있는 옛날 사진들을 보여 주며 이 지역이 방직 산업의 중심지였음을 설명해 주었습니다. 원면原綿을 배로 실어 오던 강과 노동자들의 주거지가 있던 외곽 지역을 친절히 가르쳐 주었습니다. 그 공장들은 모두 "인도로, 홍콩으로 갔다"고 하였습니다.

자동차 문을 열어 두지 말라는 그의 충고를 듣고 자동차로 돌아가 문을 닫으며 주위를 둘러보았습니다. 할렘을 연상시키는 거리와 녹슨 빗장이 채워진 건물 주위에는 군데군데 젊은이들이 어슬렁거리고 있었습니다.

산업혁명 당시 세계의 부富를 반 이상이나 실어 나른 리버풀의 풍경도 마찬가지였습니다. 이 항구 역시 폐항처럼 스산하기 그지없습니다. 물론 항구와 도심에 건재하고 있는 육중한 건물들이 전성 시대의 번영을 짐작케 합니다. 그러나 남아 있는 빌딩들이 육중하고 클수록 오히려 더 짙은 그림자를 던지고 있었습니다. 지금은 오히려 위스키 이름으로 더 잘 알려진 당시 최대의 무역상이던 조니 워커의 무역센터는 이제 워커 갤러리가 되어 있으며, 선창가에는 200여 년 전 전설적인 선장 제임스 쿡과 함께 대양을 누비던 인데버 호의 앙상한 돛대만 빈 하늘을 찌르고 있습니다.

당신은 리버풀이 비틀스의 고향임을 상기시키며 비틀스의 이야기를 띄워 달라고 부탁했습니다. 비틀스의 노래는 산업 노동의 리듬이라는 점을 덧붙였습니다. 나는 비틀스 팬은 아니지만 나 역시 비틀스가 동시대의 수많은 젊은이들의 가슴 위로 상륙할 수 있었던 그들의 메시지는 무엇인지, 그리고 그토록 오랫동안 군림할 수 있었던 생명력은 과연 무엇인지 궁금하지 않을 수 없습니다. 비틀스는 분명 어떠한 사상이나 이념보다도 더 강렬한 호소력을 지니고 있었습니다.

나는 비틀스가 최초로 노래를 불렀던 '캐번 클럽'을 둘러보고 비틀스의 일생을 재현해 놓은 '비틀스 스토리'를 찾아갔습니다. 캐번 클럽은 아직 개장 시간이 아니어서 문은 닫혀 있었지만 비틀스 스토리에는 비틀스를 잊지 않은 젊은이들이 좁은 지하 공간을 메우고 있었습니다. 그러나 그들은 영상 속의 비틀스를 바라보면서 그 앞을 지나가는 관객일 뿐이었습니다. 함께 열광하던 과거의 청중은

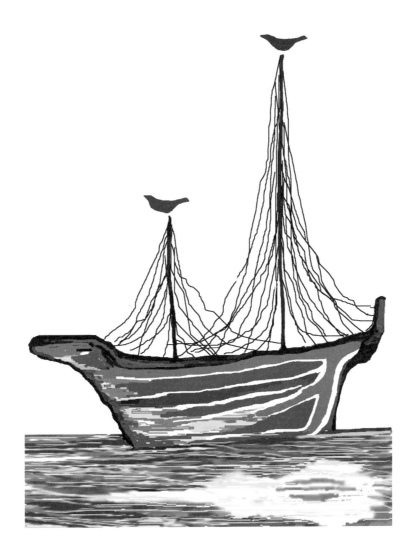

아니었습니다.

영상 속에서 외치고 있는 비틀스도 내게는 매우 놀라운 것임은
물론입니다. 그리고 그들과 함께 열광하는 수많은 젊은이들의 물결
은 마치 혁명의 현장을 연상케 할 정도였습니다. 네 명의 젊은 비틀
스는 분명 동시대의 같은 젊은이들이 스스로도 미처 발견하지 못하
던 것을 일깨웠던 것이 사실입니다. 그것은 비틀스 자신들도 미처
깨닫지도 예상하지도 못했던 것일지도 모릅니다. 그리고 비틀스를
보내고 난 지금까지도 그것이 무엇이었는지를 우리는 모르고 있다
고 할 수도 있습니다.

당신은 비틀스가 결국 해산할 수밖에 없었던 이유를 폴 매카트니
와 존 레논의 결별로 설명합니다. 그리고 이들의 결별은 비틀스를
둘러싸고 있는 두 개의 강압, 즉 상업성과 정치성이라는 외압이 비
틀스 그룹 속으로 내화內化한 것이며 결국 비틀스는 이 두 외압의 합
작으로 종언을 고하게 된다고 했습니다.

물론 충분히 납득이 가는 분석이라고 할 수 있습니다. 그러나 그
러한 차이와 외압 이전에 비틀스의 자양이 되었던 생산 현장이 황
무지처럼 메말라 있다는 사실을 먼저 주목해야 할 것입니다. 함께
손잡고Hold hand 노래할 청중이 사라져 버렸다는 사실이 더 결정적
이유라고 생각됩니다. 리버풀이 산업혁명의 고장이었다는 사실, 그
리고 비틀스는 이 고장의 동력이었던 노동계급의 아들이었다는 사
실에 주목해야 한다는 생각이 듭니다.

일찍이 산업혁명기의 최대 항구였던 과거의 도시 리버풀에서 뒤

늦게 만난 비틀스는 또 다른 일면을 보여 주고 있었습니다. 좁은 지하 공간의 영상 속에서 외치고 있는 비틀스는 이제 과거의 이야기, 좌절의 이야기가 되어 있었습니다.

〈렛잇비〉를 비틀스 스스로가 '만들어 내자'는 창조의 의미로 노래했는지, 아니면 그것을 '내버려 두라'는 방관의 의미로 읽었는지 나로서는 단언할 수 없습니다. 그러나 그것보다는 나는 노래를 부르고 노래를 공감하는 정서 그 자체가 철저하게 변질되어 버린 오늘의 현실이 더욱 안타까울 뿐입니다. 이제는 현실의 존재성 자체마저도 생각하기를 포기한 노래와 청중이 있을 뿐이기 때문입니다.

산업혁명의 고장이자 비틀스의 고향인 리버풀. 지금은 산업혁명 당시의 열기도 가시고 노래도 사라져 버린 스산한 풍경을 거닐면 비틀스는 추억이 되어 나타납니다. 비틀스의 추억은 우리에게 '노래란 무엇인가'라는 질문을 던집니다. 바람처럼 휩쓸고 지나가는 노래가 아니라 생활 현장에서 수많은 사람들과 함께 부를 수 있는 노래는 어떤 것이어야 하는가를 생각하게 합니다. 삶(생산)과 노래(정서)는 어떻게 만나야 되는가를 생각하게 합니다.

노래는 역시 노래라는 당신의 말은 충분히 이해합니다. 그러나 비록 노래가 아무리 노래에 지나지 않는 것이라고 하더라도 적어도 그것이 정서의 공감을 전제로 하는 한 노래는 저마다의 삶을 가슴으로 상대하는 정직함에서부터 시작되어야 한다고 믿습니다. 현실의 존재성과 정면에서 맞서는 것이어야 합니다. 파도를 헤쳐 나가는 방법은 가슴으로 파도를 계속 넘는 방법 이외에는 없습니다. 그리하여 도달하는 대안對岸이 대안代案입니다. 대안이 없는 노래가 살아남을 수 없는 이유가 바로 그런 것인지도 모릅니다.

맨체스터에서 리버풀까지 오는 동안 나는 삶과 노래가 사라진 이 고도古都는 결코 지나간 날을 돌이켜 보는 추억의 장소가 아니며, 과거로부터 현재를 읽어 내는 곳이라는 생각이 들었습니다. 한 나라의 생산력은 과연 얼마만한 크기여야 하며, 한 도시의 부富는 얼마만한 크기여야 하는가를 생각하게 됩니다. 그것은 공룡이 사멸하지 않고 살아남을 수 있는 몸집의 크기에 관한 연구와 같은 것입니다. 그리고 어떠한 삶과 어떠한 노래가 만나야 하는가를 생각하게 됩니다. 그것은 삶과 노래가 서로를 격려할 수 있는 삶과 노래의 생리학에 관한 연구와도 같은 것입니다.

리버풀을 떠나면서 나는 다시 한 번 비틀스가 사라진 이유Why she had to go를 생각하였습니다. 그리고 하늘을 향하여 띄웠던 그들의 꿈Above us only sky을 생각하였습니다.

끊임없는 해방이 예술입니다

예술의 도시, 파리

파리가 예술의 도시라는 데에 이의를 달 사람은 없습니다. 샹젤리제 거리, 몽파르나스 언덕, 생제르맹 거리의 카페, 그리고 수많은 미술관과 건축물들 사이를 거니는 동안 나는 귀에 익은 예술가들의 이름을 수없이 만나게 됩니다. 우리나라의 근대화가 곧 서구화의 과정이었고 우리가 받은 교육도 그랬던 만큼 우리는 예상 외로 파리에 대하여 많이 알고 있다는 사실에 놀라게 됩니다. 아마 당신도 마찬가지라고 생각합니다.

파리의 명소와 예술적 분위기를 접하는 동안 나는 예술 작품과 예술가들에 심취하기보다는 예술 그 자체에 대한 의문을 갖게 됩니다. 건축, 미술, 문학 등 흔히 우리가 예술적이라고 부르는 대상에 관한 지금까지의 생각이 갑자기 혼란스러워집니다. 플라톤은 『국가』에서 시인을 추방할 것을 주장하여 예술이라는 이름의 비현실을 신랄하게 비판했는가 하면, 반대로 예술이야말로 현실의 결핍 상태를 드러냄과 동시에 현실의 건너편을 가리키는 '평형平衡의 지혜'라고 예찬하기도 합니다. 예술에 대한 규정마저 혼란스럽기는 마찬가지입니다.

파리는 내게 매우 피곤한 도시였습니다. 가는 곳마다 부딪치는 너무 많은 예술 작품은 예술이 생활화되어 있지 않은 나에게는 하나하나가 긴장의 누적으로 이어졌기 때문인지도 모릅니다. 오늘은 생제르맹 거리의 노상 카페에서 다리쉼을 하며 생각의 혼란을 추스르고 있습니다.

파리의 카페는 흔히 사상과 예술의 산실로서 파리의 명물입니다. 이곳 생제르맹 거리만 하더라도 브라스리 리프, 오 되 마고 등 사르트르와 보부아르를 비롯하여 수많은 사상가들과 예술가들이 담론과 사색의 공간으로 삼았던 유명한 카페들이 줄을 잇고 있습니다.

파리에서 공부하고 있는 젊은이들에게 물어보았습니다. 그들이 파리에 온 이유는 물론 사람에 따라 다르지만 그들 대부분은 파리에서 다양성과 관용을 배울 수 있다는 것을 가장 귀중한 덕목으로 여겼습니다. 예술의 토양이 바로 이 다양성과 관용성이라는 데에 이의가 없습니다. 다양성은 획일적인 것을 거부하는 자유의 개념이며 관용은 다른 사람을 위한 공간을 남겨 주는 인人 간間의 여백입니다.

최근의 경향 역시 특히 미술과 건축에서는 종래의 조화와 통일이라는 주제에서 탈피하여 단편화와 개체화를 모색하는 일종의 해체주의적 시도에 열중하고 있기도 합니다. 이러한 경향은 일견 포스트모더니즘과 궤를 같이하는 몰가치적 경향이라 비판되기도 하지만, 도리어 상품으로서의 예술이나 상품미학이라는 거대 자본의 물질주의가 벌이는 획일적 포섭을 거부하는 프랑스 고유의 대응이라고 할 수도 있습니다.

파리가 예술의 도시라는 명성을 누리는 것은 이처럼 언제나 기존의 관습과 관성을 일상적으로 뛰어넘고 있다는 점에서 찾을 수 있을 것입니다. 파리에서 깨닫게 되는 것은 자유의 반대는 구속이 아니라 타성惰性이라는 사실입니다. 타성은 우리가 그것이 억압이나 구속이라는 사실을 깨닫지 못하고 있을 뿐 그것은 견고한 무쇠 방입니다. 새로운 사고와 새로운 감성이 갇혀 있는 상태입니다.

나는 그런 의미에서 예술이 추구해야 할 목적이나 예술이 수행하는 기능에 대해 이야기하기 전에 개인과 사회가 가지고 있는 잠재적 에너지를 열어 주는 해방의 역할에 주목해야 한다고 생각합니다. 관용과 다양성은 그런 점에서 예술의 전제이며 예술 그 자체라고 할 수 있습니다. 그러한 해방이 어떠한 예술 양식을 만들어 내고 얼마만한 성취를 이룩하느냐 하는 평가는 그다음 문제라고 생각합니다.

예술이 어떠한 목적에도 복무할 필요가 없다는 당신의 선언은 예술을 어떤 목적의 수단으로 격하시킬 수 있는 예술 무기론武器論을 경계하는 뜻임을 모르지 않습니다. 예술이 당면의 목적에서 멀리 떨어져 있어야 함은 말할 필요가 없습니다. 예술의 자유로운 입지

야말로 비록 그것이 허구를 보여 주는 것이라 하더라도 현재의 건너편을 가리키는 예술 본연의 속성을 잃지 않는 것이기 때문입니다. 이러한 예술적 창의는 효율성이라는 경제주의의 완고한 무쇠방에 갇혀 있는 우리 자신을 발견하게 하고 그것을 깨뜨리는 대항적 무기가 될 수도 있기 때문에 나는 당신의 탈무기론脫武器論을 시비하지 않습니다.

인간을 예술화하고 사회를 예술화하는 미래적 과제는 무엇보다 먼저 해방입니다. 우리가 갖고 있는 무한한 잠재력을 진부한 틀에서 해방하고 완고한 가치로부터 해방하는 일입니다. 나는 파리의 패션이나 쇼윈도의 디스플레이를 감히 예술이라 말하지 못합니다. 뿐만 아니라 미술관에 소중히 전시되고 있는 명작들에 이르러서도 그것이 우리를 어떤 미적 타성에 가두는 것이라면 이미 예술 본연의 모습에서 벗어난 것이라고 해야 할 것입니다. 한 사람의 예술적 천재가 수많은 사람들의 미적 정서를 획일화하는 소위 반미反美의 역기능에 대해서도 주목해야 할 것입니다.

천재들이 가장 많이 태어난 프랑스의 19세기를 예술의 세기라 하는 까닭은 바로 이 19세기가 해방의 세기였기 때문일 것입니다. 중세 교회의 패트런십patronship에 갇혀 있던 예술혼이 드넓은 광장으로 걸어 나온 프랑스 혁명의 세기였기 때문입니다. 미술관의 대명사인 루브르가 곧 혁명의 소산이었다는 사실이 이를 가장 상징적으로 보여 줍니다. 루브르 미술관은 1793년 국민공회가 절대 왕정의 화려함

이 극에 달한 루브르 궁전을 미술관으로 바꿈으로써 탄생했습니다.

혁명은 그 사회의 모든 닫힌 공간을 열어 주고 잠긴 목소리를 틔워 주는 개벽의 경험을 사회에 안겨 줍니다. 이것이 파리를 예술과 사상의 도시로 태어나게 한 가장 큰 이유라고 할 수 있습니다. 영국의 산업혁명이 경제 법칙과 제도에 의한 혁명이었음에 반하여 프랑스 혁명은 정치 이념이라는 인간적 적극 의지의 실현 과정이라는 특징을 갖는 것입니다. 이러한 인간적인 측면이 프랑스 혁명을 결국 추락으로 이끌었는지 알 수 없지만 이러한 인간적 측면이 파리의 예술을 낳게 한 모태가 되고 있음은 부인할 수 없을 것입니다.

많은 사람들이 예술의 중심축이 프랑스에서 뉴욕이나 밀라노로 옮겨 갔다고 하지만 프랑스 사람들은 이를 수긍하지 않습니다. 부르주아의 물질주의적 현실관에 포위되지 않은 예술, 특히 예술의 해방적 의미와 창조적 속성이 포기되지 않는 한, 파리는 그 중심의 이동을 수긍하려고 하지 않습니다.

오늘의 파리는 비단 예술에 대한 모색뿐만 아니라 서구 자본주의를 끊임없이 반성하는 탈근대의 수많은 담론을 제기하고 있습니다. 이러한 반성과 회의의 바탕에는 파리 고유의 예술혼이 녹아 있다고 생각하지 않을 수 없습니다. 진정한 예술은 인간과 세계 사이의 깊이 있는 관련을 추구하는 것이며, 어떠한 미래와도 연결될 수 있는 수많은 '소통 방향', 수많은 '화살표'를 준비하는 것이기 때문입니다.

우리는 나아가면서 길을 만듭니다

몬드라곤 생산자 협동조합

스페인의 역사는 크로마뇽인이 그린 알타미라 동굴 벽화에까지 거슬러 올라갑니다. 이처럼 오랜 역사를 가진 스페인에는 낯익은 이름들이 곳곳에 그 흔적을 남기고 있습니다. 한니발, 카이사르, 나폴레옹과 같은 전쟁 영웅에서부터 사도 바울로, 세네카, 프랜시스 베이컨, 피카소에 이르기까지 숱한 자취를 만나게 됩니다. 그리스와 로마, 이슬람과 가톨릭 등 인류사가 보여 준 다양한 문화가 공존하고 있을 뿐만 아니라 근대사의 출항지이기도 하고 참혹한 내전이 휩쓸고 간 시련의 땅이기도 합니다. 세계사의 증인 같은 땅입니다.

당신은 이러한 스페인이 모색하는 21세기에 대하여 남다른 관심을 기울여 왔습니다. 특히 몬드라곤 생산자 협동조합Mondragon Workers Cooperation에 대해서는 그것을 어떤 대안의 의미로 읽으려 했습니다. 그러나 나는 이 엽서를 받고 느낄 당신의 실망이 마음에 걸립니다. 나 역시 비 내리는 빌바오 공항에서 몬드라곤을 떠나면서『몬드라곤에서 배우자』Making Mondragon를 읽었을 때의 감동을 그곳에 묻어 두고 돌아온다는 것이 무척 서운했습니다.

1956년 호세 마리아 아리스멘디아리에타 신부가 노동자 다섯 명과 함께 그들의 이름자를 따서 울고ULGOR 생산협동조합을 만든 것이 몬드라곤의 시작입니다. 폐업한 작은 주물 공장에서 석유난로를 만들기 시작한 지 40년. 지금은 무려 3만여 명이 일하는 협동조합 그룹MCC · Mondragon Collective Cooperation 으로 눈부신 성공을 이룩했습니다.

협동은 인류의 원초적 정서이고 공동체는 오랜 삶의 틀입니다. 20세기 역시 다른 세기와 마찬가지로 그 엄청난 격변의 파고를 헤쳐 오면서도 이러한 공동체적 이념이 포기되지 않은 세기였습니다. 인간적인 정서가 파편화되고 공동체적인 삶의 틀이 심하게 상처받을수록 오히려 귀소 본능과 같은 그리움을 키워 내기도 하였습니다. 유럽 각국에서 광범하게 일어났던 60~70년대의 협동조합 운동이 그러한 예라고 할 수 있습니다.

그러나 대부분의 협동조합은 70년대 후반부에 이르러 세를 잃게 됩니다. 때로는 이상주의로 말미암아, 혹은 현실의 높은 벽 때문에 결국 실패하거나 변질되지 않을 수 없었습니다. 이에 비하여 MCC가 보여 준 성공은 20세기를 넘어서고자 하는 많은 사람들의 주목을 끌기에 충분한 것이었습니다. 그것은 경제적 약자인 노동자들이 자본가나 국가 관리자들보다 더 효율적이고, 더 정의롭고, 더 인간

적인 경제 활동을 조직할 수 있다는 사례로서 '대안의 맹아'를 만들어 내는 운동적 의미로 읽혔던 것이 사실입니다.

그러나 몬드라곤에서 돌아오는 발걸음은 무척 무거웠습니다. 어쩌면 나의 지나친 기대 때문에 실망이 컸을 것입니다. 비록 초기의 많은 가치들이 포기되었다고는 하지만 몬드라곤이 지향했던 협동의 가치에 관한 신뢰는 귀중한 것입니다.

몬드라곤의 헤수스 힌토 이사 역시 민주, 자치, 협동의 원리를 원칙적으로 강조하고 있었습니다. 그러나 그보다는 생산과 고용 규모, 수출량 등의 통계값을 들어 MCC가 스페인 10대 그룹으로 성장한 사실을 앞세웠으며 교육과 기술 투자를 바탕으로 한 경쟁력에 더 많은 무게를 두고 있었습니다. '경쟁력'이라는 단어를 또다시 스페인의 몬드라곤에서 들었을 때의 착잡한 심정을 당신은 상상할 수 있을 것입니다.

나는 물론 MCC가 헤쳐 나가지 않을 수 없었던 무한 경쟁의 높은 파도를 모르지 않습니다. 경쟁력이라는 요건은 자본주의의 바다에서 협동조합이라는 작은 배가 침몰하지 않기 위한 일차적 조건임에 틀림없습니다. 그리고 최근 엄습해 오는 경쟁의 높은 파고는 가히 사활을 건 일이라는 것도 사실입니다. 그러나 우리는 '협동조합이 협동조합이 아닌 경우는 언제인가?'라는 질문을 다시 한 번 상기하지 않을 수 없습니다.

이러한 질문에 대하여 국제협동조합연맹ICA은 "협동조합이 회사가 되는 경우"라고 명쾌하게 답변했습니다. 정곡을 찌르는 답변입니다. 협동조합과 회사의 차이는 제도 면에서 별로 대수롭지 않게 보일 수도 있습니다. 그러나 그 대수롭지 않은 이 차이야말로 결정적인 것이 아닐 수 없습니다. 결국은 '경쟁'과 '협동'이라는 양극단으로 갈라서지 않을 수 없게 하기 때문입니다.

오냐티의 몬드라곤 경영기술대학ETEO에서 만난 호세 루이스 학장은 바로 이러한 점과 관련하여 비교적 솔직한 견해를 들려주었습니다. 그는 효율성에 밀리는 인간적 관점을 우려하였습니다. 회사와 협동조합의 차이는 로봇과 인간의 차이이며 강철과 나무의 차이인지도 모릅니다.

당신은 21세기에는 민족이라는 혈연 공동체나 국가와 같은 공간적 공동체 대신에 '고도 신뢰 집단'을 핵으로 하는 어떤 공동체를 기대하고 있습니다. 그러나 어느 경우든 중요한 것은 그 공동체의 구심력이 되는 신뢰의 내용이라고 생각합니다. 한마디로 그것은 인간주의에 대한 신뢰가 구심력이 되어야 합니다. 그러한 인간적 구심력이 사후 경쟁력이 되어 나타나야 한다고 믿습니다. 인간이 대상화되고 인간의 삶이 파편화된 냉혹한 시장市場 현실을 살아가면서 이러한 현실을 통찰할 수 있는 유일한 시각이 인간과 인간 관계에 대한 담론을 재구성하는 일이기 때문입니다.

그러나 과거 경험에 비추어 볼 때 정작 우리가 경계해야 하는 것은 그러한 협동적 집단이 밖으로는 편협한 이기적 집단으로 경원시되고 안으로는 신앙촌의 헌신성으로 맹목화되어 버릴 위험마저 없지 않다는 사실입니다. 그것은 또 하나의 강철을 만들어 내는 모순이 아닐 수 없습니다. 당신은 바로 이 지점에서 무엇보다도 개별 공동체를 넘어서는 연대에 대한 이야기를 들려주었습니다. 연대란 약자들이 힘을 결집할 수 있는 현단계의 유일한 틀인지도 모릅니다. 비 내리는 몬드라곤에서 떠오르는 생각이 이처럼 무겁습니다.

몬드라곤은 우리나라 이름으로는 '미리뫼'龍山입니다. 몬드라곤이 있는 이곳 바스크 지역은 산세와 기후는 물론 역사, 민족, 언어도 스페인의 보편적 문화와는 구별되는 비스페인 지역입니다. 스페인으로부터 분리 독립하려는 이유가 납득이 갈 정도였습니다. 이러한 역사와 전통의 특수성이 오히려 대안적 의미를 낮추는 요인으로 여겨졌습니다. 특수한 사례가 보편적 교훈이 되기는 어렵기 때문입니다.

어떤 특수한 전형을 만들어 내는 노력보다는 저마다의 역사와 현실을 이루고 있는 가장 보편적 정서와 가장 현실적인 삶의 틀에서부터 출발하는 노력이 필요하다고 생각합니다. 일상적 실천에 우선 충실하고 다시 그 일상적 실천을 부단히 축적해 가는 과정에서 전형은 점차 그 모습을 드러내리라고 생각합니다.

그런 점에서 우리들이 몸담고 있는 가장 친숙한 생산, 소비, 학습, 문화의 틀에서부터 고민할 필요가 있습니다. 이러한 일상적인 삶의 틀을 주어진 조건으로 승인하고 그 구체적이고 개별적인 대상을 좀 더 인간적인 것으로 바꿔 나가는, 평범하면서도 꾸준한 노력에서 시작해야 한다는 생각이 들었습니다.

당신은 바스크 지역의 작은 마을이 바로 게르니카이고 이 마을에 대한 무차별 폭격과 참상을 고발한 피카소의 명화 〈게르니카〉를 알고 있을 것입니다. 피카소는 피카소 개인의 생애가 곧 현대 회화의 역사가 될 만큼 언제나 새로운 미학의 선두에 서 있던 행복한 전위 미술가였습니다. 나는 그가 자란 메르세데츠 광장과 그 광장에서 노니는 비둘기들을 바라보면서 〈게르니카〉의 분노가 어디에 그 뿌리를 두고 있는가를 깨달을 수 있었습니다. 그것은 바로 지극히 평범하고 보편적인 서민적 정서였습니다. 평범한 사람들의 보편적 정서는 바로 그 평범함 때문에 주목되지 못하기도 하지만 또 한편으로는 바로 그 평범함 때문에 엄청난 힘으로 분출되기도 하는 것입니다. 보편적인 서민 정서는 그 자체로서 언제나 폭넓은 공감이 되고 정의가 되기 때문입니다. 그것이 억압당하거나 매도될 때 분출되는 분노가 그만큼 폭발적이지 않을 수 없는 법입니다. 피카소의 고향에서 깨닫는 것 역시 그의 천재가 아니라 그 천재가 발딛고 있는 보편적 서민 정서였습니다. 〈게르니카〉의 분노와 큐비즘의 추상 세계가 발딛고 있는 것은 다름 아닌 서민 정서의 확실함이었습니다. 21세기의 새로운 전형을 고민하는 경우에도 가장 먼저 주목해야 하는 것이 바로 수많은 사람들이 공감하고 있는 현실과 정서라는 사실을 다시 한 번 깨닫지 않을 수 없었습니다.

피카소뿐만 아니라 가우디도 마찬가지였습니다. 사그라다 파밀리아를 찾아온 관광객들은 한결같이 가우디의 천재성에 경탄을 금치 못합니다. 그러나 가우디의 천재적인 건축물 역시 스페인 도처에서 만나는 스페인의 보편적인 전통 미학을 형상화한 것임을 알 수 있습니다. 어떠한 시대의 어떠한 천재들이라 하더라도 그들은 한결같이 그들의 오랜 전통과 서민적 정서로부터 그들의 천재를 길어 올리고 있으며, 그럼으로써 넓게, 그리고 오래 공감되고 있다는 사실을 잊지 말아야 할 것입니다. 대안은 차별성에 열중할 것이 아니라 보편성에 충실해야 옳다고 생각됩니다.

나는 피카소가 어린 시절에 햇빛을 나누어 받았던 메르세데츠 광장에 앉아서 다시 몬드라곤을 생각합니다. 스페인을 짓누르고 있는 과거의 중압 속에서 한 걸음 한 걸음 몬드라곤의 이상을 개척한 호세 마리아 신부의 이야기를 떠올렸습니다.

"우리는 이론이 필요하다는 것을 잘 알고 있습니다. 그러나 그것만으로는 충분하지 않습니다. 우리는 나아가면서 길을 만듭니다."

그의 말처럼, 중요한 것은 '나아가면서 길을 만드는 일'입니다. 그리고 더욱 중요한 것은 현재 우리가 서 있는 곳으로부터 길을 만들기 시작할 수밖에 없다는 사실입니다. 그나마도 동시대의 평범한 사람들과 더불어 만들어 갈 수밖에 없다는 사실을 승인하는 것이라고 믿습니다.

하늘을 나는 새는 뼈를 가볍게 합니다

빈에서 잘츠부르크까지

"성문 앞 우물곁에 서 있는 보리수 ……."

당신이 즐겨 부르던 노래입니다. 오늘은 노래 속의 그 보리수 그늘에서 빠듯한 여정을 몰라라 하고 잠시 쉬기로 했습니다. 당신이 부러워할 것 같아 엽서 띄우기가 민망합니다.

오스트리아의 수도 빈에서 그리 멀지 않은 이곳 휠드리히스밀레에 왔습니다. 노래 속의 성문은 없어졌지만 3층 목조 양옥이 그림처럼 하얗게 서 있고, 양옥 옆의 계단을 내려가면 뜰에는 우물과 보리수가 그대로 남아 있습니다. 그리고 뜰에 이어진 1층 현관 입구에는 마네킹 슈베르트가 의자에 앉아 있습니다.

이 집은 슈베르트가 4년 동안 하숙하며 〈겨울 나그네〉를 작곡한 곳입니다. 마침 이곳을 찾는 관광객도 없어 한적하기가 흡사 슈베르트의 생시 같습니다. 아침 햇볕을 담뿍 받은 옥외 티테이블에 앉아 비엔나 커피의 감미로움과 함께 모처럼 얻은 한가로운 휴식에 젖어 봅니다. 그러나 이곳은 가난과 병고에 시달리던 슈베르트가 서른 살 짧은 생애의 마지막 해를 보낸 곳입니다. 뮐러의 시에서 자신의 고뇌를 읽으며 겨울 나그네의 아픔을 통해 한 가닥 위로를 얻으려 했던 슈베르트의 고독한 모습이 마음을 아프게 합니다.

슈베르트의 음악에 대하여 내가 특별한 애착을 갖고 있는 것은 아니지만 그가 열중했던 가곡의 세계는 다른 클래식에 비하여 비교적 친근합니다. 가곡은 민요와 마찬가지로 그 공감대가 매우 넓은 것이 마음에 듭니다. 가곡과 민요가 넓은 공감대를 갖는 까닭은 마치 나무가 뿌리를 땅에다 묻어 두고 있듯이 서민들의 사연을 바탕으로 하고 있기 때문이라고 생각합니다. 또 서민들의 삶이란 어느 나라, 어느 시대를 막론하고 서로 비슷한 처지였기 때문에 동서고금을 넘나들며 넓게 공감되고 있다고 생각합니다.

이에 비하여 클래식의 세계는 내게 너무 아득한 거리감을 느끼게 합니다. 나는 '빈 필의 소리'가 어떠한 깊이를 갖고 있는지 알 수도 없고 더구나 그것이 베를린 필과 어떤 차이가 있는지도 알지 못합니다. 더구나 오스트리아에서 만나는 수많은 음악의 거장들은 그 이름만으로도 우리를 한없이 작아지게 합니다. 천재들이 보여 주는 어떤 절정은 밤하늘의 아득한 별처럼 감히 범접할 수 없는 경지를 펼쳐 보입니다.

당신의 말처럼 클래식은 유럽 최고의 왕가인 합스부르크가를 중심으로 하는 궁정과 귀족 사회의 고귀한(?) 정서를 기반으로 하고 있고, 그러한 고귀한 정서는 곧 사회적 권위가 되고 이데올로기가 된다고 하였습니다. 클래식의 대표적 형식인 소나타만 하더라도 그 형식의 완고한 틀이 곧 중세적 질서라 할 수 있습니다. 제시―전개―재현이라는 도식, 즉 A→B→A라는 소나타의 순환 구조 역시 중세 사회의 구조라고 하였습니다.

음악에 조예가 없는 나로서는 음악의 깊은 세계에 대하여 무어라 언급할 수 없습니다. 어쨌든 빈 필의 오케스트라든 미라벨 궁전의 체임버 뮤직이든 내가 클래식에서 느끼는 것은 완고한 틀과 이 틀이 강요하는 고도의 긴장감이었습니다. 나는 고음과 저음, 변화와 속도가 무상하게 전개되는 선율 속에서 내내 정신적인 차렷 자세로 긴장하고 있는 나 자신을 발견하게 됩니다. 그것이 바로 음악이 갖고 있는 인간 순화 기능이라고 주장한다면 더 시비할 여지가 없지만 나는 하이든의 빛, 모차르트의 선^線, 베토벤의 설득력에 대해서도 무지할 수밖에 없습니다.

물론 이러한 고전음악의 형식과 질서가 세계를 해석하는 하나의 틀이라는 사실은 부정할 수 없을 것입니다. 우리의 경우도 기승전결이라는 형식으로 세상과 사물의 변화를 담는 틀을 만들어 놓고 있기도 합니다. 그러나 몇 개의 음계로 세상을 그려 내려는 시도 자체는 어차피 무리일 수밖에 없을 것입니다. 나는 "음^音을 음^音에게 돌려주라"며 클래식을 향하여 던진 존 케이지의 '돌멩이'를 생각하지 않을 수 없었습니다.

빈의 도나우 강에서 출발하여 그림 같은 오스트리아 전원을 지나 잘츠부르크의 잘자호 강에 이르는 기찻길은 모차르트가 가장 좋아했던 아름다운 길입니다. 빈에서 이 철길을 따라 도착한 잘츠부르크는 그러나 애꿎게도 내가 머무는 사흘 내내 비가 내렸습니다. 날씨 푸념을 듣던 현지 사람은 이곳은 365일 내내 우산을 가지고 다니는 곳이라고 했습니다. 그럼에도 불구하고 잘츠부르크는 세계에서 가장 아름다운 도시로 널리 알려져 있습니다.

영화 〈사운드 오브 뮤직〉에서 펼쳐 보이는 화창한 잘츠부르크는 실로 만나기 어려운 기적 같은 그림입니다. 비 그친 잠시 동안에 나타나는 그림이 더욱 아름다우리라는 것은 충분히 상상할 수 있습니다만 그것을 잘츠부르크라고 주장하는 것은 무리라고 생각합니다. 비 내리는 잘츠부르크에는 온통 관광 상품인 모차르트 초콜릿만 흐드러지게 도시를 채우고 있었습니다.

'빈의 소리'도 그렇고 '잘츠부르크의 풍광'도 그랬던 것처럼 클래식의 세계도 역시 우리들의 관념 속에 들어앉은 환상이며 신화가 아닌가 하는 의문을 금치 못합니다. 베토벤, 슈베르트, 브람스, 요한 슈트라우스, 주페, 그리고 모차르트의 가묘假墓까지 한곳에 모여 있는 빈의 음악가 묘역에서의 일입니다. 베토벤의 묘비 앞에 하염없이 앉아 있는 한국 여인은 도무지 일어설 기색이 없었습니다. 사진을 찍기 위하여 그녀가 일어설 때까지 기다리는 동안 내 마음은

매우 쓸쓸했습니다. '빈을 향한 수많은 음악인의 동경은 스스로 두 겹의 질곡 속으로 들어가는 것이 아닐까'라는 생각이 들었습니다. 하나는 물론 중세의 완고한 질서이며 다른 하나는 예술이라는 신화적 질서입니다.

나는 빈에서 잘츠부르크에 이르는 동안 비록 바쁜 여정이기는 했지만 우물곁에 서 있는 보리수와 별처럼 드높은 고전음악 사이의 아득한 거리를 서성이고 있었던 셈입니다. 보리수 그늘처럼 고뇌를 거둬 주는 정다움 속에 쉬기도 하고, 밤하늘의 드높은 별처럼 우리를 작아지게 하는 클래식의 음률 속에 꼿꼿이 서 있기도 하였습니다. 나는 물론 보리수 그늘의 비엔나 커피가 마음 편했던 것이 사실입니다. 그러나 또 한편 생각하면 인간은 모름지기 밤하늘의 별을 바라보아야 하듯이 비록 자기가 한없이 작아지는 한이 있더라도 천재를 바라보고 신화를 읽어야 할 책임이 우리들에게 있다고 생각합니다. 이것은 아픔을 달래 줄 위안을 구하는 것 못지않게 준열한 자기비판에 인색하지 말아야 하기 때문입니다.

하늘로 높이 솟아오르려는 새는 몸을 가볍게 하기 위하여 많은 것을 버려야 합니다. 심지어 제 몸을 가볍게 하기 위하여 뼈 속을 비워야骨空 합니다. 그 위에 다시 비상을 위한 뼈를 깎는 노력이 필요합니다. 클래식의 세계가 별을 바라보게 하고 스스로의 오만을 준열하게 꾸짖는 것인지에 대해서는 단언할 수 없지만, 스스로를 작게 가지려는 겸손함이야말로 어떠한 시대에도 소홀히 할 수 없는 인간적 품성이라고 믿습니다.

오스트리아에서는 매우 안타까운 두 가지 이야기를 듣게 됩니다. 하나는 국립미술대학에 갔을 때 들은 이야기로, 만약 히틀러가 이 학교에 합격했더라면 참 좋았을 텐데, 하는 아쉬움입니다. 히틀러가 세 번이나 응시하여 낙방했던 사실을 두고 지금도 애석해하고 있습니다. 히틀러의 미술 재능이 꽃피지 못한 것을 애석하게 생각하는 것이 아니라 히틀러가 미술가로 그의 일생을 마칠 수 있었다면 나치 독일이 저지른 제2차 세계대전의 참상이 예방되지 않았을까 하는 아쉬움입니다.

또 하나 아쉬운 이야기는 쇤브룬 궁전에서 들었던 모차르트와 마리 앙투아네트의 이야기입니다. 여섯 살짜리 신동 모차르트가 궁정에서 피아노를 연주했을 때의 일입니다. 모차르트의 천재에 경탄한 마리아 테레지아 여왕이 그의 소원을 물었습니다. 모차르트는 자기보다 두 살이나 연상인 앙투아네트 공주와 결혼하는 것이라고 하여 또 한 번 경탄을 자아냈습니다. 앙투아네트 공주가 루이 16세의 왕비가 되어 단두대의 이슬로 사라지지 않고 가난한 음악가의 아내로 일생을 살 수 있었더라면 하는 것이 빈 사람들이 지금도 간직하고 있는 아쉬움입니다. 음악의 도시답게 빈 사람들이 아쉬움으로 간직하고 있는 일화 역시 인간적인 향기가 있습니다.

그러나 아직은 왕가가 민가를 구속하고, 별이 나무를 내려다보고, 천재가 필부를 업신여기는 문화가 우리의 삶을 도도하게 뒤덮

고 있습니다. 클래식의 세계가 여전히 우리들에게 가깝지 않은 것
은 부인할 수 없을 것입니다.

나를 뛰어넘고 세상을 뛰어넘을 수 있는
공간을 만들어야 합니다

베네치아의 자유 공간

　오스트리아의 잘츠부르크에서 기차로 알프스 산맥을 넘는 약 일곱 시간의 여정 끝에 이탈리아 베네치아의 산타루치아 역에 도착하였습니다. 그리고 역 앞에서 바로 버스를 타고 베니스 운하를 내려와 메트로폴 호텔에 여장을 풀었습니다. 서울의 버스와는 달리 이곳의 버스는 물 위를 달리는 배입니다. 택시도 물론 배입니다. '바다와 결혼한' 수국水國 베네치아의 정취가 미치지 않는 곳이 없습니다. 내가 짐을 부린 호텔의 벽에는 비발디가 〈사계〉를 작곡한 방이라고 석판에 새겨 놓았습니다.

　나는 창문을 열고 내다보았습니다. 나폴레옹이 '세계를 여는 창'이라고 했던 아드리아 해의 진주 베네치아. 섬 118개와 그 섬들을 잇는 다리 378개. 거미줄처럼 얽혀 있는 운하와 그 위를 미끄러지듯

저어 가는 곤돌라가 그림 같습니다. 밤이 되면 노래로 부르던 산타 루치아의 별들이 하늘에도 뜨고 물 위에도 뜰 것입니다.

알렉산드리아, 콘스탄티노플과 함께 일찍이 동서 교역 3대 거점의 하나였던 베니스가 바로 이곳 베네치아입니다. 셰익스피어가 『베니스의 상인』에서 샤일록의 비정한 상혼을 고발하고 있지만, 베네치아는 중세적 윤리와는 다른 새로운 사회 윤리의 산실이었습니다. 이 새로운 질서와 윤리가 비록 상인 자본이라는 전 자본주의적 성격을 벗어나지 못하고 있었음을 부인할 수 없지만, 그것은 중세의 봉건적 지배로부터 벗어난 것이었으며 그런 점에서 중세 이후의 사회를 열어 가는 새로운 윤리였다고 할 수 있습니다.

오늘의 베네치아는 이미 전성기의 분위기와는 전혀 다른 과거의 도시입니다. 그리고 현대 사회에서 상인 자본의 윤리는 더 이상 새로운 윤리가 못 되는 것 또한 사실입니다. 그러나 사람들이 살 수 없는 바닷가의 개펄 위에 도시를 건설하고 1,000년 동안 공화제를 지켜 오며 '르네상스의 알맹이'와 근대 유럽의 원형을 만들어 낸 이 작은 도시는 여전히 당당합니다.

나는 먼저 산 마르코 광장에 있는 플로리안 카페를 찾았습니다. 산 마르코 광장은 세계의 모든 여행객들이 한 번씩은 반드시 찾는 관광 명소이며, 이 광장에 있는 플로리안 카페는 이름 그대로 '꽃과 같은' 사랑을 받는 광장의 꽃입니다. 이른 아침이라 관광객들이 아직 나오지 않은 광장에는 굉장히 많은 비둘기 떼들만이 모이를 뿌

려 줄 관광객들을 기다리고 있었습니다.

이 플로리안 카페는 1720년에 문을 연 이래 18세기 100년 동안 이탈리아는 물론 세계의 수많은 예술가와 정치 사상가들이 이곳을 중심으로 새로운 시대를 토론했던 명소입니다. 장 자크 루소, 바이런, 괴테를 비롯하여 바그너, 토마스 만, 발레리, 조르주 상드 등 이곳을 거쳐가지 않은 지성인이 없을 정도로 근대 지성의 성지였습니다. 하루도 토론 없는 날이 없었던 곳입니다.

'이곳에서 만들어 내지 못하는 것은 없다'고 하는 말이 플로리안 카페를 가장 잘 표현하고 있습니다. 모반과 몽상, 마귀와 천사 등 요컨대 공룡만 제외하고는 모든 것을 만들어 낸 곳이었습니다. 신문이 처음으로 만들어진 곳으로서 뉴스의 공장으로 불리기도 하였으며, 세기의 탕자 카사노바의 활동 무대였고, 매춘과 도박의 아지트였던 적도 있습니다. 비즈니스와 법률 상담소였는가 하면, 반오스트리아 독립 운동의 거점이었으며, 공화주의자의 집결지였습니다.

중세의 종교적 억압에서 벗어나 자유로운 상인들이 부富를 기반으로 최고의 번영을 구가하던 18세기, 이른바 '비발디의 세기' 100년 동안 베네치아는 계몽 사상의 요람이 되어 중세의 교조적 사상과 지배 질서를 대체하는 해방 사상의 요람이며 온상이었습니다.

그러나 이 카페의 가장 큰 특징은 중세의 신분 귀족 사회를 대체할 지식인을 탄생시킨 곳이라는 데 있습니다. 지식인과 지식인 사회를 만들어 낸 해방 공간이었던 것입니다. 지식인과 지식인 사회가 베네치아 이후 전 역사를 통해 얼마나 선진적인 역할을 맡아 왔는가에 대하여는 새삼 부연할 필요를 느끼지 않습니다. 지식인의 탄생은 한마디로 '정신의 해방'을 상징하는 것이라 할 수 있습니다.

플로리안 카페는 이제 그 역사적 소임을 다한 과거의 공간입니다. 카페의 지배인 우르소트 주세페는 작년에 프랑스의 미테랑 전 대통령이 다녀갔고 나만 모르는 유명한 배우 멜 깁슨이 다녀갔다는 사실을 알려 주면서 세월의 무상함을 이야기했습니다. 과거에는 유럽의 지성인들이 1년 또는 적어도 한 달 이상 이곳에 머물면서 서로 교유하고 토론하는 것이 관례였지만, 지금은 관광 패턴이 변하여 이벤트 중심으로 단기간에 스쳐 지나가는 관광객들의 쉼터로 전락하였음을 서운해하였습니다. 그러면서도 그는 이 카페에 대한 애정과 자부심이 대단하여 이곳은 중세를 벗어난 공간이 아니라 근대를 연 공간임을 강조하였습니다. 물론 한 시대의 해방 공간이 변함없이 다음 시대의 해방 공간으로 그 소임을 계속해서 맡기는 어렵습니다. 다음 시대를 위한 공간은 다음 시대를 담당할 새로운 계층이 또 다른 곳에 그러한 공간을 스스로 만들어 내야 할 것입니다.

나는 이러한 정신의 해방 공간이 우리 시대에도 있어야 한다고 생각합니다. 세계 곳곳에, 그리고 우리나라 곳곳에 이러한 자유로운 사고의 영역이 분명히 자리잡고 있어야 한다고 생각합니다. 뿐만 아니라 우리들 스스로도 각자의 삶과 사고 속에 이러한 공간을 만들어 내야 함은 물론입니다. 이러한 자유 공간은 나를 낡지 않게

베네치아 플로리안 카페

산 마르코 광장에 있는 이 카페는 18세기 지식인 사회를 만들어 낸
해방 공간이었습니다.

하고 세상을 나아가게 하는 여백이기 때문입니다. 나는 오늘의 서울에 이러한 공간이 있는가 알지 못합니다. 그리고 세계의 어느 곳에 이러한 공간이 있는지는 더욱 알지 못합니다.

당대 사회를 살면서 당대 사회의 사고를 뛰어넘는다는 것은 혼자서는 힘겨운 일임에 틀림없습니다. 우선 당대의 과제를 짐 질 계층이 물적 토대를 만들어야 하고 그 토대 위에서 여러 사람의 중지를 한 곳에 모아 냄으로써 가능할 것입니다. 그렇기 때문에 이러한 공간의 존재가 필요하고 이러한 공간의 역할이 더욱 큰 의미를 갖는 것이 아닐 수 없습니다.

베네치아는 물론 과거의 도시입니다. 그러나 한때 꽃피었던 자유 공간의 전통은 지금까지도 이어지고 있습니다. 세계적으로 권위 있는 베니스 영화제가 열리는가 하면 100년 전통을 자랑하는 베니스 비엔날레도 열리고 있습니다. 미래를 향하여 한때 열려 있던 공간은 그 미래 이후에도 역시 여전히 자유의 공간으로 남아 있음에 놀라게 됩니다.

베네치아를 떠나기 위해 공항으로 향하다 표지판을 보았습니다. 공항 이름이 마르코 폴로 공항이라는 것을 알고 다시 한 번 놀랐습니다. 『동방견문록』의 주인공인 마르코 폴로의 고향이었던 것입니다. 마르코 폴로의 진취적이고 모험적인 역정에서 다시 한 번 이 도시가 키워 온 열린 정신을 보는 듯하였습니다.

새로운 인간주의는 스스로 쌓은 자본과
욕망에서 독립하는 것입니다

그리스의 아크로폴리스

그리스의 하늘에는 아크로폴리스가 있습니다. 아크로폴리스는 아테네의 모든 곳을 내려다보고 있으며, 아테네 어느 곳에서든 아크로폴리스가 보입니다. 야간 조명을 받아 밤하늘에 솟아오른 파르테논 신전의 아름다운 자태와 그것에 담긴 역사의 무게는 참으로 중후합니다. 그러나 아크로폴리스는 폐허였습니다. 삭막한 석회석 돌산에 대리석 기둥 46개만이 무너져 내린 돌더미를 발밑에 굴려 놓은 채 마치 고대 그리스의 뼈대처럼 하얗게 서 있습니다.

그러나 오늘도 수많은 행렬이 이 아크로폴리스 언덕을 끊임없이 오르고 있습니다. 대리석 언덕길은 사람들 발길에 닳고 닳아 우윳빛으로 윤이 납니다. 그러나 어디에서도 찬란했던 그리스의 고대 문명은 찾을 길이 없습니다.

아테네뿐만 아니라 세계의 중심Omphalos이던 델포이의 아폴론 신전도, 트로이 전쟁에서 개선한 아가멤논 왕의 미케네 궁전도 폐허로 남아 있었습니다. 「고린도전서」 13장 "사랑은 오래 참고 사랑은 온유하며"로 시작되는 사랑의 고장 코린토스도 60만 인구로 번영을 구가하던 옛 모습은 간곳없고, 이제는 잠자는 운하로만 남아 흥망성쇠의 무상함을 보여 주고 있을 뿐입니다. 수많은 신들과 그들의 이야기도 이미 사라지고 없습니다. 그럼에도 불구하고 오늘도 수많은 사람들이 그리스를 찾아옵니다.

무엇이 삭막한 이 언덕으로 사람들의 발걸음을 불러 모으는 것일까. 그리스에서는 그리스를 보지 말고 로마를 보고 유럽을 보라던 당신의 충고가 떠오릅니다. 아크로폴리스 언덕에 오르면 눈앞에 남아 있는 황량한 폐허와는 상관없이 그리스가 그 길고 어두운 역사를 꿰뚫고 면면히 이어져 온 까닭이 무엇인가를 생각하게 됩니다. 한때는 기독교 교회로, 한때는 이슬람의 모스크로, 그리고 심지어는 탄약고로 그 운명이 변전되면서도 의연히 그리스의 신전으로 남아 있는 파르테논의 신화를 생각하게 됩니다. 폐허는 과거가 아니며 문명의 종말은 소멸이 아닌지도 모릅니다. 어쩌면 그것은 더 큰 확산인지도 모릅니다.

당신은 그리스 신화는 신들의 이야기가 아니라 인간 존재의 근원적인 비밀을 담지하고 있는 상징 체계라고 하였습니다. 그리스에서는 모름지기 '사람'을 주목하라는 뜻이었습니다. 과연 그리스의 '높은 곳'acro에 세운 것은 신상神像이 아니라 사람이라는 것을 깨닫게 됩니다. 모든 공간의 중앙에 사람이 서 있습니다.

그러나 그리스의 사람은 동양화 속의 사람과는 판이합니다. 인간이 한 개의 점경點景으로 존재하는 것이 아니라 주위의 모든 것들로부터 우뚝 독립해 있는 것이 그리스의 인간입니다. 공간과 시간으로부터 독립한 인간들이 수많은 언어를 만들어 내고 대화를 엮어내고 있습니다. 이처럼 인간을 우주의 중심에 놓는 것이 이른바 헤라클레스의 영웅주의이며 그리스의 인간주의이고 휴머니즘입니다. 그것의 정치적 상징이 폴리스인지도 모릅니다. 군주를 받아들이지 않는 자유와 민주주의입니다. 모든 고대 국가들이 군주를 정점으로 한 지배·복종이라는 정치 질서를 당연한 사회 원리로 받아들이는 동안에도 그리스는 자유와 평등과 독립이라는 인간주의 원리에 충실하였던 것입니다.

인간에 대한 자연의 규정력이 압도적이었던 고대의 열악한 조건을 생각한다면 고대 그리스의 인간주의는 오늘날의 인간주의와는 달리 '너무나 인간적'이었습니다. 그 시대의 인간주의는 바로 인간의 생존 그 자체였기 때문입니다. 그리스의 척박한 산야는 그리스 사람들이 자연으로부터 독립하지 않을 수 없었던 환경 조건을 실감케 합니다. 인간주의는 빈곤한 자연 환경 속에서 어쩔 수 없이 키워낼 수밖에 없는 불우한 문화였는지도 모릅니다. 그리스의 어느 곳에서도 노장老莊의 유유한 자연을 찾아볼 수 없습니다.

그리스 인간주의의 또 하나의 모태는 바다입니다. 3,000여 개의 섬들이 마치 징검다리처럼 흩어져 있는 지중해는 바다라기보다 '액체로 된 길'입니다. 인간의 존재를 위압하고 인간의 상상력을 삼켜 버리는 거대한 대해大海가 아니라 포도주 빛의 다정한 앞마당이었는지도 모릅니다.

인간을 최고의 완성품으로 보고 인간을 세계의 중앙에 놓는 인간주의가 바로 그리스 문화와 그리스 민주주의의 핵심이었으며, 그러한 인간주의가 외화外化된 최고의 가시적 형상이 바로 파르테논 신전입니다. 파르테논 신전의 인간주의는 먼저 그 규모에서 나타납니다. 그것은 대해처럼 위압적인 크기가 아니라 지중해 같은 휴먼 스케일입니다. '제왕'의 크기가 아니라 '시민'의 크기입니다.

크기뿐만 아니라 착시 현상까지 고려한 기둥의 배흘림entasis과 정치한 기하학적 질서, 그리고 자기 규모 이상의 세계를 보여 주는 상승감을 연출해 낸 그리스인들의 정신은 과연 자기 충족, 자기완성의 미학이라고 할 수 있습니다. 무질서한 소재에 질서와 생명을 부여하는 고전미의 원형이기도 합니다. 중세의 천년 어둠을 뚫고 소생한 까닭을 알 수 있을 것 같습니다.

나는 파르테논 신전을 천천히 돌아보면서 그리스인들이 도달한 인간주의의 절정에 다시 한 번 경탄하지 않을 수 없습니다. 그러나 또 한편으로는 그러한 자기완성, 자기 충족의 인간주의가 달려간 '인간주의 이후'에 생각이 미치지 않을 수 없었습니다. 르네상스를 거쳐 근대사회가 무한한 정염으로 몰두해 온 역사를 생각하지 않을

그리스 수니온 만의 포세이돈 신전

나는 수니온 만의 포세이돈 신전에서 지중해의 일몰을 보았습니다.
세찬 겨울 바람이 석주에 기대선 나를 사정없이 흔들어 놓았습니다.
이미 포도주 빛이 아닌 검은 바다 위로 파르테논 신전이 신기루처럼 떠올랐습니다.

수 없었습니다. 더 많은 생산과 더 많은 소비를 향해 달려간 인간주의의 오만과 독선의 역사를 생각하지 않을 수 없었습니다. 그것은 밖으로는 자연을 정복의 대상으로 삼음으로써 스스로 인간의 터전을 황폐화하고, 안으로는 수많은 타인을 양산하여 맞세움으로써 인간관계를 비정한 것으로 만들어 왔습니다. 우리가 인간이기 때문에 맹목盲目이 되고 있는 인간주의의 음지가 아닐 수 없습니다.

나는 수니온 만의 포세이돈 신전에서 지중해의 일몰을 보았습니다. 세찬 겨울 바람이 석주石柱에 기대선 나를 사정없이 흔들어 놓습니다. 이미 포도주 빛이 아닌 검은 바다 위로 파르테논 신전이 신기루처럼 떠올랐습니다. 인간주의의 절정인 파르테논 신전을 바라보며 이제는 자기의 소산所産인 문화와 물질 속으로 함몰해 가고 있는 오늘의 인간주의를 반성하게 됩니다. 우리는 현대라는 또 하나의 어두운 바다를 건너 바야흐로 새로운 인간주의를 모색해야 한다는 생각이 들었습니다.

새로운 인간주의는 자연으로부터 독립하는 것도 아니며, 궁핍으로부터 독립하는 것도 아니며, 오히려 인간이 쌓아 놓은 자본으로부터, 그리고 무한한 허영의 욕망으로부터 독립하는 것인지도 모릅니다. 돌이켜보면 우리는 그리스에서부터 오늘에 이르기까지 참으로 먼 길을 달려온 셈입니다. 그 먼 길을 등뒤에 지고 다시 더욱 먼 길을 향하여 걸어가고 있는 것이 우리의 현주소인지도 모릅니다.

그리스는 오늘도 폐허가 된 아크로폴리스를 머리에 이고 있습니다. 그리고 그것은 오늘 우리들이 저마다 머리에 이고 있는 폐허이기도 합니다.

실크로드는 문文과 물物의
양방로兩方路입니다

21세기의 실크로드

"위스키다라 머나먼 길 찾아왔더니……"로 시작되는 터키 민요는 경쾌한 리듬과 사랑 이야기 때문에 애창되는 노래입니다. 나는 이 노래가 이슬람 땅의 노래라는 사실을 도무지 납득하기 어려웠습니다. 차도르로 얼굴을 가려야 하는 금욕과 절제의 이슬람 땅에서 여인들의 사랑 노래가 불려진다는 것은 상상하기 어려운 일입니다.

지금도 위스키다라 선창에서 배를 내리면 맨 먼저 모스크의 근엄한 돔을 마주하게 되고, 돔의 첨탑에서 울려오는 코란의 낭송이 마치 어른들의 꾸짖음처럼 분주한 선창을 위압합니다. 그러나 위스키다라가 실크로드의 종착지인 이스탄불에 있다는 사실을 알고 나면 이러한 의문이 풀립니다. 위스키다라의 노래는 실크로드에 피어난 꽃이라 할 수 있습니다.

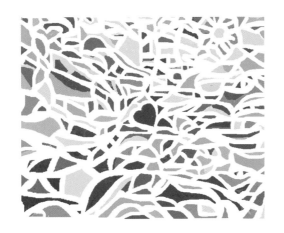

일찍이 동서 무역의 중심축이었던 터키에서는 실크로드의 자취를 곳곳에서 만납니다. 우선 1,000만 명이 넘는 이스탄불의 인구가 그렇고 그랜드 바자르Grand Bazaar와 이집트 시장Egyptian Bazaar에 운집한 사람들과 상품의 더미가 그렇습니다. 마호메트 2세가 실크로드를 장악하기 위하여 쌓은 루멜리 성이 지금도 보스포루스 해협을 지나는 선박들을 내려다보고 있습니다.

로마가 수도를 이곳으로 옮겨 온 이유도 이곳이 동서 문물의 집산지였기 때문이며, 십자군 원정 역시 콘스탄티노플에 축적된 부를 겨냥한 것임은 널리 알려진 사실입니다. 이곳에 남아 있는 거대한 성당과 모스크, 토프카피 궁전의 엄청난 보물, 그리고 금 14톤과 은 40톤으로 장식한 돌마바체 궁전의 화려함은 그 하나하나가 세계 무역의 중심지가 향유했던 부의 크기를 짐작케 합니다.

실크로드는 당신도 잘 알고 있듯이 당시의 세계 무역로였습니다. 동방에서 오는 모든 문물이 이곳을 거쳐 유럽으로 퍼져 갔으며 유럽의 산물들 역시 이곳을 경유하여 동방으로 실려 갔습니다. 터키는 세계 문명의 동맥과도 같은 이 실크로드를 개척하고, 지배하고, 관리한 민족이라는 자부심을 갖고 있습니다.

중세와 근세를 통하여 가장 많은 부를 축적했던 이스탄불이 지금은 세계 무역의 중심이 아님은 물론입니다. 비단과 차와 향료도 이제 더 이상 글로벌 상품이 아닙니다. 경제 발전, 세속화, 근대화라는 국정 지표가 케말 파샤 이후 끊임없이 추진되어 왔지만 터키의 국제적 위상에서 과거의 영광을 읽을 길은 없습니다. 불안한 정치,

만성적 국제수지 적자와 인플레로 몸살을 앓고 있습니다.

그럼에도 불구하고 터키는 결코 초조해하며 달려가는 나라는 아니었습니다. 넓은 국토와 풍부한 광물 자원, 그리고 무엇보다 식량 자급이라는 든든한 기초가 그러한 여유를 만들어 주고 있기 때문이라고 생각됩니다. 그러나 더 큰 이유는 근대화와 경제 성장이 유일한 국정 지표가 아니라는 사실에 있습니다. 터키는 우리나라와는 달리 또 하나의 목표를 지향하고 있습니다.

사만Saman TV의 칼라치 부장도 터키가 당면한 어려움을 솔직히 인정했습니다. 그러나 그는 터키의 내셔널리티는 관용과 대화임을 전제하고 인간 소외와 환경 파괴 등 급속한 자본주의적 경제 성장이 보여 준 어두운 전철을 밟지 않기 위하여 '인간 중심의 경제 건설'이라는 양보할 수 없는 목표를 일찌감치 합의했다고 말합니다.

일찍이 동과 서를 연결했던 실크로드가 이제는 새로운 동(정신적 가치)과 서(경제적 가치)를 연결하는 '21세기의 실크로드'를 개척하고 있다는 인상을 받았습니다. 근대화라는 사회 조직에 관한 서구적 담론과 공동체라는 인간관계에 관한 동양적 담론이 적절히 융화된 새로운 실크로드의 건설이 국가적 목표이며, 그것이 곧 진정한 선진국으로 나아가는 길이라는 믿음을 그들은 갖고 있는지도 모릅니다.

당신은 바로 이러한 통합적 사고가 이슬람 모스크의 문화라고 하였습니다. 모스크는 기도소라는 단일한 기능을 갖는 종교적 공간이 아니라 병원, 도서관, 대학, 목욕탕, 시장 등이 통합된 이를테면 문

© 임익순

실크로드 종착지인 이스탄불 보스포루스 해협

터키는 이제 새로운 동(정신적 가치)과 서(경제적 가치)를 연결하는
'21세기의 실크로드'를 개척하고 있다는 인상을 받았습니다.

화 콤플렉스였습니다. 그러나 어떠한 나라의 어떠한 전통에도 문화는 그러한 통합적 실체로 존재해 온 것이 사실입니다. 왜냐하면 삶이란 원래 통합체이며 문화란 그러한 삶을 담아내는 그릇이자 형식이기 때문입니다. 그런 점에서 우리가 주목해야 하는 것은 특정 문화에 대한 심취나 성급한 융화보다는 문화 일반의 본질에 대한 보다 겸허한 반성이라고 생각합니다.

실크로드는 21세기에 복원되어야 할 '길'임에 틀림없습니다. 그것은 새로운 세기를 고민하는 모든 사람의 과제라고 생각합니다. 오늘날은 과거의 실크로드와는 비교할 수 없을 정도로 넓고 신속한 도로가 지구를 하나의 촌락으로 만들고 있습니다. 더구나 정보 고속도로는 우리의 생활과 사고의 틀을 획기적으로 변화시킬 것으로 예상됩니다. 바로 이 점과 관련하여 실크로드는 당신 말처럼 매우 중요한 의미를 갖습니다. 그것이 바로 우리가 잊지 말아야 할 두 가지 교훈입니다.

첫째, 실크로드는 일방로가 아니라 양방로兩方路였다는 역사적 사실입니다. 일방로는 지배와 종속의 길이기 십상입니다. 또한 모방의 길이며 단색單色의 길일 뿐입니다. 지배와 종속, 모방과 단색의 길이 창조의 길이 될 수 없음은 너무나 명백합니다. 또 하나의 교훈은 실크로드는 문물의 교류였다는 사실입니다. 오늘날의 국제적 불평등이 주로 경제 교류에 의해 구조화되었다는 당신의 주장에 동의합니다. 경제 교류는 손익을 두고 벌이는 공방攻防의 대결이며, 부등가 교환이 그것의 본질이기 때문입니다.

그러나 우리가 잊지 말아야 하는 것은 실크로드를 왕래한 물物에는 항상 더 많은 문文이 담겨 있었다는 엄연한 사실입니다. 이와 반대로 오늘날의 상품에서 문을 찾아내기란 점점 더 어려워집니다. 더구나 세계 시장을 석권하고 있는 금융자본에 이르면 단 한 줌의 문文도 담겨 있지 않기 때문입니다.

새로운 실크로드가 글자 그대로 비단처럼 아름다운 길이 되기 위해서는 물자의 교류보다 문화의 교류가 앞서야 할 것입니다. 손익을 다투는 침략과 방어의 관계가 아님은 물론, 서로가 상대방을 배우려는 '문화적 대화'에 충실할 때 비로소 진정한 세계화의 길이 열릴 수 있을 것입니다.

각자의 삶이 존중되어야 하듯, 다양한 문화가 응분의 대접을 받을 때 그 길이 아름다운 비단길이 되리라고 생각합니다. 다만 그것이 상품의 형태를 띠지 않은 문화여야 함은 물론이며, 문화 교류가 경제 교류의 첨병이 아니어야 함은 더 말할 필요가 없을 것입니다.

척박한 삶은 온몸을 울리는 맥박처럼
우리를 깨닫게 하는 경종입니다

사마 춤과 카파도키아

터키 중부 지역 아나톨리아에 있는 코니아는 노아의 홍수가 지나간 다음 가장 먼저 생긴 도시로 알려져 있습니다. 일정이 넉넉하지 않은 여정에서 코니아를 찾아가기 위해서는 다른 많은 관광지를 포기해야 했습니다. 나는 이스탄불에서 비행기 편으로 터키의 수도 앙카라에 도착한 다음, 앙카라에서 다시 자동차로 이동해야 하는 먼 길을 마다하지 않고 코니아로 향했습니다.

코니아는 이슬람 전통이 완고하게 남아 있는 도시입니다. 내가 이 고도를 찾아온 이유는 이곳이 사마 춤Sama Dance의 본고장이기 때문입니다. 터키 사람들은 이 사마 춤의 세계가 곧 그들의 정신적 뿌리라고 생각합니다. 종교란 교의教義와 의례儀禮가 아무리 정교하게 짜여져 있더라도 기본적으로는 인간의 사고를 단순화하는 패러다임을 내장하고 있는 것입니다. 사마 춤은 어떤 의미에서는 그 단순화의 결정체라고 할 수 있습니다.

사마 춤은 단소와 북 장단에 맞춰 한 손은 하늘을 향하고 다른 한 손은 땅을 향한 채 회전自轉하면서 원운동公轉을 하는 매우 단순한 춤입니다. 자전이면서 동시에 공전인 2중, 3중의 끊임없는 원무圓舞입니다. 이 단순하기 그지없는 동작을 세 시간 이상 계속합니다. 단순한 동작을 반복하여 몰아沒我의 경지에 이르고, 이러한 몰아의 체험을 통하여 알라에게 자신을 일치시켜 갑니다.

나는 알라라는 최고의 가치가 원운동의 반복이라는 지극히 단순한 형식을 통해 추구된다는 사실이 매우 인상적이었습니다. 단순한 육체적 동작과 고도의 정신적 가치가 만나되 그것이 만나는 과정의 소박함과 확실함이 감명 깊었습니다.

사마 춤은 이슬람 신비주의로 알려진 수피 사상Sufism에서 발전한, 말하자면 민중적인 이슬람 운동이라고 할 수 있습니다. 이슬람 교단이 난해한 문자를 장벽으로 삼아 현학적이고 교조적인 것으로 군림하자, 이러한 권위에 반대하고 이제는 이론이 아니라 체험을 통하여 직접 알라에게 다가가려는 민중 운동이 시작됩니다. 불교사에서 나타나듯이 선종이 교종을 대체하는 배경과 다르지 않습니다.

이러한 운동을 이끈 사람이 철학자이자 시인인 메블라나 잘랄루딘 루미였으며 그 본고장이 이곳 코니아의 메블라나 종단입니다. 교도들과 관광객의 발길이 끊이지 않는 메블라나 박물관에는 루미의 유해가 안치되어 있고 박물관에 딸린 그의 거처에는 그가 제자들과 수행하는 모습을 등신대 모형으로 재현해 놓았습니다. 그러나 아쉽게도 코니아에서 사마 춤을 직접 볼 수 있는 기회는 결국 갖지 못하였습니다.

춤을 출 줄도 모르면서 사마 춤을 찾아가는 나를 당신은 매우 의아하게 생각할지도 모르겠습니다. 그러나 이제야 밝히는 것이지만 내가 보고자 한 것은 춤이 아니라 '부분과 전체' '개인과 사회'라는, 20세기를 통해 끊임없이 추구되었던 철학적 주제입니다. 이곳에서 여러 자료를 통해 접한 사마 춤의 세계는 바로 이러한 주제를 훌륭하게 담아내고 있었습니다.

사마 춤에서는 춤이라는 운동성과 원이라는 정지성이 구도求道와 명상瞑想이라는 정신적 대칭점을 얻음으로써 동動과 정靜이 통합되어 있습니다. 그중에서도 가장 핵심은 한 사람의 자전이 10여 명으로 이루어진 소원小圓의 공전 궤도에 통합되고, 10여 개의 소원은 자전하면서 다시 대원大圓의 공전 궤도로 통합되는 중층적 원운동으로 구성되어 있다는 사실이었습니다. 이러한 구성은 개인과 전체의 관계를 어떻게 조화시킬 것인가에 대한 소박한 민중적 정서와 가시적인 틀을 보여 주는 것이라고 할 수 있습니다. 자신이 원의 중심이면서 동시에 더 큰 원의 호弧를 긋고 있는 통합과 조화의 형식입니다.

사마 춤의 형식은 일반적으로 이야기하는 몰아나 무아의 경지와는 분명히 구별되는 높은 수준의 일체감을 안겨 주는 것이었습니다. 개인이 단독으로 무아의 경지에 도달하는 고독한 좌선坐禪과도

터키 카파도키아 지방

석회석 돌기둥에 동굴을 파서 만든 주거지와 교회가 정신의 고결함을
지키고 있습니다.

다르고, 개인이 '열광하는 전체' 속에 해소됨으로써 느끼는 도취와도 다른 것입니다. 개개인이 도달하는 몰아나 일체감에서는 차이가 없다고 하더라도 사마 춤의 경우는 그 몰아와 일체감을 통해 궁극적으로는 자기 자신의 확장을 체험한다는 점에서 결정적으로 다른 것이었습니다.

그러나 사마 춤의 세계는 터키 중부 지방의 삭막한 땅에서 재조명해야 비로소 그 진실을 깨달을 수 있다는 생각이 들었습니다. 척박한 땅이 사람들로 하여금 터득하게 한 삶의 원리가 바로 사마 춤의 세계라고 할 수 있습니다. 실제로 나는 코니아를 떠나 터키 내륙 지방의 사막과 같은 불모의 땅을 하루 종일 자동차로 달리는 동안 이 사마 춤의 세계를 뒤늦게 이해하게 되는 것 같았습니다. 나는 나무 한 그루, 강물 한 줄기 없는 황무지를 온종일 달려야 했던 터키 중부 지방의 황량함을 잊을 수 없습니다. 그 삭막한 여정의 끝에 카파도키아가 있었습니다.

카파도키아는 침식이 빠른 사암 지대에 화산 폭발로 용암과 화산재가 덮이고 다시 오랜 세월 풍화와 침식을 거듭하면서 만들어진 독특한 지형입니다. 기묘한 석회석 산과 계곡 때문에 관광지가 된 곳이기도 합니다. 나는 산과 계곡, 그리고 죽순처럼 늘어서 있는 돌기둥 무리의 아름다움을 찬탄하기에 앞서, 그 폐허와 같은 삭막함에 가슴이 아팠습니다. 사람이 살 수 없는 황무지나 다름없었습니다. 위르귀프에는 나무 한 그루 없는 이 삭막한 석회석 산에 동굴을 파고 살아왔던 수많은 동굴 주거지가 남아 있으며, 카이막클르에는 아예 땅속에 만든 개미집과 같은 지하 도시가 건설되어 있습니다. 캄캄한 미로 곳곳에는 추격자를 저지하는 갖가지 장애물들이 고안되어 있었습니다.

카파도키아는 한마디로 쫓겨 온 사람들이 숨어 사는 지역이었습니다. 그리고 역사에서 잊힌 땅이었습니다. 알렉산드로스 왕에게도, 로마에도, 비잔틴에도, 셀주크 튀르크에도 이곳은 일고의 가치가 없는 척박한 땅이었습니다. 그들은 코니아—카이세리—시바스—페르시아로 통하는 술탄 로드의 무역로에만 관심이 있었을 뿐입니다.

괴뢰메에는 로마의 박해를 피해 이곳으로 흘러와서 정착한 기독교인들의 교회가 있습니다. 단단한 용암 덮개를 가진 사암층은 동굴을 파기에 안성맞춤이어서 이곳의 암벽과 돌기둥에는 동굴을 파서 만든 교회가 많습니다. 단 한 사람이 기도하고 수도했던 교회도 있습니다.

나는 어둡고 좁은 동굴 교회의 석벽을 더듬으며 남아 있는 프레스코 성화를 바라보았습니다. 과연 수고하고 무거운 짐 진 자들의 교회였음을 말해 주고 있습니다. 2,000년이 지난 지금 이미 폐허가 되었음에도 불구하고 그들이 기구祈求한 정신의 순결은 이곳을 찾는 사람들의 가슴을 적시고 있었습니다.

나는 카파도키아의 유적지에서 다시 한 번 사마 춤의 세계를 확인할 수 있었습니다. 이곳에서는 춤이라는 형식으로가 아니라 구체적인 삶의 방식으로 제시되고 있었습니다. 물론 모두 동굴 형식이기 때문에 외형이 서로 구별되지 않기도 하지만 젤베 계곡에는 기독교 교회와 이슬람 사원이 나란히 세워져 있었습니다. 그들은 그 신앙의 차이에 아랑곳하지 않고 이 삭막한 땅에서 공존하고 있었습니다. 그들이 추구하는 가치로부터 이끌어 낸 공존이었고 양심이었음을 깨닫게 됩니다. 개인의 고뇌와 고독이 결코 앙상하게 뼈를 드러내는 법 없이 이웃과 흔연히 어우러지는 사마 춤의 세계라 할 수 있습니다.

사마 춤의 세계와 카파도키아의 삶은 우리가 잃어버리고 있는 것을 생각하게 하였습니다. 그것은 우리가 우리들 자신을 바라보는 눈을 어디에 두고 있는가를 되돌아보게 하는 것인지도 모릅니다. 나는 삭막한 터키 중부를 여행하는 동안 문득문득 터키의 하늘에서 갑자기 울려오던 코란의 낭송을 떠올렸습니다. 그리고 당신의 말이 떠올랐습니다. 이슬람 모스크의 첨탑에서 울려오는 코란의 낭송을 당신은 경종警鐘이라고 하였습니다. 죄를 짓고 나서 죄의 사함을 기구하는 것이 아니라, 죄를 짓기 전에 그것을 방지하게 하는 예방의 소리라고 했습니다.

예방의학이 의학의 가장 이상적인 모습인 것처럼, 사후에 죄의 사함을 기도하기보다 사전에 죄의 예방을 기도하는 것이 더욱 바람직한 일입니다. 어딘가 높은 곳에 우리들을 내려다보는 눈을 갖는

다는 것은 어두운 하늘의 천둥처럼 자신을 수시로 되돌아보게 하는 양심이며, 동시에 자신을 수많은 총중叢中의 하나로 낮게 받아들이게 하는 겸손함입니다.

생각해 보면 그것이 종교든 예술이든 그 깨달음을 삶의 바깥에 모셔 둔다는 것은 그것을 삶의 일부로서 일상적으로 지니고 있는 것에 비할 수 없는 것입니다. 그런 점에서 나는 사마 춤이 추구해 온 나와 우리의 일체감, 그리고 카파도키아의 척박함이 키워 낸 정신의 고결함이 참으로 소중한 것이라는 생각이 듭니다. 삶 그 자체가 소리 없는 코란의 낭송이 되고 있었기 때문입니다. 그것은 멈추지 않는 맥박처럼 혈관 속에서 우리를 끊임없이 지탱해 주는 무언의 경종이기 때문입니다.

메블라나 루미가 거처하던 집에는 다음과 같은 그의 '가르침'Dyorki 이 적혀 있었습니다.

알라와 함께 있지 아니하면 그 누구와 함께 있더라도
'함께'Beraber가 아니다.
금전의 노예가 되지 말라.
부자가 되지 말라.
꾀를 부려 세상을 살아가지 말라.

그리고 마지막으로 "성인의 말은 성인만이 알 수 있다"는 구절이 있었습니다. 이 마지막 구절에서 잠시 생각했습니다. 나는 이 구절을 '모든 사람이 성인이 되어야 한다'는 지극히 인간적인 의미로 읽었습니다.

가난은 아름다움을 묻어 버리는
어둠이 되기도 하고, 아름다움을 드러내는
빛이 되기도 합니다

인도의 얼굴

콜카타 공항에 내리면서 나는 제일 먼저 시간을 맞추는 일에서부터 인도를 시작했습니다. 손목시계를 풀고 시계바늘을 돌려 시차를 조정하면서 문득 평소에 천동설天動說로 생활한다던 당신의 말이 생각났습니다.

지구가 태양 주위를 도는 것이 사실이라고 해도 우리는 평소 해가 뜨고 해가 지는 천동설로 살고 있는 것이 사실입니다. 네 시간이 채 못 되는 시차지만 이 시차는 지구는 역시 돌고 있다는 지동설을 깨우쳐 줍니다. 그러나 생각해 보면 이 시차와 지동설은 여행객에 지나지 않는 나의 과학일 뿐, 이곳에서 낮과 밤을 보내고 맞는 인도 사람들에게는 역시 천동설이 과학임에 틀림없습니다.

내가 인도에서 가장 먼저 느낀 것이 바로 이 '생각의 시차'입니다. 무심하게 살고 있던 천동설을 반성하고 다시 지동설이라는 땅의 원리를 생각하게 됩니다.

　인도의 새벽 하늘은 까마귀들이 열어 줍니다. 우리나라 까마귀보다 몸집도 작고 색깔도 잿빛이지만 가장 큰 차이는 인도에서는 까마귀가 길조吉鳥라는 사실입니다. 까마귀에 대한 생각부터 바꿔야 하듯 인도에서는 바꿔야 할 일상적 관념이 한둘이 아닙니다.

　요란한 까마귀 울음소리가 열어 놓은 하늘 아래로 콜카타의 공간이 드러납니다. 어둠이 걷히는 땅 위로 오래된 자동차가 달리고, 역시 오래된 전차가 달리고, 인력거가 달립니다. 일찍이 작은 어촌이던 이곳에 대영제국의 동인도회사가 들어서면서 건설된 도시가 콜카타입니다. 그리고 제2차 세계대전 후 영국이 물러가고 난 다음 식민 도시로부터 어딘가를 향해 변화해 가고 있는 모습이 오늘의 콜카타입니다.

　생각하면 콜카타는 상전벽해와 같은 변화를 겪은 곳입니다. 작은 어촌에서 번영의 식민 도시로, 다시 추락하는 잿빛 공간으로 운명이 유전流轉되어 왔습니다. 어쨌든 작은 어촌이던 옛날 모습은 어디에서도 찾을 길이 없습니다. 지금은 과거 식민지 시절의 모습과 그것으로부터 급속하게 추락한 모습이 뒤섞여 있습니다. 빅토리아 여왕 기념관이 지금도 흰 대리석 살결을 뽐내며 아름답게 서 있는가 하면, 시민공원 중앙에는 영국의 인도 지배 거점이던 윌리엄 요새가 그대로 남아 있습니다. 세계 경영의 기지였던 이곳 콜카타에는 그 시절의 번영을 증거하는 빅토리아풍 건물들이 곳곳에 남아 있습니다.

그러나 이러한 건물 몇몇을 제외하고는 온통 빛바랜 잿빛 공간입니다. 이 잿빛 공간은 이따금 저절로 무너져 내리는 낡은 건물과 그 건물 안팎을 가득 메우고 있는 남루한 모습의 사람들로 채워져 있습니다. 나는 이 잿빛 도시에서 엉뚱하게도 일본인의 망언이 떠올랐습니다. 일본의 식민지 경영이 조선의 근대화를 가져다주었다는 주장이 어떠한 근거를 갖고 있는지 다시 생각하지 않을 수 없었습니다.

영국과 영국의 자본이 떠나 버리고 난 뒤 배후지背後地마저 사라져 버린 식민 도시의 운명을 짐작하기란 그리 어려운 일이 아닙니다. 개울물이 먼저 얼 듯이 식민 모국의 도시보다 더 급속하고 참혹하게 쇠락하지 않을 수 없었으리라 짐작됩니다. 그러나 그것의 가장 참담한 모습은 도로나 건물이 아니라 잿빛 공간에 남겨진 사람들이었습니다. 도로변에서 잠자고 있는 사람들 중에는 방글라데시 난민들이 대부분이라고 하지만 쇠락한 도시 공간은 그 속에 있는 모든 사람들을 남루한 잉여 인간으로 만들어 두고 있습니다. 물론 남루한 모습을 가난이라고 속단하는 것이 잘못일 수도 있습니다. 백색과 패션에 길들여진 나의 시각이 잘못된 것인지도 모릅니다. 그러나 일자리가 있거나 없거나에 관계없이 뿌리 뽑힌 삶의 모습은 비극이라고 하지 않을 수 없습니다. 그리고 그것이 한 사람 한 사람의 남루한 삶에 그치는 것이 아니라 도시 전체가 거대한 소외 공간으로 추락하고 있다면 이것은 개인의 문제이거나 한 도시의 문제가 아니라 수세기 동안 도도하게 분류奔流해 온 근대화의 이면으로 이해되어야 할 것입니다.

어쨌든 나는 콜카타의 남루한 잿빛 공간을 거닐며 남의 돈으로, 또 남의 필요 때문에 건설된 도시의 운명을 생각하지 않을 수 없었습니다. 도시란 무엇이며, 도시란 어떻게 건설되어야 하는가, 그리고 우리의 도시는 과연 어떤 운명을 더듬어 갈 것인가를 생각하지 않을 수 없었습니다.

인도의 농촌은 그렇지 않았습니다. 도시보다 훨씬 적은 부富로 살아가지 않을 수 없지만 그곳은 뿌리 뽑힌 잿빛 공간은 아니었습니다. 농촌 사람들도 그렇지 않았습니다. 도시 사람들보다 오히려 못한 옷을 걸치고 있었지만 그들의 남루함에 초점을 맞추는 장치는 어디에도 없었습니다. 메마르고 척박한 전답 위에서 허리 굽혀 일하고 있었지만 그들의 삶에는 땅에 뿌리를 내리고 있다는 든든함이 있었습니다. 산야에 서 있는 나무를 두고 그것을 불안하게 바라보는 사람은 없습니다. 아무리 척박한 땅에 서 있다고 하더라도 그것은 화분에 담긴 꽃나무와는 다른 것입니다. 콜카타는 그렇지 못했습니다. 콜카타만 그런 것이 아니라 오늘날 우리들이 경영하고 있는 모든 도시가 걱정스럽지 않을 수 없는 것입니다.

콜카타는 사상과 예술의 도시이며 동시에 '인도의 얼굴'이라고 합니다. 그러나 나는 이 식민 도시에서 인도의 정직한 얼굴을 아직

찾아내지 못하고 있습니다. 더구나 무엇을 예술이라고 하며 어떤 생각을 사상이라고 하는지 더욱 혼란스러워집니다. 인도가 안겨 준 충격에서 헤어나지 못하고 있는 나의 모습이 옆에서 보기에도 안쓰러웠던지 내게 '인도의 얼굴'을 보여 주려고 애썼던 유학생의 친절을 잊지 못합니다.

그중 하나가 노벨 평화상을 받은 테레사 수녀의 '사랑의 선교회'와 '죽음을 기다리는 집'이었습니다. 테레사 수녀가 거처하는 성당에는 늦은 밤인데도 환히 불 밝힌 기도실에서 사랑의 기도를 올리고 있었습니다. 외부인들의 방문에 익숙한 어린이들이 구김살 하나 없이 우리를 맞아 주기도 하고 은은한 찬송가 선율이 평화와 안식을 그림처럼 보여 주고 있었습니다. 그러나 나의 시선은 자꾸만 바깥으로 옮겨 갔습니다. 성당 바깥의 도로에 앉아 있는 사람들과 인근의 빈촌을 가득히 메우고 있는 남루한 사람들의 얼굴을 지울 수가 없었습니다.

그러나 놀랍게도 이러한 생각이야말로 아직도 시차를 좁히지 못한 나만의 생각이라는 사실이었습니다. 나의 걱정과는 달리 그들은 결코 성당 안으로 들어가기를 기다리거나 사랑의 손길을 고대하고 있지 않다는 사실이었습니다. 인도의 얼굴은 '사랑의 선교회'에 있었던 것이 아니라 그 바깥에 있었다고 해야 할 것입니다. 당신이 인도에 온다면 맨 먼저 걸인을 만날지도 모릅니다. 감당할 수 없을 정도로 많은 손들에게 포위될지도 모릅니다. 빈 그릇을 앞에 놓고 동전 한 닢을 구걸하는 사람을 시야에서 지우기도 어려울 것입니다. 어쩌면 '인도에서 거지만 보고 돌아갈지도 모릅니다.' 그러나 한편으로는 그들의 당당함에 충격을 받으리라 생각됩니다.

수많은 수도승들의 탁발 전통을 모르는 나로서는 그러한 당당함을 이해하기 어려웠습니다. 가난과 남루는 물론이며 심지어 삶과 죽음까지도 대수롭지 않게 받아들이는 인도의 마음을 읽을 수 있는 정서가 우리에게는 없었습니다. 인도 사람들은 스스로를 자선의 대상으로 비하하는 법이 결코 없습니다. 마치 산야에 서 있는 한 그루 나무처럼 살아가고 있습니다. 영국이 만들어 낸 도시 공간이 인도의 공간이 아니듯이 자선과 선교가 '인도의 방법'이 아닌 것만은 분명합니다.

인도의 시성詩聖 타고르의 생가에도 안내되었습니다. 콜카타에서 받은 나의 충격이 얼마나 하잘것없는 것인가를 깨우쳐 주려는 배려였던 것 같습니다. 라빈드라 바라티 예술대학으로 변한 그의 생가는 넓고 큰 저택이었습니다. 타고르의 유복한 유년 시절을 짐작케 하였습니다.

햇볕이 따갑게 내리쬐는 양지를 피하여 학생들은 삼삼오오 둘러앉아 한담을 나누고 있었습니다. 당시 영국의 식민지였던 인도와 마찬가지로 암울한 식민지 시절을 살아가고 있는 조선 청년들에게 일찍이 아시아의 등불이었던 코리아를 상기시키고 그 등불이 다시 켜지는 날을 기약하도록 격려해 주던 타고르. 나는 그의 동상 앞에

서서 사진을 찍고 학생들 곁으로 다가갔습니다. 그러나 학생들과 공유할 화제를 발견하기가 어려웠습니다. 더구나 인도의 얼굴을 찾으려는 내게 그들은 너무 먼 곳에 앉아 있었습니다.

식민 시대 이후 사회 변화보다 더 급속하게 해체되어 버린 것이 사람들의 정서와 의식인지도 모를 일입니다. 21세기와 인도의 얼굴을 고민하고 있는 나로서는 가는 곳마다 곤혹스러웠습니다. "지성의 맑은 물줄기가 메마른 벌판에서 길 잃지 말라"고 당부하던 타고르의 시구가 생각났습니다. 그리고 바라티 예술대학 학생들이 이 시구를 어떠한 의미로 읽고 있는지 궁금했습니다

나는 콜카타를 떠나기 전에 후글리 강을 찾아갔습니다. 후글리 강은 갠지스 강이 바다로 들어가기 전에 마지막으로 콜카타를 감싸 안고 흘러가는 강입니다. 강변에 늘어선 빈민 지역을 거쳐 호왈라 교 위로 올라갔습니다. 그리고 난간에 기대어 강물을 내려다보았습니다. 다리 위로는 교량을 가득 메운 퇴근 인파가 도도히 흐르고, 다리 아래로는 갠지스 강이 말없이 흐르고 있습니다. 히말라야에서 녹아내린 눈물이 그 긴 여정 동안에 수많은 강물들과 한몸이 되어 이제 바다를 만나러 가고 있었습니다. 비록 느리고 어두운 강물이지만 단 한 걸음도 후퇴하는 법 없이 꾸준히 이곳에 당도하여 그 많은 사연을 바다에 내려놓고 있습니다.

가난은 아름다움을 묻어 버리는 어둠이 되기도 하고 그것을 드러내는 빛이 되기도 합니다. 호왈라 교를 가득히 메운 인파 속에서 나

콜카타 호왈라 교

나는 콜카타의 호왈라 교 위에 서서 강물을 바라다보았습니다.
다리 위로 교량을 가득 메운 인파가 도도히 흐르고
다리 아래로는 말없는 갠지스 강이 흐르고 있습니다.

는 한 개인의 가난과는 달리 도시의 가난은 결코 아름다움을 드러내는 빛이 되기 어렵다는 생각이 들었습니다. 도시의 가난이 그 의상의 남루함이 아님은 물론입니다. 그런 점에서 번영하고 있는 도시도 마찬가지입니다. 그 화려한 의상을 한 꺼풀씩 벗어 갈 때 최후로 남는 모습이 어떤 것인가에 의하여 도시는 판단되어야 합니다. 그것은 그 도시 고유의 정체성과 지속가능성의 구조를 주목하는 일이기도 할 것입니다.

　당신이 인도를 찾아올 때는 많은 것을 벗어 두고 올 것을 권합니다. 먼저 시계를 풀어 두고 오기 바랍니다. 그리고 옷을 벗어 두고 와야 합니다. 누군가가 당신에게 입혀 놓은 보이지 않는 옷까지 벗어 두고 와야 합니다. 그리고 이 호왈라 교 위의 인파 속에서부터 시작해도 좋습니다. 인간이 겹겹의 의상과 욕망을 하나하나 벗으면 최후로 남는 모습이 어떤 것인가를 깨달아야 합니다. 육탈^{肉脫}한 도시의 철골^{鐵骨}과 적라^{赤裸}가 된 정신의 뼈대를 맞대면해야 합니다. 이것은 우리가 결코 외면해서는 안 될 사회의 자립적 구조와 삶의 원초적 내용을 직시하는 일이기 때문입니다.

　서울과 콜카타는 네 시간이 채 안 되는 시차를 두고 직항으로 연결되어 있습니다. 서울을 먼저 보고 난 다음 콜카타를 보고 다시 서울을 보는 순서도 나쁘지 않다고 생각합니다.

　새로운 세기를 찾아 나선 나에게 인도는 참으로 당혹스러운 여행지였습니다. 인도의 세기^{世紀}를 읽을 수 없었을 뿐만 아니라 인도의 얼굴을 찾기도 어려웠습니다. 식민지 역사가 남겨 놓은 것은 일그러진 타자의 얼굴이었기 때문입니다. 10억 인구의 인도를 읽을 수 없다는 것은 참으로 난감한 일이 아닐 수 없습니다. 인도뿐만 아니라 인도를 비롯한 제3의 대륙의 경우도 크게 다르지 않습니다. 이것은 21세기에 대한 독법讀法 자체를 어렵게 하는 것이 아닐 수 없습니다. 피라미드의 뿔만을 피라미드라 하지 않는다면, 거대한 밑동까지를 합하여 피라미드라 일컫는다면, 더욱 그렇습니다.

인도를 떠나면서 질문하지 않을 수 없습니다 .

"세계는 지금 몇 시입니까?"

우리는 누군가의 생生을 잇고 있으며
또 누군가의 생으로 이어집니다

보리수 그늘에서

    불교 4대 성지 중에서 가장 마음에 드는 곳은 싯다르타가 깨달음을 얻은 부다가야의 보리수입니다. 그의 탄생지인 룸비니 언덕의 아침 해도 좋고, 최초의 설법지인 사르나트의 잔디밭도 좋고, 그가 열반에 든 쿠시나가라의 와불臥佛도 많은 것을 생각하게 하는 성지임에 틀림없습니다. 그러나 나는 그중에서도 보리수가 가장 좋습니다. 보리수의 넓은 그늘과 차가운 대리석 바닥과 그 위를 지나는 시원한 바람이 더 좋습니다. 오늘은 보리수 그늘에서 엽서를 띄웁니다.

    넓고 깊은 보리수 그늘은 먼저 땀에 젖은 이마를 식혀 줍니다. 머리에서 얼굴로, 어깨와 가슴으로 내려오는 서늘함과, 밑으로부터 맨발을 타고 오르는 대리석 바닥의 차가운 감촉이 가슴께에서 만나 온몸으로 분수처럼 퍼져 나갑니다. 나는 붓다의 깨달음이 어떠한

것인지 알지 못합니다만, 서늘한 보리수 그늘에서 분수처럼 전신을 적셔 주는 시원함은 붓다의 깨달음과 상관없이 인도가 안겨 준 그 복잡하고 어지러운 나의 심신을 씻어 줍니다.

구도의 고행을 거듭하던 싯다르타는 이곳 부다가야의 니르자니 강에 빠져 지친 몸을 일으키지 못합니다. 때마침 지나가던 마을 처녀 스타자가 공양하는 '젖죽'을 먹고 기력을 회복한 싯다르타는 고행을 통한 지금까지의 구도 방식을 버리고 강물에 몸을 씻은 다음, 이 보리수 아래로 오게 됩니다. '처녀의 젖죽'이 처녀가 만든 '죽'이었건 아니면 마을 아주머니가 공양한 '젖'이었건, 그것은 시비의 대상이 안 됩니다. 싯다르타의 깨달음에 한 그릇의 젖죽이 의미하는 것은 결코 작은 것이 아니었을 것입니다. 꺼질 듯한 등잔불이 기름 한 방울을 받아 다시 몸을 일으켜 세우듯 죽 한 그릇이 싯다르타에게 열어 준 정신의 명징함은 결코 보리수 그늘에 못지않은 것이었으리라고 짐작됩니다. 어쨌든 이곳은 왕자 자리를 버리고 병들고 굶주린 사람들 속으로 스스로 걸어온 그 혹독한 고행의 끝이었습니다.

이곳 마하보디 사원에는 탑돌이를 하는 사람, 보리수에 머리를 기대고 있는 사람, 가부좌로 명상에 잠긴 사람들로 줄을 잇고 있습니다. 나도 보리수 그늘 한 자락을 얻어 지친 여정을 잠시 쉬어 가기로 했습니다. 이 보리수는 물론 석가 당시의 나무가 아닙니다. 씨를 받아 이어오기 어느덧 4대째가 되는 112살 먹은 젊은 보리수입니다. 나는 지금까지 살아오는 동안 불교의 그 깊은 교리나 힌두 사상의 심오한 인간 존재의 비경을 더듬어 본 적이 없습니다. 그러나 오늘 이 젊은 보리수 밑에서는 나도 다른 사람들처럼 나의 생각을 다시 한 번 들여다보게 됩니다.

인간은 어디서 와서 어디로 가는 것인가. 나는 이승과 저승의 윤회에 대한 믿음을 갖고 있는가. 맨발로 보리수 그늘에 앉아 간추려보는 생각으로 유별난 감회에 젖습니다. 내게는 윤회에 대한 믿음은 없지만, 이 젊은 보리수가 이곳에서 대를 이어 오듯 이승에서의 윤회는 수긍하고 있다는 생각이 들었습니다.

우리는 어린 손자의 모습에서 문득 그 할아버지의 모습을 발견하고 놀라기도 합니다. 그리고 그 어린 손자를 통해 할아버지가 계승되고 있음을 느낍니다. 비단 혈연을 통한 계승뿐만 아니라 사제師弟, 붕우朋友 등 우리의 인간관계를 통해 우리의 삶이 윤회한다는 생각을 합니다. 나의 삶은 누군가의 생을 잇고 있으며, 또 누군가의 생으로 이어지고 있음에 틀림없습니다. 이승에서 저승으로 이어지는 윤회에 대해서는 알지 못하지만 마치 이 보리수처럼 이승에서 이어지고 있는 윤회는 믿고 있다는 생각이 들었습니다.

그리고 한 사람 한 사람이 개별적인 존재로 윤회할 뿐만 아니라 사회라는 집합체도 윤회한다는 생각이 듭니다. 수많은 사람들이 만다라처럼 얽히고설킨 인연으로 사회를 만들고, 그 사회는 다시 다음 사회로 이어지는 사회적 윤회를 한다는 생각이 듭니다. 이를테면 '존재'의 윤회가 아니라 '관계'의 윤회입니다. 자녀에게, 벗에게, 그리고 후인들에게 좀 더 나은 자기가 계승되기를 원하고 있으며 그러한 모든 사람들로 이루어지는 사회가 좀 더 나은 세상으로 윤회되기를 원하고 있음에 틀림없습니다. 그런 의미의 윤회를 불가佛家에서 윤회라 부르지 않을 것이 분명하지만, 적어도 나의 생각을 윤회라는 그릇에 담아 보면 그런 것이 되리라고 생각합니다.

나는 오랜 여정 동안 모처럼 숨막히는 신발 속에서 풀려나와 차가운 대리석 바닥에서 쉬고 있는 발을 내려다보았습니다. 몸의 무게에서 해방된 발이 무척 행복해 보였습니다. 문득 오늘 내가 걸어간 발자국이 후인들의 이정표가 되리라며 스스로의 행보를 자계自戒하던 고승高僧의 시구가 생각납니다. 머리보다는 발이 먼저 깨닫고 있다는 생각이 들었습니다. 머리가 윤회되는 것이기보다 발行蹟이 윤회된다는 생각이 들었습니다.

'인도의 빛'을 찾기 위하여 벌써 여섯 달째 인도를 여행한다는 젊은이를 만나 이야기를 나누었습니다. 순수한 의미의 개인이 과연 존재하는 것인가. 사회적·역사적인 관련을 개인이라는 단독자로 환원하고, 그 외로운 단독자를 윤회라는 무궁한 시공 속으로 던져서 해소시켜 버리는 해탈의 철학은 과연 무엇인가. 그것은 혹시 기존의 모든 삶을 초개처럼 포기하는 것은 아닐까. 혹시 이승의 모든 부조리를 통째로 승인하는 것은 아닐까. 그리고 그러한 철학에는 이승에 태어나 이승을 살아가는 모든 생명에 대한 경외까지 방기해 버리는 위험은 없는가. 나는 궁극적 본질을 찾아 구도 여행을 하고 있다는 그와의 대화가 어려웠습니다. 깨달음이란 어느 순간에 섬광처럼 오는 것이 아니라는 것을 전하기가 어려웠습니다. 나는 그의

부다가야의 보리수

나는 부다가야의 보리수 그늘 한 자락을 얻어 잠시 쉬어 가기로 했습니다.
나도 다른 사람들처럼 나의 윤회를 생각하게 됩니다.

수첩에 '성공은 과정'Success is not a destination but a journey이라고 적어 주었습니다.

우리는 지도를 펴고 석가의 편력을 연필로 그려 보았습니다. 석가의 세계는 인도 동북부의 매우 협소한 지역을 벗어나지 않고 있었습니다. 세계는 그 넓이로 세계가 되는 것이 아님을 알 수 있습니다. 더구나 '하는 일' 없이 '보는 일'만으로 얻을 수 있는 것은 별로 많지 않은 법입니다. 바깥으로 향하는 모든 시선을 거두어 오로지 안으로만 동공을 열어 두는 것이 사색이라면 그러한 사색이 포괄할 수 있는 영역은 그리 넓지 않을 것입니다.

우리의 깨달음은 결국 각자의 삶과 각자의 일 속에서 길어 올려야 할 것입니다. 그나마도 단 한 번의 깨달음으로 얻을 수 있다는 결연함도 버려야 할 것입니다. 모든 깨달음은 오늘의 깨달음 위에 다시 내일의 깨달음을 쌓아 감으로써 깨달음 그 자체를 부단히 높여 나가는 과정의 총체일 뿐이리라 믿습니다. 그래도 궁극적 존재에 대한 고뇌가 남는다면 최후로 인도를 다시 찾아올 필요가 있을지도 모릅니다. 그러나 인도가 도달한 '힌두의 세계'는 인도의 척박한 땅과 숨막히는 계급사회를 살아가는 인도 사람들의 지혜라는 사실을 잊지 말아야 할 것입니다.

당신이 인도에 오면 수많은 성자聖者들을 만나게 될 것입니다. 성자가 없는 사회도 좋은 사회라 할 수 없지만 성자가 많은 사회도 결코 행복한 사회는 아닌 법입니다.

내가 당신에게 인도를 적어 보낼 수는 없습니다. 다만 당신이 인도를 찾아온다면 인도를 끝내기 전에 한 번쯤은 이 보리수를 찾기 바랍니다. 뜨거운 염천을 끊어 주는 이 보리수 그늘에 앉아 보기 바랍니다. 그러면 당신은 두 가지를 발견하게 될 것입니다. 하나는 이승에서 윤회를 거듭하고 있는 젊은 보리수입니다. 그리고 또 하나는 신발에서 풀려나와 대리석 바닥의 한기를 밟고 있는 당신의 두 발입니다. 머리보다는 발이 먼저 깨닫고 있으며, 우리의 역사 속에는 수많은 발자취가 윤회되고 있음을 발견하게 될 것입니다.

밤이 깊으면 별은 더욱 빛납니다

히말라야의 산기슭에서

오늘은 히말라야 산기슭에서 엽서를 띄웁니다. 깜깜한 밤입니다. 이곳의 밤은 서울의 밤이 감히 만들어 내지 못하는 칠흑 같은 어둠입니다. 나는 이 어둠의 거대함에 놀라지 않을 수 없습니다. 우주를 한 개의 덩어리로 만들어 버리는 어둠의 그 엄청난 크기에서 나는 참으로 소름끼치는 두려움을 금할 수 없습니다. 그것은 공간과 시간을 넘어선 어떤 운명과 같은 크기로 엄습해 옵니다.

촛불 한 개가 밀어낼 수 있는 어둠은 참으로 빈약한 것입니다. 더구나 빈약한 불빛 옆에 앉아 있는 나 자신이 참으로 티끌 같은 존재임을 실감합니다. 내일 아침에 해가 뜨면 어둠 속에서 모습을 드러낼 안나푸르나 연봉과 마차푸차레의 설산이 차라리 구원처럼 기다려집니다. 아득한 옛날 유라시아 대륙과 인도 대륙이 부딪치면서 솟아올랐다는 히말라야 산맥이 아무리 우람하다 해도 그것은 이 거대한 우주의 심부름꾼에 지나지 않을 것이라는 생각이 듭니다.

히말라야를 어둠 속에 묻어 둔 하늘에는 설봉雪峰 대신 지금은 별이 있습니다. 우리가 희망을 잃지 않는 것은 '밤이 깊으면 별이 더욱 빛난다'夜深星逾輝는 진리라고 했습니다. 세월이 힘들고 세상이 무서운 사람들이 밤하늘의 별을 자주 바라보는 까닭을 알 것 같습니다.

나는 오늘 저녁 이 비탈진 기슭에서 척박한 다락논을 일구며 사는 사람들을 만나고 있습니다. 낮에는 설산을 지척에 두고 밤에는 찬란한 별들을 우러러보며 살아가는 사람들입니다. 이 거대한 어둠과 별들, 그리고 신비로운 설산이 사람들의 삶과 마음에 과연 무엇이 되어 들어와 있는가, 하는 물음을 갖게 됩니다. 생각하면 우리의 삶은 이 거대한 우주 속에서 한 개의 작은 점으로 존재한다는 사실을 아득히 잊고 있습니다. 이 우주와 자연의 거대함에 대한 망각이 인간의 오만이 될까 두렵습니다.

네팔에서 히말라야가 차지하는 무게는 가히 절대적입니다. 그것은 네팔의 문화이며 네팔 사람들의 심성입니다. 히말라야를 보지 않고 네팔을 이야기한다는 것은 『삼국지』를 읽지 않고 영웅호걸을 논하는 격이라며 내게 플라잉 사이트Flying Sight를 권했습니다. 비행기로 히말라야 연봉을 거쳐 최고봉인 에베레스트까지 비행하는 여행 상품입니다. 나는 히말라야 산군山群을 비행기로 다가간다는 것이 아무래도 외람된 일이라는 생각이 들었습니다. 기껏 한 마리 모기가 되어 거봉巨峰의 귓전을 스치는 행위는 내게도 별로 달가운 일

이 못 된다 싶었습니다.

나는 플라잉 사이트 대신 히말라야의 일출을 볼 수 있다는 나갈코트로 갔습니다. 멀리 히말라야 능선 위로 뜨는 해를 바라보는 것이 나그네의 분수에 맞는 일입니다. 그래서 밤길을 달려 나갈코트에서 하룻밤을 묵으며 히말라야의 일출을 기다렸습니다. 그러나 밤부터 시작된 가랑비가 아침까지 그치지 않았습니다. 그래서 다시 카트만두로 돌아와서 방향을 바꾸어 비행기 편으로 포카라에 도착했습니다.

오늘은 포카라를 출발하여 이곳 담푸스의 작은 마을에 도착했습니다. 지금은 밤중입니다. 칠흑 같은 어둠 속에서 한 점 촛불을 밝혀 놓고 당신에게 편지를 쓰고 있습니다.

포카라는 히말라야를 바라보며 산길을 걷는 트레킹의 출발지입니다. 트레킹이란 등반과는 구별되는 것으로, 결정적인 차이는 산을 정복하거나 정상을 탐하는 법 없이 산길을 마냥 걷는 것입니다. 산과 대화를 나누는 등산인 셈입니다. 우리는 돌계단이 많은 트레킹 코스를 버리고 인적이 드문 산길로 접어들었기 때문에 아직은 히말라야를 보지 못한 채 밤을 맞이했습니다. 내일 새벽이면 저 칠흑 같은 어둠을 헤치고 히말라야가 하늘에 나타날 것입니다. 우리는 모닥불에 둘러앉아 이야기를 나누었습니다.

이 산속에 살고 있는 사람들은 대체로 티베트계이거나 셀파족으로 우리와 같은 몽골족입니다. 얼굴 생김새나 말의 억양이 우리와 너무나 닮았습니다. 오랜 세월 헤어졌던 혈육을 상봉하는 듯한 반가움을 느끼게 됩니다. '그동안 고생 많았지요? 이 험한 기슭에서 어떻게 살아왔어요?' 마음속으로는 그런 인사를 나누게 됩니다. 그 멀고 먼 세월을 흐르고 흘러 여기 이 비탈진 기슭에 용케도 정처를 얻었구나. 그래서 그 많은 신들을 모셨구나. 그래도 마음 저버리지 않고 히말라야의 차가운 물에 정갈히 씻어 곱게도 간수했구나. 그들의 순박한 표정은 그 앞에 앉은 내 마음을 한없이 선량하게 만들어 주는 듯했습니다.

인간에게 투쟁 본능이 있다는 말을 믿지도 않지만 설령 투쟁 본능이 있다고 해도 이 험한 히말라야에서 자연과 씨름하느라 모두 소진시켜 버렸음에 틀림없습니다. 그들은 선량하기 그지없는 얼굴로 우리를 맞아 주었습니다.

그들도 우리에게 이야기해 주는 것 같았습니다. 당신들은 많은 것을 만들고 소유하는 나라에서 살고 있지요. 이곳을 지나 히말라야 정상으로 가는 사람들도 많이 있지요. 그러나 산은 정복할 수 없는 것입니다. 그것은 신神입니다. 우리는 산이 허락하는 만큼의 땅만을 일구어 살아가고 있습니다. 한 사람이 먹고 살 수 있을 만큼만 일구지요. 농토의 넓이도 한 사람, 두 사람으로 세기도 해요. 그들의 이야기는 마치 히말라야가 들려주는 이야기 같았습니다.

히말라야의 최고봉인 에베레스트는 영국 측량기사의 이름을 딴 것입니다. 그러나 이곳 네팔이나 티베트에서는 옛부터 '큰 바다의 이마'(사갈고트) 또는 '세계의 여신'(초모랑마)이라 불러 왔습니다. 높고 성스러운 곳이라는 뜻을 담고 있습니다.

이곳 사람들은 정상에 오르는 일이 없습니다. 그곳은 정복의 대상이 아니라 경외의 대상입니다. 두려움을 남겨 두어야 사람이 된다는 옛말이 있습니다. 더구나 정상은 사람이 살 곳이 못 됩니다. 그곳을 오르는 것은 마치 없어도 되는 물건을 만들거나 사랑하지 않는 사람을 농락하는 것이나 마찬가지입니다. 산의 높이를 숫자로 계산하는 일도 이곳에는 없습니다. 하물며 정상을 그 산맥과 따로 떼어서 부르는 법도 없습니다. 산맥이 없이 정상이 있을 수 없다는 이치를 그들은 너무나 잘 알고 있기 때문입니다.

1953년 뉴질랜드의 탐험가 에드먼드 힐러리가 영국의 에베레스트 등반대에 참가하여 셰르파 텐징과 함께 에베레스트를 최초로 정복한 사람으로 기록되고 있습니다. 그러나 그는 셰르파와 안내인 등 8,000여 명의 도움으로 오를 수 있었습니다. 이름을 바꾸어 붙일 이유로 삼기에는 너무나 빈약한 역할이 아닐 수 없습니다.

지금 저만치 어둠 속에 있는 마차푸차레는 네팔의 성산^{聖山}으로 등산이 금지된 산이지만 발표만 못할 뿐 누군가가 이미 그 정상을 정복(?)했다는 것은 널리 알려진 비밀이라고 합니다. 쓸쓸한 이야기입니다.

어둠 속에서 듣는 이곳 사람들의 이야기가 모닥불처럼 가슴을 파고듭니다. 두려움을 남겨 두지 않는 한 인간은 인간에게 인간적일 수 없으며 자연에게 자연적일 수 없을 것이라는 생각이 듭니다.

당신이 네팔에 오면 먼저 히말라야의 이야기를 들어야 합니다. 등산 장비를 짊어지고 히말라야의 어느 정상을 오르거나 래프팅을 즐기기 위해 계곡의 급류를 찾아가기 전에 히말라야가 우리에게 들려주는 이야기에 겸손히 귀 기울여야 합니다.

모험과 도전이라는 '서부행'西部行에 나서기 전에 먼저 어둠과 별들의 이야기를 들어야 합니다. 그들의 숨소리에 귀 기울여야 합니다. 그리고 생각해야 합니다. 자연이 우리에게 허락하는 문명의 크기를 생각해야 합니다. '자연'이 우리에게 보여 주는 문화의 '모범'을 읽어야 합니다. 그리고 '자연의 문화'Culture of Nature가 문화의 속성임을 다시 한 번 확인해야 합니다.

새로운 양식은
멀고 불편한 땅에서 창조됩니다

하노이의 21세기 경영

베트남에서는 두 개의 혁명이 진행되고 있다는 말이 있습니다. 북부에 있는 수도 하노이는 사회주의 체제에 자본주의를 접합시키고 있는 반면, 남부의 호찌민 시는 자본주의 체제에 사회주의를 접합시키고 있기 때문입니다.

독일의 통일이 평화적인 방법으로 자본주의가 사회주의를 병합한 것임에 비하여, 베트남은 전쟁 방식에 의해 사회주의가 자본주의를 통합한 것이라 할 수 있습니다. 베트남이 앞으로 쌓아 갈 경험은 독일과는 다른 또 하나의 과정을 보여 줄 것입니다.

나는 하노이에 도착하자마자 바로 경제전략연구소의 누엔 쾅 타이 부소장을 찾아갔습니다. 나는 먼저 베트남의 도이모이改革 정책과 그것이 갖고 있는 러시아나 중국 모델과의 차이에 대하여 물었습니다. 도이모이의 과정을 유형적으로 파악하는 것이 복잡한 논의를 덜 수 있다고 생각했기 때문입니다. 그럼에도 불구하고 나는 상당히 긴 시간 동안 베트남의 독자 노선에 관한 설명을 듣지 않을 수 없었습니다.

베트남의 노선은 그도 인정했듯이 기본적으로는 중국과 가까운 모델이라 할 수 있습니다. 이른바 '빅 뱅'으로 불리는 러시아 방식이 베트남에는 적절하지 않기 때문일 것입니다. 국가 소유 부문의 비중이 전체 경제의 80%가 넘고, 또 이 부문의 정체가 최대 장애가 되고 있는 러시아로서는 당연히 충격 요법에 의한 정치 개혁을 축으로 이행 문제를 관리하지 않을 수 없습니다. 그러나 국가 소유 부문이 농업 부문과 민간 부문에 비해 그 비중이 훨씬 낮은 베트남의 경우는 개혁의 초기 조건이 중국과 비슷하기 때문일 것입니다.

이러한 경제 구성의 유사성 이외에도 베트남은 '작은 중국'이라고 불릴 정도로 중국과는 여러 면에서 비슷한 점이 많습니다. 중국과는 국경 문제로 군사적 충돌을 치르기도 했지만 공자孔子 사당을 모시고 있다거나 한문으로 과거를 치르는 등 역사, 문화, 풍습에서 같은 문화권임을 쉽게 확인할 수 있습니다. '감사하다'는 인사를 '까믄'感恩이라 하고, 동서남북을 '동떠이남박'이라고 합니다. 이러한 문화적 동질성도 중국 방식에 대한 거리감을 좁혀 주고 있는 것 같았습니다.

최근에는 시장 경제와 체제 문제 사이의 갈등 때문에 이행 문제가 다시 부각되고 있지만, 베트남의 개혁은 아직은 이행보다는 개발에 무게가 실려 있는 경제적인 측면이 강합니다. 정책 관계자들의 대화 중에 "우리 당은……"이라는 말을 수시로 들을 수 있는 것도 그러한 증거의 하나입니다.

베트남에 대한 미국과 서방 측의 관심에 대해서도 그것은 중국 포위라는 전통적인 아시아 전략과 무관할 수 없다고 믿고 있으며, 나아가서 혹시나 화평연변和平軟變이라는 체제 붕괴의 전술이 아닌가, 하는 경계심을 늦추지 못하는 것이 사실입니다. 당의 지도를 축으로 하여 유연하고 점진적인 정치 발전으로 이행 문제를 관리함으로써 지도 중심이 급격히 무력해지는 소위 권력의 공동화와 그에 따른 혼란을 우려하고 있는지도 모를 일입니다. 무엇보다도 지금부터 치러야 하는 가난과의 전쟁에서 결코 '승패가 역전되는 우愚'를 범하지 않으려는 의지이기도 할 것입니다.

베트남의 우려와 경계, 그리고 그들의 의지를 이해하지 않을 수 없지만 결국 외국 자본에 의존하지 않을 수 없는 것이 베트남의 현실입니다. 베트남의 도이모이 정책은 앞으로 이러한 외생적外生的 계기를 어떻게 내부 구조 속으로 정착시킬 것인가 하는 것이 관건이라고 할 수 있습니다.

바로 이 점 때문에 베트남에서 벌이고 있는 한국 기업의 경제 협력 방식은 상대적으로 큰 관심을 끌고 있습니다. 다른 국가의 기업들이 돌다리를 두드리듯 신중에 신중을 거듭하고 그나마 단기적인 이윤에 집착하는 것과는 대조적으로, 한국 기업들은 베트남이 불안을 느끼는 부분을 함께 껴안아 주고 취약한 부분에 과감히 투자하는 장기적인 것이었습니다. 이러한 방식이 곧 베트남 사람들의 신뢰와 친근감을 성공적으로 이끌어 내고 있습니다.

베트남 대우 본부장은 어려웠던 시절의 이야기를 들려주었습니다. 도로는 물론 전기, 전화마저 여의치 않았을 뿐만 아니라 사사건건 '사회주의적' 감시와 규제에 부딪히지 않을 수 없었던 '개척 시대'의 이야기였습니다. 호찌민 지사장의 경우는 이러한 경협 방식 추진 과정에서 자기 자신이 경영자라기보다는 '동반자'라는, 훨씬 더 진솔한 인간적 보람을 느꼈다고 술회했습니다.

나는 물론 베트남의 이러한 친절과 신뢰가 어떠한 수준인지 알지 못합니다. 더구나 자본과 기업의 논리가 과연 어느 높이까지 동반자로 남게 할 수 있는가에 대한 확신도 없습니다. 그러나 나는 그것이 어느 개인의 인생이든 또는 자본의 운동이든 동반의 제1조건은 착목着目하는 곳이 멀어야 한다는 것입니다. 목표가 멀수록 동반의 도정道程은 그만큼 길어지기 때문입니다. 그리고 그 긴 동반의 도정에서 혹시라도 가난을 인류의 공적公敵으로 통감하는 애정에 합의할 수 있다면, 그리고 한 걸음 더 나아가 '함께'의 의미를 '달성'의 의미로 읽을 수 있다면 더욱 다행한 일이라고 생각합니다.

나는 한국 기업들이 베트남에서 축적하는 경험이 앞으로 예상되는 남북 경제 협력에서 귀중한 자산으로 활용될 수 있으리라고 생각합니다. 뿐만 아니라 새로운 세기의 방법론을 모색하는 실험이 될 수도 있다고 생각되었습니다. 새로운 양식, 새로운 철학은 언제

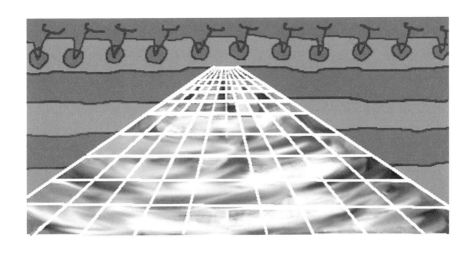

나 기득권이 보장된 안방에서가 아니라 멀고 불편한 땅에서 창조되어 온 것이 인류사의 역정歷程이었습니다.

　베트남은 이처럼 새로운 세기의 실험장으로서도 매우 의미 있는 과제를 대면하고 있는 역사적 현장입니다. 나는 베트남의 가난한 농촌 길을 달리는 자동차 안에서 베트남만큼 우리의 역사를 선명하게 보여 주는 곳이 달리 없다던 당신의 말을 떠올렸습니다. 우리나라 현대사 역시 베트남의 현대사와 마찬가지로 오랜 식민지 시절에 이은 분단과 전쟁으로 곳곳에 숱한 상처를 묻어 놓고 있습니다. 베트남의 역사는 우리의 과거를 돌이켜 보게 하고도 남음이 있습니다.
　베트남은 과거 남만南蠻이라 불리던 땅으로, 부족장 맹획孟獲이 제갈공명에게 일곱 번씩이나 포로가 되면서도 끝까지 굴하지 않았던 칠종칠금七縱七擒의 땅이기도 합니다. 베트남은 중국으로부터 역시 동이東夷라 불리던 우리나라와 마찬가지로 아픈 과거를 청산하고 새로운 미래를 열망하는 간구懇求의 땅이 아닐 수 없습니다.
　오늘의 베트남 역시 관리들의 부정, 밀수, 매춘 등 각종 사회 부조리들로 몸살을 앓고 있는 것이 사실입니다. 개방 과정에 있는 다른 나라와 별로 다를 것이 없습니다. 그러나 한 가지 결정적인 차이는 '윗물이 맑다'는 사실이었습니다. 국가 지도층의 청렴성과 헌신성을 의심하는 사람은 거의 없었습니다. 이것은 참으로 부러운 것이 아닐 수 없습니다. 설령 아랫물이 혼탁하다고 하더라도 윗물이 맑기만 하면 그것은 시간의 문제이기 때문입니다.

바로 그 점에서 호찌민胡志明의 존재는 베트남의 귀중한 자산이었습니다. 아시아에 대하여 인색하기 짝이 없는 서방 측 언론에서조차도 그를 일컬어 '근원根源이며 방향方向'이라는 헌사를 바치고 있음에서 알 수 있지만, 베트남 해방의 지도자인 호찌민은 베트남 사람들의 자존심으로 지금도 의연히 살아 있습니다.

베트남은 중국보다 빠른 2020년에 현대 국가로 일어서리라는 결의를 천명하고 있습니다. 나는 그들의 결의를 의심하지 않습니다. 그러나 나로서는 베트남이 지향하는 '문명사회'가 어떤 것인지 알지 못합니다. 그리고 그 긴 도정에서 베트남이 어떠한 우여곡절을 겪을지 예측하기도 어렵습니다. 다만 베트남이 지향하는 그 문명사회가 결코 과거를 답습하는 것이 아니기를 바랄 뿐입니다. 전쟁의 상처와 분단의 아픔을 두루 아우르는 온고溫故와 창신創新의 폭넓은 총화이기를 바랄 뿐입니다.

달리는 수레 위에는
공자孔子가 없습니다

새로운 도시, 가나자와

가나자와 金澤 대학의 가모노 鴨野幸雄 교수는 지나가는 말처럼 웃으면서 내게 물었습니다.

"외과 수술을 받고 병원 침대에 누워서라도 삶을 연장하는 것이 좋은가, 아니면 자택에서 식구들과 함께 조용히 임종을 맞는 것이 좋은가?"

정년을 몇 해 앞둔 노교수의 개인적인 관심사 같은 질문이었지만 그 평범한 질문에는 가나자와 시의 만만치 않은 철학이 담겨 있음을 알 수 있습니다.

가나자와는 인구 45만의 작은 지방 도시이지만 작은 교토京都라고 불리는 고도古都이며, 문화 도시로서 자부심을 갖는 고장입니다. 특히 가나자와 대학을 중심으로 하는 '내발적內發的 발전' 이론의 본

고장입니다. 내발적 발전이라는 개념이 여러 가지 내용으로 구성되어 있지만, 가모노 교수의 질문이 함축하고 있듯이 그것은 개인의 경우와 마찬가지로 한 도시의 경우에도 외부 수혈을 받아야 하는 비자립적인 연명을 거부하는 것입니다.

가나자와에서는 외부 자본을 끌어들이지 않습니다. 우리나라의 지방 도시들이 다투어 보여 주고 있는 리조트 유치 경쟁이 없습니다. 대기업 지점이나 대리점 간판도 눈에 띄지 않습니다. 가나자와의 모든 회사는 '본사 회사'本社會社입니다. 이것이 가나자와의 가장 큰 특징이었습니다.

이웃 도시인 도야마富山의 경우가 자주 비교되는데, 도야마는 도쿄의 돈을 끌어들여 급속한 성장을 이루었습니다. 그러나 어느 날 갑자기 외부 자본이 빠져나가자 심각한 경제 침체에 직면하지 않을 수 없었음은 물론이고 그동안의 성장 정책이 남긴 환경 파괴로 말미암아 오랫동안 그 유명한 '이타이이타이 병'을 앓아야 했습니다. 내발적 발전은 물론 지역 단위의 경제적 자립 구조를 만드는 것이지만 궁극적으로는 경제보다는 '삶'을 지키려는 지극히 인간적인 철학을 지향하는 것이었습니다.

가나자와 경제 동우회가 추진하는 경제 프로그램 역시 경제 프로그램이라기보다는 문화 프로그램에 가까운 것이었습니다. 금속, 인쇄, 섬유, 봉재 등 오랜 전통을 자랑하는 가나자와의 중소기업과 기술을 보존하는 프로그램이었습니다. 지역의 전통적 기업과 기술을 보존함으로써 모든 단계의 부가가치를 지역 내에 귀속시킵니다. 뿐만 아니라 제조업, 유통, 서비스 부문을 긴밀히 연결시킴으로써 '연관 산업의 집적集積'을 이루어 내고 이러한 경제적 토대 위에 문화, 교육, 의료, 복지를 포괄하는 공동체의 건설을 지향하는 프로그램이었습니다. 문화의 집적이야말로 산업의 인큐베이터이며 그것이 곧 '삶의 질'이라는 자각이 매우 인상적이었습니다.

나는 가나자와에서 지내는 며칠 동안 역설적이게도 가나자와를 보는 것이 아니라 일본 자본주의를 보게 되고, 나아가 세계 경제의 현주소를 읽게 됩니다. 도쿄를 핵으로 하여 추진되고 있는 일극집중一極集中과 수직적 분업 체계를 읽게 됩니다.

한 가지 예로 일본이 그 속도와 첨단 기술을 자랑하는 신칸센新幹線만 하더라도 전혀 다른 의미로 읽혔습니다. 신칸센은 광범한 지역을 일일생활권으로 묶어 내는 첨단 기술과 속력의 상징이기도 하지만, 다른 한편으로는 지방을 도쿄에 예속시키는 강력한 벨트라는 사실이 뚜렷하게 드러납니다. 일극집중 구조가 우선은 급속한 경제 성장에 효과적이라고 하더라도 그것은 지역의 이윤이 외부로 누출되는 구조입니다. 결과적으로 신칸센은 지역의 경제 잉여를 외부로 누출시키는 거대한 파이프 라인이며 결국은 지역 경제를 무력화하고 자연과 인간을 황폐하게 하는 무서운 철마鐵馬라는 사실입니다.

일본은 다이묘大名를 중심으로 하는 분권적 봉건제였고, 그중에서도 가나자와는 가장 중세적인 도시였습니다. 당연히 근대화 과정에서 낙후될 수밖에 없는 고장이었습니다. 그러나 현대 자본주의가 지역 경제를 무력화하고 이를 기업 내 분업 체계에 통합시키는 새로운 상황을 맞아, 가나자와는 이 고장의 낙후성에서 오히려 새로운 가치를 발견해 냈습니다. 특히 국가를 단위로 하는 복지 정책이 해체되는 WTO 체제하에서 가나자와는 어느새 앞서서 걸어가고 있는 고장이 되어 있습니다.

나는 당신에게 엽서에 어울리지 않는 역사의 발전 경로라는 추상적 개념을 이야기할 생각이 없습니다. 당신에게 전하고 싶은 것은 이 도시의 사람들이 그들의 역사와 전통에 기울이는 애정과 이 고장의 산천에 쏟고 있는 정성입니다. 한 가지 예로 그들은 자동차 도로 확장 때문에 매몰되었던 도로변 수로水路를 단정히 복구시켰습니다. 수로에는 자동차 대신 맑은 물이 가득히 흐르고 있었습니다. 그것은 단순한 복구復舊나 복고復古가 아니었습니다. 달리 설명이 필요하지 않습니다. 도로와 나란히 달리는 수로와 그 수로에 흐르는 맑은 물을 상상하는 것만으로 충분하다고 생각합니다.

이시카와 문石川門, 겐로쿠엔兼六園, 무사가옥武士家屋 등 어느 것 하나 곱게 보존되지 않은 것이 없습니다. 한낱 지나가는 나그네에 불과한 나로서는 유적 하나하나에 배어 있는 이 고장 사람들의 다정한 손길과 따사로운 애정을 제대로 만날 수 없음은 물론입니다. 그러나 성장이 양적인 개념이고 발전이 질적인 개념이라는 범박한 구분을 개의치 않는다면, 그리고 설령 그것이 복고와 복구라고 하더라도, 그 속에는 엄연한 삶의 질이 있다는 것만으로도 그것을 발전

이라고 부르지 않을 수 없을 것입니다.

일본의 명문고였던 제4고第四高를 방문했을 때의 일입니다. 교정에 세워진 이노우에 야스시井上靖의 시비詩碑는 참으로 뜻밖이었습니다. 나는 그가 제4고 졸업생인 것을 모르고 있었기 때문이기도 했지만 그의 소설『풍도』風濤에서 받은 감명이 새로웠기 때문입니다.

지금도 기억에 남아 있는 것은 그가 그려 낸 김방경金方慶 장군의 초상이었습니다. 몽골 제국의 지배라는 그 모멸적인 상황을 인내하는 김방경 장군의 고뇌였습니다. 그는 김방경 장군의 고뇌를 통해 고려 민중의 고난과 저항을 그려 내고, 그러한 고려 민중의 대몽 항쟁이 몽골의 일본 침략을 저지하였다는 입장을 피력하고 있었습니다. 몽골의 일본 침략이 좌절된 것은 신神風의 도움 때문이라는 일본 역사 교과서의 시각과는 매우 대조적이었습니다.

나는 가나자와의 문화가 유미주의적 전통에 머물고 있었던 것이 아니라 근대성 그 자체에 대한 비판적 시각을 일찍부터 키워 오고 있었다는 생각이 들었습니다. 이러한 근대성에 대한 비판적 시각이 오늘날 가나자와의 내발적 발전의 싹을 예비하고 있었던 것이 아닐까, 하는 생각이 들었습니다.

나는 사진을 찍기 위해 다시 이시카와 성문城門을 찾아갔습니다. 아침 햇살을 담뿍 안고 있는 성문은 생기 넘치는 모습으로 하늘에 솟아 있었습니다. 다가오는 세계화 논리의 전일적 지배로부터 지역의 자립성을 방어하고, 나아가 인간적인 삶을 지키는 견고한 자위自

衛의 진지陣地처럼 느껴졌습니다. 무척 부러웠습니다. 우리나라에도 이러한 진지를 만들어 낼 수는 없을까, 하는 부러움이었습니다. 도도한 세계화 논리와 성장 신화에 맞설 수 있는 고장을 하나라도 만들어 낼 수는 없을까. 자기 고장의 역사를 계승하고, 산천을 지키고, 그곳에서 살아온 사람들에 대한 애정을 키워 낼 수 있는 진정한 삶의 고장을 만들어 낼 수는 없을까, 하는 생각에 젖습니다.

가나자와가 추구하는 '완만한 성장' 역시 매우 부러운 것이었습니다. 완만한 성장은 기본적으로 '속도'에 대한 반성이라는 점에서 매우 귀중한 철학임에 틀림없습니다. 그러나 잊지 말아야 하는 것은 그것이 아무리 완만한 것이라 하더라도 속도는 가속으로, 가속은 결국 질주로 이어질 수밖에 없다는 속도의 속성입니다. 일찌감치 합의해 두어야 하는 것은 '제로(0) 성장'과 '완만한 저하'slow-down까지도 수용하려는 각오라고 생각합니다. 가속加速보다는 감속減速이 관리하기 더 어려운 것이 사실이지만, 차에서 내리기 위해서는 서서히 속도를 줄여 가지 않을 수 없는 법입니다.

가나자와에서 한적한 골목을 걸으면 이곳저곳에서 걸어가고 있는 공자孔子의 뒷모습이 보입니다. 그리고 공자의 모습에서 "달리는 수레에는 공자가 없다"奔車之上無仲尼는 경구를 상기하게 됩니다. 자동차를 타고 빠른 속도로 지나가는 사람에게 1m의 코스모스 길은 한 개 점點에 불과합니다. 그러나 천천히 걸어가는 사람에게는 이 가을을 남김없이 담을 수 있는 아름다운 꽃길이 됩니다.

창랑의 물이 맑으면 갓끈을 씻고
창랑의 물이 흐리면 발을 씻는다

양쯔 강의 물결

상하이上海를 동서로 가로지르는 황푸黃浦 강은 양쯔揚子 강으로 흘러들고, 이미 바다가 되어 있는 양쯔 강은 다시 대해로 이어집니다.

쌓인 피로 때문에 반쯤은 졸 수밖에 없었지만 황푸 강에서 배를 타고 양쯔 강에 닿는 두 시간 동안 나는 장강長江처럼 흘러드는 상념에 젖지 않을 수 없었습니다. 황푸 강 왼쪽에는 만국건축박물관이라고 불리는 조계租界 시절의 건물들이 즐비하게 늘어서 있고, 오른쪽의 푸둥浦東 신개발 지역에는 100여 개에 달하는 수십 층짜리 고층 건물들이 솟아나고 있습니다. 황푸 강 양안兩岸은 상하이의 과거와 현재를 상기하게 할 뿐만 아니라 중국의 과거와 현재를 눈앞에 전시하고 있습니다.

'상하이를 점령하면 중국을 얻는다'고 했던 열강들의 격언은 이제 '상하이가 움직이면 중국이 움직인다'는 개혁 개방의 구호로 바뀌어 있습니다. 중국은 20년에 걸친 특구 중심의 실험을 끝내고 바야흐로 본격적인 개혁 개방의 길을 가속화하고 있습니다.

"3년 동안 날지 않았으나 한 번 날아오르면 하늘을 치솟고, 3년 동안 지저귀지 않았으나 한 번 지저귀면 사람을 놀라게 할 것이다." 일찍이 춘추전국시대에 이곳 양쯔 강 유역에서 웅지를 펼쳤던 초楚나라 장왕莊王의 삼년불비三年不飛를 생각나게 합니다.

중국은 불비不飛와 불명不鳴의 시절을 끝내고 21세기를 향한 도약을 시작하고 있습니다. 황허黃河 유역을 중심으로 하는 북방『시경』의 세계와는 달리 유난히 개방적인 정신의 모태였던 이 양쯔 강 유역이 개혁과 개방의 새로운 중심으로 일어서고 있다는 사실도 심상치 않은 일로 여겨집니다. 중국 혁명은 물론이고 현재 몰두하고 있는 개혁 개방 역시 이러한 남방적 개방성과 무관하지 않다는 생각이 들기 때문입니다.

당신도 잘 알고 있듯이 현대 중국의 당면 과제를 단언하기란 쉽지 않습니다. 더구나 현대 중국의 성격에 대한 논의마저 극히 다양한 것이 사실입니다. 중국은 대륙을 뒤흔드는 혁명을 거쳤음에도 불구하고 본질적으로는 봉건제이며 현 정권 또한 봉건 관료 정부를 넘지 않고 있다는 부정적 견해가 있는가 하면, 또 한편으로는 전시 공산주의 체제에서부터 사회 경제적 토대의 변화와 함께 각급의 단계를 거쳐 이제 이른바 사회주의 초급 단계에 이르렀다는 주장에 이르기까지 매우 다양한 시각이 있습니다.

따라서 현대 중국의 핵심적 과제가 무엇인가를 두고도 이론이 분분하지 않을 수 없습니다. 현재의 소생산적 토대를 근대 공업 사회로 변화시켜야 한다는 체體의 문제에 무게를 두기도 하고, 윤리적 문화를 지식 본위의 문화로 바꾸고 도덕 이상주의를 과학 이성주의로 바꾸어야 한다는 용用의 문제로 규정하기도 합니다. 어느 경우든 13억의 인구와 장구한 역사를 등에 업고 있는 중국 대륙의 행보가 직선적일 리가 없다는 것은 많은 사람들의 공통된 의견입니다.

나는 황허와 양쯔 강을 돌아보면서 중국의 과제는 고古와 금今, 동東과 서西, 그리고 나아가 자본주의와 사회주의 등 지극히 복합적인 덩어리를 이루고 있음을 느낄 수 있었습니다. 정치는 좌, 경제는 우政左經右라는 실천 강령이라든가 '정치는 중앙 집권, 경제는 지방 분권'이라는 개혁 원리도 그와 무관하지 않은 것이라 할 수 있습니다. 그리고 이러한 개혁 원리는 중국 혁명의 슬로건이었던 '이론은 좌경적으로 하고, 실천은 우경적으로 한다'는 중국 특유의 대중 노선과도 맥이 닿아 있음을 상기하게 합니다. 뿐만 아니라 계획計劃과 시장市場의 통합을 중심에 놓고 있는 개혁 개방의 과정 역시 중국적 사고의 기본 범주인 명분과 실질의 조화에 충실하려는 노력으로 보이기도 합니다.

어느 나라든 특수하지 않은 나라가 없겠지만 중국의 오랜 역사와 전통은 그것이 갖는 무게만큼이나 중국 고유의 길을 모색하게 할 것이라고 믿습니다. 불교佛敎를 불학佛學으로 변용시키고 마르크시즘을 마오이즘으로 소화해 내는 대륙적 포용력을 부정할 수 없기도 합니다. 외래 사상과 제도를 식민주의적이고 교조적인 형태로 수용해 온 우리나라와는 분명 차이를 보이는 것이 아닐 수 없습니다. 바로 이 점에서 현대 중국의 전개 과정은 '자본주의의 길'이 아니라 그들이 자부하듯이 자본주의를 중국적 이념 체계로 소화해 내는 일일지도 모릅니다.

덩샤오핑鄧小平 이후 중국의 분열을 예상하는 견해들이 많은 것도 사실입니다. 역사적으로 보더라도 중국은 과거 3,000년 동안 통일된 시대는 1,400여 년에 미치지 못하고 나머지 기간은 분립과 투쟁의 역사였습니다. 그러나 이러한 분열론에 대하여 중국인들은 매우 여유 있게 대응합니다. 현재의 개방 과정이 이미 이러한 분열의 창조적 적용이기도 하다는 것입니다. 특구特區와 각 성省들이 독자적으로 행사하는 자율성이 바로 그것이라고 합니다. 그리고 천하 통일의 시대가 획일적이고 경직된 시대였음에 비하여, 이 분립의 시대가 오히려 역동적인 발전기였다는 역사적 사례를 예로 들기도 합니다.

양쯔 강에서 다시 상하이로 돌아오는 황푸 강 위로 어느새 어둠과 함께 석양이 내리고 있습니다. 나는 이 황푸 강의 석양을 당신에게 보여 주고 싶었습니다. 석양을 찍자는 나의 제의에 동행한 사진기자가 의아해하였습니다. 상하이는 바야흐로 도약을 준비하는 현대 중국의 상징임에 틀림없으며 당연히 그에 걸맞은 현장을 보여 주어야 한다는 것이었습니다. 하필이면 석양의 황푸 강이라니, 그

것으로 상하이를 전할 수 있겠느냐는 반론이었습니다. 당연한 반론이라고 생각합니다.

상하이의 신개발지인 푸둥의 개발 현장은 참으로 역동적이었으며, 앞으로의 전개 과정 역시 상하이를 견인차로 하여 다른 도시와 내륙으로 그 영역을 확대해 가리라는 것도 분명합니다. 그러나 중국의 이러한 노력이 두 가지 점에서 차별성을 보이지 않는 한, 나는 석양이 상하이의 진면목이며 현대 중국의 상징이라는 생각을 지울 수 없습니다. 내가 석양을 찍자는 이유이기도 합니다.

첫째는 이를테면 공업화, 과학화, 현대화라는 근대 사회의 도식을 기본적으로 수용하고 있다는 사실입니다. 그러나 이러한 근대화 도식이 역사적으로 축적해 온 모순은 이미 근대성 그 자체와 지속가능성에 대한 회의로 이어지고 있습니다. 엄청난 금융자본이 세계 곳곳을 누비며 여러 형태의 경제 위기를 야기하고 있는 것이 오늘의 현실임을 부인할 수 없기 때문입니다. 이러한 현실에 대한 치열한 고민이 없는 한, 중국은 과거를 답습하는 낡은 모형이 아닐 수 없기 때문입니다.

둘째는 중국의 목표에 관한 것뿐만 아니라 그 목표에 이르는 과정에 관한 것입니다. 이 과정 역시 강대국의 패권주의적 방식을 답습하고 있다는 우려입니다. 중국 패권주의의 상징으로 흔히 베이징의 중국 외교부 건물을 예로 듭니다. 외교부 건물은 세계 최대 규모와 높이를 과시하는 압도적 크기입니다. 다른 나라와의 교류에 국가 경영의 무게를 두는 것은 세계화 시대의 보편적 추세라고 할 수

상하이 황푸 강에서 양쯔 강에 이르는 뱃길

상하이를 동서로 가로지르는 황푸 강은 양쯔 강으로 흘러들고,
이미 바다가 되어 있는 양쯔 강은 다시 대해로 나아갑니다.

있습니다. 그리고 그 규모가 곧 그 내용을 나타내는 것이 아닐 수도 있습니다. 그리고 물론 중국이 직면하고 있는 다른 패권 국가와의 저강도低强度 전쟁 상황을 인정할 수도 있습니다. 그러나 중국이 즐겨 사용하는 질과 양이라는 변증법적 카테고리에 비추어 보더라도 외교부 건물은 단지 외교나 건물에 국한된 것이 아니라 분명 다른 질적 국면으로 전환된 중국 경영의 상징이 아닐 수 없을 것입니다.

중화사상中華思想이 곧 문화적 포용력이라고 단정할 수는 없지만, 적어도 정신의 고양高揚을 우위에 두는 것이 동양의 전통이고 문화입니다. 중국이 '중中'일 수 있었던 것은 그 패권이 문화적이었던 한도 내에서였다고 할 수 있습니다. 특히 장강長江. 양쓰강 유역에 난숙하게 꽃피었던 초사楚辭의 세계는 진進보다는 귀歸를 보다 높은 가치로 여기는 노장적老莊的 유원함입니다.

현대 중국의 모색이 많은 사람들의 주목을 받는 것은 바로 이러한 동양적 가치가 21세기 문명에 창조적으로 연결되는 새로운 지평을 기대하기 때문이라고 할 수 있습니다. 현대 중국이 열중하는 목표가 근대화 모델의 답습이라면, 그리고 그 과정이 패권적 논리라면 그것은 결국 춘추전국시대를 풍미했던 부국강병론의 현대적 변용에 지나지 않는 것이며 결국 21세기의 창조적 고민과는 반대 방향을 도모하는 것일 수밖에 없을 것입니다.

석양이 물드는 강물 위에서 나는 굴원屈原의 시구를 읽습니다.

378

"창랑의 물이 맑으면 갓끈을 씻고 창랑의 물이 흐리면 발을 씻는다."

오늘날 세계 곳곳을 강타하고 있는 도도한 물결은 결코 우리의 정신을 씻을 수 있는 강물이 못 된다고 생각합니다. 서둘러 발을 씻고 표표히 떠나야 할 홍수의 유역流域이라는 생각을 금치 못합니다.

어두운 밤을 지키는 사람들이
새로운 태양을 띄워 올립니다

태산의 일출을 기다리며

오늘은 마지막 엽서를 띄웁니다. 지난 1년 동안 주소도 없는 당신에게 띄운 엽서였습니다. 나는 무슨 이야기로 이 마지막 엽서를 채울까 망설이다가 태산泰山과 취푸曲阜, 그리고 황허黃河의 이야기를 적으려 합니다.

태산은 당신도 잘 알다시피 오악지수五岳之首로 불리는 중국의 신산神山입니다. 전설의 임금인 황제黃帝로부터 요堯, 순舜 이래 100여 명이 넘는 역대 제왕들이 하늘에 봉선封禪을 고해 온 산입니다. 중국에서는 '사람이 죽으면 혼은 태산으로 돌아간다'魂歸泰山고 믿고 있습니다. 뿐만 아니라 수많은 시인, 묵객, 명사들이 이곳에 오르는 것을 일생의 행복으로 여기는 산이기도 합니다. 1,800여 곳에 비각碑閣과 제자題字를 남겨 놓은 석각石刻, 서법書法의 박물관입니다.

우리는 남천문南天門까지 실어다 주는 케이블카 덕분에 올라갈 때까지만 해도 태산의 크기를 거의 느끼지 못했습니다. "태산이 높다하되 하늘 아래 뫼이로다"를 읊조리기까지 했습니다. 그러나 그 이후부터 맞닥뜨린 고생은 이루 형언하기 어려울 정도였습니다. 우리가 읊은 시조의 벌을 받는 느낌이었습니다.

진눈깨비가 휘몰아치고 난방과 물마저 끊긴 냉방에서 밤을 지새고 그래도 일출을 보리라 마음을 다그치며 나선 새벽의 등정은 험난하기 짝이 없었습니다. 모든 것이 빙판이었습니다. 얼음으로 뒤덮인 석경石徑은 단 한 걸음을 허락하는 데도 인색하기 짝이 없었습니다. 일출 시간에 겨우 도착한 산정山頂에서 다시 세찬 바람과 진눈깨비를 맞으며 기다렸던 두 시간은 참으로 긴 시간이었습니다. 그러고도 결국 일출을 보지 못하고 내려오지 않을 수 없었습니다. 악천후로 말미암아 이미 케이블카는 운행이 중지되었습니다.

선택의 여지가 없어진 빙판의 하산 길은 험난하기 짝이 없었습니다. 과연 태산이었습니다. 한漢 무제武帝가 태사령 사마담司馬談을 기어이 떼어 두고 나머지 길은 혼자서 오르겠다고 고집한 이유를 알 것 같았습니다. 결심보다는 반성이 어렵고 오르기보다는 내려오기가 어렵기는 산도 예외가 아니었습니다.

공자가 태어난 취푸에서도 난감하기는 마찬가지였습니다. 공자를 모신 대성전은 물론이고 역대 제왕들이 다투어 건립한 수많은 사당과 제각, 숲, 능묘 들로 말미암아 크고 복잡하기가 태산보다 더

했습니다. 공자를 비롯하여 맹자, 순자가 그 뼈를 묻은 땅이며 춘추이래 학學과 예禮의 본고장으로 경세제민經世濟民의 이데올로기가 이곳을 무대로 삼아 왔음이 역력하였습니다. 오랜 세월 동안 다투어 기울여 온 엄청난 적공積功으로 말미암아 나는 어디서 공자의 모습을 찾아야 할지 참으로 난감해지지 않을 수 없었습니다.

나는 태산, 취푸에 이어 황허를 찾아갔습니다. 황허는 천변만화의 길고 긴 굽이굽이는 물론이며, 이 대하의 유역에서 흥망을 거듭한 나라와 인걸의 역사에 이르면 어느 곳 하나 쉽게 다가갈 수 있는 곳이 없습니다. 더욱이 십년구한十年九旱 가뭄과 홍수에 목숨을 맡겨온 수많은 민초들의 애환에 생각이 미치면 더욱 그렇습니다.

그러나 나는 하夏, 은殷, 주周를 시작으로 아홉 개의 왕조가 흥망을 거듭한 중원의 황허를 찾아보는 것으로 그치기로 했습니다. 이 중원 땅의 황허가 바로 문명의 요람이며 지금도 고도인 뤄양洛陽, 정저우鄭州, 카이펑開封을 적시며 흐르고 있기 때문입니다. 그러나 황허는 수량이 줄어 이미 기대했던 옛날의 황허가 아니었습니다. 석양의 황허도, 일출의 황허도 어느 것이나 여전히 자욱한 물안개 속에서 잠자듯 수척한 모습을 간신히 드러내고 있을 따름이었습니다.

다만 한 가지 쉽게 기억에서 지워지지 않는 것은 망상공원에서 본 두 개의 동상입니다. 황허의 치수治水에 일생을 바친 우禹 임금은 수심에 찬 표정으로 황허를 바라보고 있음에 비하여, 마오쩌둥毛澤東 주석은 그윽한 시선을 강물에 던지는 관조觀照의 표정이었습니다.

나는 현대 중국을 이끌어 가고 있는 중국 지도자들의 표정이 궁금해졌습니다. 황허를 바라보는 그들의 눈빛으로 많은 것들을 전망할수 있을 것 같았기 때문입니다.

태산에서 일출을 보지 못하고, 취푸에서 공자를 만나지 못하고, 다시 황허의 수척한 모습을 안개에 묻어 두고 돌아오면서 나는 참으로 착잡한 생각에 젖지 않을 수 없었습니다. 무엇보다도 우선 당신에게 띄울 마지막 엽서의 말이 부족하였습니다.

바야흐로 새해와 새로운 세기를 목전에 두고 있는 오늘, 비록 우리들이 목마르게 기다렸던 새날들이 결국 갈증만을 더해 줄 뿐이었다고 하더라도, 그리고 그러한 새날에 대한 소망이 비록 힘겨운 사람들의 부질없는 환상에 불과하였다고 하더라도 우리는 작게는 하루의 아침에, 1년의 첫날에, 그리고 나아가서는 새로운 세기의 벽두에 스스로를 다짐할 수 있는 크고 작은 계기를 부단히 만들어 나가지 않을 수 없기 때문입니다. 비록 나의 여정이 난감함과 착잡함의 연속이었다 하더라도 나는 이 마지막 엽서에서만은 당신과 내가 나눌 수 있는 최소한의 이야기에 충실하고 싶습니다.

태산 일출을 보지 못하고 험한 얼음길을 내려오면서 몇 번이고 다짐했습니다. '산 위에서 떠오르는 해는 진정한 해가 아니다.' 동해의 일출도, 태산의 일출도 그것이 그냥 떠오르는 어제 저녁의 해라면 그것은 조금도 새로울 것이 없다는 자위 같은 다짐이었습니다. 그러나 또 한편 생각해 보면 새로운 아침 해는 우리가 우리의 힘으로 떠워 올리는 태양이라야 할 것입니다. 어둔 밤을 잠자지 않고 모닥불을 지키듯 끊임없이 불을 지펴 키워 낸 태양이 아니라면 그것은 조금도 새로운 것이 못 될 터입니다.

취푸의 공자 성전에서도 같은 생각에 젖지 않을 수 없었습니다. 공자의 모습도 결국은 우리가 찾아낼 수밖에 없음을 절감하지 않을 수 없었습니다. 숱한 사람들이 그려 내는 공자의 상과는 상관없는 일입니다. 우리는 그의 진정한 고뇌가 과연 무엇이었는지를 우리들 스스로가 우리들 스스로의 과제로부터 찾아내지 않으면 안 될 일이었습니다.

공자의 편력과 고뇌의 산물은 한마디로 '군자'君子였습니다. 춘추전국시대라는 난세에 던져진 군자라는 새로운 엘리트 상이었다고 할 수 있습니다. 군자는 종법사회宗法社會의 귀족이 아님은 물론이며, 병가兵家처럼 군사 전략가도 아니었고 법가法家처럼 부국강병론자도 아니었습니다. 그것은 부단히 배우고學 실천하며習 더불어 함께하는朋 붕우 집단朋友集團이었는지도 모릅니다.

그러나 중요한 것은 그가 제시한 것은 새로운 엘리트 상이 아니었다고 생각합니다. 정작 그가 세상을 향해 들어 보인 것은 '새로운 시대는 새로운 엘리트가 만들어 내는 것이다'라는 그의 철학이었다고 생각되었습니다. 그가 시대를 뛰어넘는 만세의 목탁으로 남는 이유가 있다면 이러한 철학 이외의 다른 것일 수가 없다는 생각이 들었습니다.

만약 20세기를 이끌고 간 엘리트가 누구냐고 그에게 묻는다면 공자는 아마 유가도, 법가도, 병가도 아닌 자본가資本家라고 대답할지도 모릅니다. 그러나 만약 21세기의 새로운 엘리트를 그에게 묻는다면 우리는 대답을 듣지 못할 것입니다. 그것은 공자에 대한 잘못된 이해에서 비롯된 질문이기 때문입니다.

실제로 공자가 엘리트 상으로 제시한 군자는 난세의 헤게모니를 장악하는 데에 실패했습니다. 21세기의 엘리트 상에 대해서는 공자에게 질문할 것이 아니라 우리들이 발견하고 만들어 내야 할 우리들의 몫일 따름입니다. 그는 다만 새로운 시대는 새로운 엘리트가 담보한다는 원칙을 이야기하는 선에서 절제하고 있을 뿐입니다.

공자는 자기 자신을 일컬어 '배워서 아는 정도의 사람'學而知之者이라고 하였습니다. 그리고 가장 어리석은 사람이란 '곤경을 당하고서도 깨닫지 못하는 사람'困而不知之者이라고 했습니다. 생각하면 우리를 절망케 하는 것은 비단 오늘의 곤경으로부터 비롯되는 것이 아니라, 거듭거듭 곤경을 당하면서도 끝내 깨닫지 못한 우리들의 어리석음에서 비롯되었다고 해야 할 것입니다.

세모의 한파와 함께 다시 어둡고 엄혹한 곤경이 우리를 기다리고 있습니다. 오늘의 곤경이 비록 우리들이 이룩해 놓은 크고 작은 달성을 여지없이 무너뜨린다 하더라도, 다만 통절한 깨달음 하나만이라도 일으켜 세울 수 있기를 바랄 따름입니다.

당신에게 보내는 마지막 엽서를 끝내고 옆에다 태산 일출을 그렸습니다. 그리고 잠시 생각한 후에 그림 속의 해를 지웠습니다. 물론 일출을 보지 못했기 때문이기도 하지만 태산에 아침 해를 그려 넣는 일은 당신에게 남겨 두어야 할 것 같았기 때문입니다. 곤경에서 배우고 어둔 밤을 지키며 새로운 태양을 띄워 올리는 일은 새로운 사람들의 몫으로 남겨 두어야 할 것 같았기 때문입니다.